KB269302

방에 관한 기억

방에 관한
기억

방에 관한 기억

서성란 소설집

문이당

작가의 말

스무 살이 되면 가장 먼저 기차를 타고 바다를 보러 가고 싶었다. 대학 시절 나는 계획도 없이 불쑥 밤 기차에 오르곤 했다. 주머니 안에는 오고 갈 차비와 한 끼 식사를 하기에도 빠듯한 돈이 들어 있었다. 밤 기차를 탄 대가는 혹독해서 일주일 넘게 날마다 한 끼씩을 걸러야 했다. 편안하게 의자에 앉아 책을 읽거나 졸면서 여행을 할 때도 있었지만, 객실 맨 뒤 좁은 틈에 신문지를 깔고 앉아 힘들고 불편하게 여덟 시간을 견뎌야 하는 경우도 있었다. 바다를 보기 위해 떠나왔지만 정작 바닷가에서 머무는 시간은 길지 않았다. 발목까지 푹푹 빠져드는 모래사장을 거닐다가 허기진 배를 채우고 나면 다시 돌아갈 채비를 했다. 언제든 찾아올 수 있었기에 돌아가는 발걸음이 그다지 무겁지는 않았다.

서른이 되면 좀 더 오래 그곳에 머물 수 있을 거라고 생각했다. 어두운 차창에 비친 내 모습만 들여다보았던 스무 살과 달리, 길에서 만난 사람들에게 시선을 돌리고 시간에 쫓기지 않으며 어두워진 바닷가를 걷고 싶었다.

이제 나는 계획 없이 불쑥 기차를 타는 대신, 떠나기 위해 날짜를 정하고 주변을 정돈하고 통장의 잔고를 확인하고 짐을 꾸린 뒤에도 정작 떠나지 못하고 다시 날짜를 헤아린다. 내가 없으면 불편해할 가족 때문에, 시간에 쫓기면서 해야 할 일 때문에, 일정하지 못한 수입 때문에, 하룻밤을 새우고 나면 이틀을 앓아야 하는 몸 때문에 더 이상은 밤 기차를 타지 못한다.

쉽게 떠날 수 없기에 나는 자주 지도를 펴놓고 한 번도 가보지 않은 도시를 두리번거린다. 그곳에서 마주치게 될 낯선 풍광, 사람들, 냄새, 언어를.

소설을 쓰는 일은 무거운 짐을 부려 놓고자 하는 욕망이었다. 삶이 만족스럽다고 느껴질 때 나는 한 줄의 글도 쓰지 못했다. 노래를 잘 불렀거나 누군가와 이야기하는 걸 좋아했다면 소설을 쓰지 않았을지도 모르겠다. 초등학생 때 아버지를 졸라 샀던 스피드 스케이트는 빙판 위를 달리는 즐거움보다는 발목을 죄는 아픔을 주었고, 키가 크다는 이유만으로 농구 선수가 될 수는 없었다.

한밤중이나 새벽, 무심코 고개를 돌렸다가 창에 비친 얼굴을 보게 될 때, 긴 시간 의자에 앉아 있던 탓에 마치 남의 몸에 들어간 듯 불편하게 걸음을 뗄 때, 소설이 결코 나를 가볍게 해주지 않을 거라는 사실을 깨닫는다.

2004년 4월

서 성 란

소설가의 아내

1

그는 사라졌다. 그가 사용하던 휴대 전화 번호는 존재하지 않는 의미 없는 숫자가 되어 버렸다. 내가 살고 있는 서른 평 남짓한 공간 속에 그의 존재를 증명해 줄 단서는 아무것도 남아 있지 않다. 그는 이제 내가 쓰고 있는 소설 속 주인공에 불과할 뿐이다.

가스레인지 위에 찻물을 얹고 토스터에 식빵을 끼우고 냉장고 문을 열었다. 파장 뒤의 시장 바닥처럼 을씨년스러운 냉장고 속에서 재빨리 딸기잼을 꺼낸 뒤 문을 닫아 버렸다. 그가 집을 나간 뒤 나는 하루 두 끼는 빵이나 라면을 먹었다. 도자기 찻잔에 커피 가루를 덜고 뜨거운 물을 붓다가 무심코 시선이 식탁 위에 놓인 신문으로 쏠렸다. 아침이면 습관처럼 현관문을 열고 우유와 함께 집어 와서 펼쳐 보지도 않은 채 며칠씩 식탁 한쪽에 쌓아 놓던 신문이었다. 신문을 보지 않았다면 오늘 밤이 지나면 해가 바뀐다는 사실도 모른 채 넘어갔을 것이다.

나는 이 집을 떠나야 할 날짜를 한 달이나 어겼다는 사실을 깨달았다. 내가 그의 집에서 떠나지 않는 한 그는 영원히 돌아오지 않을지도 모른다. 그가 집을 나간 12월 1일은 우리의 다섯 번째 결혼 기념일이었다. 몇 시간 뒤면 새로운 해가 밝는다. 이제 나는 떠날 준비를 해야 한다.

그를 처음 만난 건 카페 슈에서였다. 높은 회전의자에 앉아 웨이터가 따라 주는 위스키를 마시던 그가 잔을 들고 내 자리로 오기 전까지 나는 그가 카페에 있었는지조차 알지 못했다. 어두운 조명 탓에 녹색 카디건 안에 검은색 티셔츠를 받쳐 입은 그의 얼굴은 흐릿했고 나이를 짐작하기도 어려웠다.

「제가 괜찮은 제안을 하고 싶은데…… 앉아도 되겠습니까?」

초저녁부터 함께 술을 마시던 Y와 J가 불쾌한 얼굴로 그를 쳐다보았다. 우리는 한 시간 가까이 카페에서 이야기를 하고 있었다. 문단 등단 기념으로 내가 고등학교 동창들에게 저녁을 사고 2차로 카페에서 맥주를 마시고 있었다.

그는 우리 중 아무도 대답하지 않았는데도 화장실에 간 A의 자리에 앉았다.

「저는 민장우라고 합니다. 이 카페는 친구놈이 하는 곳이라 종종 들릅니다.」

그는 별로 취한 사람처럼 보이지 않았다.

「미안하지만 그 자리는 임자가 있어요. 그리고 오늘은 우리 친구들끼리 축하해 줄 일이 있으니까 자리를 비켜 주셨으면 좋겠네요.」

고등학교 국어 교사인 J가 이마를 찡그리며 짜증스러운 목소리로 말했다.

화장실에 갔던 A가 돌아오자 그는 옆 테이블에서 의자를 하나 들고 와서 앉았다.

A가 내게 무슨 일이냐는 눈짓을 했다.

「저는 미월 씨에게 볼일이 있는데, 지금 불편하실 경우 내일이라도 시간을 내주신다면 괜찮은 제안을 하겠습니다.」

그가 가리킨 사람은 바로 나였다.

「무슨 제안을 하시려고요? 내일까지 기다릴 거 뭐 있어요? 지금 말씀해 보세요.」

빈 잔에 맥주를 따르면서 A가 물었다. A는 우리 넷 중 유일하게 결혼해서 아이를 둘 낳고 벌써 권태기를 이야기하는 전업주부였다.

「먼저 미월 씨의 등단을 축하합니다. 제가 한 잔 따라 드려도 되겠습니까?」

탁자에 놓인 내 잔에 맥주를 따르며 그가 말했다.

「미월이가 등단한 걸 댁이 어떻게 알죠?」

Y는 여전히 못마땅한 얼굴로 그를 뚫어져라 쳐다보면서 물었다.

「제가 앉았던 자리에서도 이쪽에서 하는 이야기가 다 들립니
다.」

그는 탁자 위에 놓인 내 잔에 자신의 술잔을 부딪치고는 혼
자서 마셨다.

「문학에 관심이 많은가 보죠?」

잡지사 기자인 Y가 물었다.

「문학은 잘 모르지만…… 소설가에게는 관심이 좀 있습니
다.」

「대체 그 제안이라는 게 뭡니까?」

A가 시계를 들여다보며 외투와 핸드백을 주섬주섬 챙겨 들
었다. 아이들을 남편에게 맡기고 나온 A는 갑자기 나타난 그
에게 잔뜩 호기심이 발동한 눈치였지만 너무 늦은 시간이라 오
래 앉아 있지는 못했다.

「미월 씨가 방이 필요하다고 말씀하셨죠? 제가 그 방을 제공
해 드리고 싶습니다.」

그가 내 얼굴을 똑바로 보며 말하자 Y와 J와 A는 일제히 입
을 다물고 나를 쳐다보았다.

「글 쓰기 위한 자기만의 방이 필요하다는 말을 듣고 제가 그
방을 드리고 싶어서 이 자리로 온 겁니다.」

「어떤 조건으로, 무슨 까닭으로 그런 말씀을 하시는 건가
요?」

Y는 그의 입에서 나온 말이 뜻밖이라 우선 내 얼굴부터 살피

고는 물었다.

「조건이 있습니다. 제가 방과 글 쓰는 데 필요한 돈을 드리겠습니다. 물론 저와 함께 사는 조건입니다. 저는 미월 씨와 결혼하고 싶습니다. 미월 씨는 무조건 글만 쓰시면 됩니다.」

그가 명함 한 장을 탁자 위에 올려놓고 자리를 뜨자 Y와 J와 A는 내 얼굴을 뚫어져라 쳐다보았다.

나는 아무 말 하지 않고 그의 명함을 가방 속에 찔러 넣었다.

그날 나는 조금 취해 있었다. 그가 놓고 간 명함을 가방에 집어넣은 것도 전혀 기억이 나지 않았다. 다음날 아침 J에게서 전화를 받고 나서야 어렴풋이 어제저녁 일이 떠올랐다.

오후에 나는 책과 노트를 챙겨 들고 슈에 갔다. 조명이 어둡기는 해도 책을 읽거나 글을 쓰기에는 집보다 그곳이 나을 것 같았다. 나는 아직 글 쓰기에 알맞은 공간을 찾지 못했다. 초등학교에 다니는 조카와 함께 쓰는 작은방이나, 언니네 가족이 모두 잠든 시간에는 부엌 식탁이 내가 글을 쓰는 공간이었다. 6개월 전 다니던 잡지사에 사표를 내자 언니는 날마다 나를 달달 볶아 댔다. 대학까지 나온 아이가 왜 실직자로 사느냐고, 형부 보기에 민망하다면서 차라리 결혼이라도 하라고 성화였다.

운 좋게 문학 잡지를 통해 등단했지만 언니의 태도는 별로 달라지지 않았다. 직장을 갖고 싶지 않았지만 결국은 다시 일자리를 구해야 한다는 걸 나도 알고 있었다. 아껴서 쓰면 상금으로 두어 달은 버틸 수 있었다. 돈이 떨어지면 다시 아르바이트 자리를 찾아봐야 했다. 나는 대학 다니는 동안 해보지 않은 아르바이트가 없었다. 강의가 없는 시간에는 짬짬이 분식집에서 라면을 삶는 일을 했고, 강의가 끝나는 오후부터 늦은 밤까지는 대학 근처 카페나 레스토랑에서 일했으며, 방학 때는 동사무소나 백화점에서 아르바이트를 했다. 대학을 1년 쉬는 동안 일했던 집 근처 부동산 사무실은 내가 일한 곳 중 가장 조건이 좋았었다. 우선 앉아서 일할 수 있다는 게 무엇보다 큰 장점이었다. 사장의 잔심부름이나 커피잔을 나르는 일, 전화를 받고 메모하는 일 중간중간에 책도 볼 수 있고 가끔 글을 쓸 시간도 생겼다.

그를 다시 만나게 될 거라는 생각은 하지 않았다. Y는 내게 조심하라는 말을 덧붙였다. 세상엔 별의별 사람이 많다는 Y의 말끝에 나는 쿡 하고 웃음을 터뜨렸다. 그의 얼굴은 특별히 조심해야 할 만큼 특징 있는 인상으로 남아 있지 않았다. 사실 나는 잃을 것도 별로 없는 신출내기 소설가일 뿐이었다.

그가 원두커피가 담긴 찻잔을 들고 내가 앉은 테이블로 다가왔을 때까지 나는 그를 알아보지 못했다. 낯선 얼굴에 반해 그의 목소리는 친근하게 느껴졌다.

「버지니아 울프가 그랬지요? 작가에게는 자기만의 방이 필요하다고?」

나는 잠자코 앉아 있었다. 아마 어젯밤에 내가 친구들에게 나만의 방이 필요하다는 이야기를 한 모양이었다.

「제가 방을 마련해 드리고 싶은데.」

그는 의자 등받이에 몸을 깊숙이 기대고 앉아 여유 있는 얼굴로 말했다.

「왜요? 싸게 나온 방이라도 있나요?」

조명 탓인지 그의 나이를 가늠하기 힘들었다.

「허허, 미월 씨는 글을 쓸 방이 필요하고 저는 함께 살 여자가 필요하니까 서로 궁합이 잘 맞는 거 아닌가요?」

그는 끝까지 농담으로 밀고 나갈 생각인 것 같았다.

「우리는 서로에 대해 아무것도 모르고 좋아하지도 않는데 어떻게 같이 산다는 거죠?」

나는 그가 놓은 함정에 걸려든 기분이 들었지만 호기심과 장난기 또한 억누를 수 없었다.

「처음부터 서로 아는 사람이 어디 있습니까? 평생을 함께 살아도 서로를 알지 못하는 사람이 있고, 하루를 만나도 느낌이 통하는 사람이 있는 것 아닌가요?」

그날 나는 그와 함께 슈에서 저녁때까지 술을 마시고 결국 잔뜩 취해 집으로 돌아갔다. 술에 취한 나를 부축해서 언니의 집까지 데려다 주면서 그는 매우 정중하고 과묵하게 굴었다.

「그럼 내일 다시 슈에서 만납시다.」

그가 언니 집으로 들어가는 내 등에 대고 말했다.

　세 번째 만났을 때 그는 내게 모자를 사주었다. 챙이 긴 흰색 모자였다.

　그는 마치 오래된 연인에게 하듯 내 머리 위에 모자를 씌워 주고 한참을 들여다보고는 빙그레 웃었다. 나는 모자 따위는 써보지 않았기 때문에 거울을 들여다보라는 가게 주인의 말에 고개를 돌려 버렸다.

　그는 저녁을 먹으려고 횟집에 들어가서도 모자를 벗지 못하게 했다. 나는 머리 위에 얹혀 있는 모자가 돌덩어리처럼 느껴졌다.

　그는 저녁 식사를 하자며 회 센터 주차장에 자동차를 세웠다. 나는 한 번도 회를 먹어 보지 않았지만 차마 회를 먹지 못한다는 말은 할 수 없었다.

「미월 씨와 한집에서 살게 되면 매일 이런 음식을 먹게 되겠지요?」

　그는 광어회 한 점을 소스에 찍어 상추에 싸 내게 내밀었다.

「내가 할 줄 아는 음식은 김치찌개하고 된장찌개밖에 없어요.」

　나는 그의 손을 무시하고 젓가락으로 회를 한 점 집어 냄새를 맡았다. 생각처럼 비린내는 나지 않았지만 왠지 날것을 먹는 게 내키지 않았다.

「회는 이렇게 먹는 거지 냄새 맡는 게 아닙니다.」

　그는 무안해하지 않고 손에 들고 있던 쌈을 입에 넣었다.

「요리를 잘하는 여자를 찾는다면 잘못 짚은 것 같네요.」

나는 여전히 회를 입에 넣지 못하고 잔에 따라진 소주만 홀짝거렸다.

「돈과 시간만 있으면 맛있는 음식은 언제든 먹을 수 있지요. 저는 요리사를 구하는 게 아닙니다. 저와 함께 맛있게 음식을 먹어 줄 사람이 필요한 것뿐입니다.」

내가 광어 살점을 뒤적거리는 동안 그는 광어 한 마리와 민어 한 마리를 먹어 치우고 매운탕에 밥 한 그릇까지 비웠다.

「제가 재미있는 이야기 하나 해줄까요?」

그는 소주는 입에 대지 않았고 나 혼자 소주 한 병을 마시고 있었다.

「남자가 서른이 되도록 여자 한 명 사귀지 않았다면 거짓말이겠지요. 미월 씨처럼 미인이었는데 한 일 년 가까이 사귀다 헤어졌습니다.」

그러나 나는 미인 축에는 들지 못했다. 큰 키에 비해 지나치게 살이 없어 처음 만나는 사람들에게 그다지 호감을 주는 인상은 아니었다.

「그림을 그리는 여자였습니다. 그녀가 그림을 그리는 걸 알고 만난 것은 아니지만, 처음 만났을 때 그 여자의 몸에서 물감 냄새가 났습니다. 일 년 가까이 날마다 그녀의 화실을 드나들었지요. 나는 그녀가 내 얼굴이나 몸을 그려 주길 바랐습니다. 원한다면 기꺼이 누드모델이 되어 줄 수도 있었는데…….」

그를 만나는 동안 그의 가족이나 어린 시절에 관한 이야기는 듣지 못했다. 가족에 관한 이야기를 꺼낸 건 내 쪽이었다. 얼굴도 알지 못하는 부모님과 고아처럼 자란 어린 시절의 이야기를 듣고도 그는 담담했다. 그는 내 유년의 이야기를 듣고 눈시울을 적시지 않은 유일한 사람이었다.

「원한다면 오늘이라도 당장 미월 씨의 방으로 오셔도 좋습니다.」

2

짐을 꾸리던 손을 멈추고 나는 서재 벽에 걸린 액자 속 사진을 물끄러미 바라보았다. 고등학교 동창 A, J, Y와 함께 경포대에서 찍은 사진이었다. 대학 입시에 떨어진 A와, 재수를 하기 위해 학원에 다니던 J와, 대학은 달라도 나와 같은 국문과에 다니던 Y와 함께 여름 바닷가에서 찍은 사진이었다. 그때 나는 등록금을 벌기 위해 아르바이트를 했기 때문에 어렵게 주말에 시간을 내서 친구들과 함께 사람들이 바글거리는 바닷가에 갔던 기억이 난다.

결혼 날짜를 잡았다고 전화했을 때 A와 J와 Y는 모두 내 말을 믿지 않았다. 유일한 혈육인 언니만이 내 결혼을 적극적으로 밀어붙이고 축하해 주었다. 혼수를 준비하려는 언니에게 그는 아무것도 필요 없다고 말했다. 캐나다에 산다는 그의 부모님은 결혼식에 참석하지 않았다.

나는 책과 컴퓨터와 옷가지만 들고 그의 집으로 들어갔다. 그를 만난 지 두 달 만이었다. 친구들은 나를 이해하지 못했고 나 역시 두 달 동안 진행된 상황들에 대해 설명하기 어려웠다.

그의 집은 동대문운동장 뒤편에 있는 상가 건물 3층이었다. 1층은 아귀찜과 탕을 파는 음식점이고 2층은 기획사 사무실이었다. 서른 평 남짓 되는 공간에 방이 세 개 있고 널찍한 거실 창밖으로 주택과 상가가 보였다. 도배를 새로 한 듯 천장과 벽은 티 하나 없는 흰색이었고 거실 바닥은 반질반질하게 윤이 났다. 32인치 평면 텔레비전과 일제 소니 오디오와 크리스털 컵이며 도자기 접시 따위가 가지런히 진열된 장식장, 하루 종일 누워 뒹굴어도 불편하지 않을 것 같은 푹신한 소파가 놓인 거실은 날마다 주부의 손길이 간 듯 정갈하고 세련되게 꾸며져 있었다.

방 하나는 붙박이장과 킹사이즈 침대가 있는 침실이었고, 하나는 별다른 가구가 놓이지 않은 빈방이었고 나머지 하나는 내가 쓸 서재였다. 아주 오래전부터 나를 위해 준비된 것처럼 벽을 따라 길게 책꽂이가 붙어 있고 어른 하나가 누워도 불편하지 않을 만큼 길고 폭이 넓은 원목 책상이 보였다.

그가 방문 앞에 쭈뼛거리고 서 있는 내 손을 잡고 방 안으로 들어갔다.

「혼자 할 수 있겠어?」

언니 집에서 가져온 책과 컴퓨터와 옷가지는 상자 속에 들어 있었다.

「천천히 할게요.」

그가 내게 반말하기 시작한 것은 함께 잠을 잔 뒤부터였다.

그를 따라 횟집에 들어가 광어회를 앞에 놓은 채 먹지 못하고 냄새만 맡으면서 회를 못 먹는다는 말은 하지 못한 것처럼 그와 함께 여관에 들어갔을 때도 나는 처음이라는 말은 하지 않았다.

그는 내 짐들 속에 있는 낡은 586 컴퓨터를 보더니 갑자기 침실로 달려갔다.

「집들이 선물이야. 새 글은 새 컴퓨터에 써야겠지?」

그는 검은색 가방을 책상 위에 올려놓고 지퍼를 내렸다. 쥐색 노트북 컴퓨터가 보였다.

「안타깝게도 나는 컴맹이야. 최신형이래서 제일 비싼 걸로 샀어. 가방 속에 안내 책자랑 시디가 들어 있을 거야.」

내가 코드를 꽂고 노트북을 부팅시키자 그는 슬며시 방에서 나가 버렸다.

노트북을 부팅시킨 채 책장도 정리하다 말고 나는 방에서 나갔다. 차라도 한잔 마셔야 할 것 같았다.

거실 소파에 비스듬히 기대앉아 비디오를 보고 있던 그가 방에서 나오는 나를 쳐다보며 물었다.

「왜, 뭐 필요한 게 있어?」

나는 차를 마시고 싶다는 말은 하지 못하고 다시 방으로 들어가 버렸다.

그는 내가 방에서 나갈 때마다 왜 나왔느냐고 물었고 나는 차를 마시고 싶다는 말을, 침대에서 쉬고 싶다는 말을 하지 못했다.

함께 살던 5년 동안 그에겐 뚜렷한 직업이 없었다. 상가 1층과 2층에서 나오는 월세와 통장에 들어 있는 저축이 있었기 때문에 생활에는 불편이 없었다. 그는 월말이 되면 월세를 받아 오고 꼬박꼬박 은행에 가서 직접 세금을 냈다. 전기세와 수도세, 도시가스 요금은 물론이고 신문값과 우윳값까지 내 손을 빌리지 않았다. 필요한 것이 있다고 말하면 하루를 넘기지 않고 사다 주었다. 장을 보고 쇼핑을 하는 것도 그였다. 그는 내가 어떤 종류의 화장품을 쓰는지 속옷의 치수는 얼마인지까지 꼼꼼히 수첩에 메모해 놓았다가 필요할 때마다 사다 주었다.

나는 아무것도 사지 않았다. 필요할 때 쓰라고 그가 내 이름으로 된 신용 카드를 만들어 주었지만 특별히 쓸 일이 생기지 않았다.

나는 가끔 혼자 카페 슈에 갔다. A와 J와 Y는 그가 있는 집이 불편하다고 밖에서 만나길 원했다. 친구들은 내 얼굴이 좋아졌다고 했다. 몇 달 사이 몸무게가 4~5킬로그램이나 늘었다. 친구들을 만날 때마다 커피나 술을 사는 쪽은 나였다. 카페 주인 오빈은 내게 돈을 받지 않았다. 계산은 언제나 그가 나중에 치른다고 했다.

「너 정말 글만 쓰고 사니?」

A가 부러움과 의심이 묻은 눈으로 물었다.

그의 집으로 들어간 뒤 나는 청소나 세탁을 하지 않았다. 날마다 아침이면 파출부가 와서 오전에 청소며 세탁을 해놓고 간단한 반찬과 국을 만들어 놓고 갔다. 그가 요리를 하기도 했다. 내가 하는 일은 고작 설거지 정도였다.

「집안일 할 시간에 글을 쓰라고 하니까.」

A는 내 말을 믿지 못하는 눈치였다.

「그럼 애는 누가 낳고 키우니?」

아기를 낳을 생각은 하지 않았지만 그는 내게 이야기조차 꺼내지 않았다.

그는 내가 서재에 있는 동안 거실 소파에 앉아 볼륨을 죽여 놓고 비디오나 텔레비전을 볼 뿐 같이 자자고 나를 침실로 끌고 가지 않았다.

새벽에 그가 누워 있는 침대로 들어가 잠이 들면 날이 환하게 밝도록 나를 깨우지 않았다. 그는 혼자 아침을 먹고 파출부가 와도 침실은 치우지 말라고 당부했다.

남쪽으로 나 있는 침실 창가에 이중으로 된 두꺼운 커튼을 단 것도 그였다.

그의 집에 들어간 지 열 달이 지났지만 나는 한 줄도 글을 쓰지 못했다. 등단한 지 1년이 지났지만 청탁은 들어오지 않았다. 내가 소설가라는 걸 아는 사람은 언니와 친구 몇 명이 고작이었다.

유림 엄마가 아니었으면 나는 등단작이 된 그 소설을 쓰지 못했을 것이다. 유림 엄마는 내가 대학을 휴학하고 1년 남짓 일했던 부동산 사무실에서 만났다. 비 오는 날을 제외하고 날마다 전철역 입구에서 전단지를 들고 서 있던 유림 엄마. 신축 빌라의 분양을 알리는 전단지를 전철역을 오가는 사람들에게 나누어 주고 손님을 데리고 부동산 사무실로 오는 것이 그녀의 일이었다.

전철역 입구에는 유림 엄마처럼 전단지를 들고 서 있는 여자들로 북적거렸다. 역 주변 부동산마다 여자를 한 명 이상 고용했다. 점심시간이 되면 각자 싸온 도시락을 들고 내가 근무하는 부동산 사무실로 몰려오는 여자들 속에, 유림 엄마만이 부동산 사무실 직원이었다.

기본급에 손님을 데리고 오는 만큼 수당이 붙는 그 일은 보수보다 고되고 여자들끼리 알게 모르게 분쟁도 잦았다.

유림 아빠가 소설가라는 걸 알게 된 건 여자들의 입을 통해서였다. 그들은 소설가라는 말을 부러움과 비웃음이 뒤섞인 말투로 이야기했다. 좀처럼 크게 웃지 않는 유림 엄마는 여자들이 남편 이야기를 꺼낼 때면 얼굴 가득 미소를 담았다.

비 오는 날은 역 주변에 서 있던 여자들이 일찌감치 집으로 돌아가거나 날이 개기를 기다리며 부동산 사무실에 앉아 있었다. 사장은 근처 사우나나 다방으로 가고 비가 그칠 때까지 유림 엄마와 내가 사무실을 지키고 있었다.

내가 유림 아빠에 대해 묻자 유림 엄마는 수줍은 듯 망설이다가 오래전 신춘문예로 등단한 소설가라고 대답했다. 등단한 뒤 아직 한 편의 소설도 발표하지 못한 소설가가 유림 아빠였다. 대답과 달리 그녀의 얼굴 표정은 무명의 작가를 둔 소설가의 아내처럼 보이지 않았다. 마치 언젠가는 반드시 황금알을 낳는 대단한 소설을 쓸 작가라는 사실을 애써 숨기고 싶어하는 표정이 역력했다.

「방이 둘 있는 지하에 세 들어 살아. 소설가에게 햇빛은 목숨과 같은 건데…….」

30대 중반을 넘긴 그녀는 두 딸의 엄마이기도 했다.

「아이들은 아빠가 돌보겠네요?」

이름이 알려진 작가도 아닐뿐더러 돈을 벌기 위해 아내가 밖으로 나가면 당연히 집안일과 아이들 뒤치다꺼리는 남편의 몫일 것 같았다.

「내가 아침에 준비해 놓고 나가면 애들이 학교 갔다 와서 지 아빠 밥도 차려 주고 심부름도 하고 글 쓰는 데 방해 안 되게 밖에서 놀아.」

그녀는 그렇게 하는 게 당연하다는 표정이었다.

「작가들은 밤에 글이 잘 써진다고 하잖아. 나는 집에 가면 일찌감치 치우고 애들 방에서 자. 그래야 애 아빠가 작업을 할 수 있을 테니까.」

나는 등단한 지 10년이 지나도록 아직 창작집 한 권 내지 못한 무명의 소설가를 그토록 지극히 배려하는 그녀가 놀랍고 대단해 보였다.

「내가 지독히 따라다녔어. 죽어도 결혼은 안 할 거라는 그이를 조르고 졸라서. 자기는 가족을 부양할 능력도 자신도 없다고 말했었지. 십 년 동안 난 안 해본 일이 없어. 파출부며 음식점 찬모며 할 수 있는 일이면 뭐든지 달려들었어. 내가 선택한 거니까 후회는 없어.」

유림 엄마의 이야기를 듣고 나서도 나는 그녀의 이야기를 소설로 써볼 생각은 하지 않았다.

3

5년이라는 기한을 정한 건 나였다.

나는 날마다 글을 쓰지 않을 핑계를 만들기 시작했다. 한여름에도 감기에 걸려 며칠을 침대에 누워 앓았다. 그가 외출했다 돌아오는 기척이 들리면 머리가 아프고 다리가 저렸다. 누구도 들어가지 않는 서재에는 먼지가 쌓이고 환기조차 시키지 않아 벽지에 곰팡이가 슬었다.

컴퓨터도 활자도 눈에 들어오지 않았다. 나는 글을 쓰는 일이 짐스럽게 느껴지기 시작했다. 차라리 그를 사랑하는 편이 훨씬 마음 편할 것 같았다.

「미월이라는 소설가가 세상에 알려지려면 몇 해를 기다려야 하지?」

동해 바다가 보이는 콘도에서 그가 물었다.

우리는 신혼여행 겸 동해에서 3일을 묵고 설악산에서 1박을 했다.

「길게 잡으면 오 년 안에 내가 쓴 소설을 팔아 여행을 할 수 있을 거예요.」

쓰고 싶은 이야기들이 흰 포말을 만들며 부서지는 파도처럼 머릿속에서 출렁거리고 있었다.

「소설을 팔아 돈을 벌지 않아도 좋아. 돈은 내게도 충분하니까. 내가 원하는 것은 소설가 강미월의 남편 민장우야.」

「당신은 나를 사랑하나요?」

처음 그를 안았을 때 놀랍게도 나는 내 몸이 아주 작아지는 느낌이 들었다.

「나는 사랑을 미래에 투자한 사람이지.」

처음 방을 주겠다는 말을 들었을 때처럼 나는 그의 말을 쉽게 이해하지 못했다.

「나는 누군가 나를 발견해 주길 기다려 왔어. 가능하다면 당신의 첫 번째 소설책의 주인공이 되고 싶어. 가능하다면 말이야.」

그는 천천히 내 이마에 입술을 가져다 대고 오랫동안 입을 맞추었다.

그와 사는 동안 나는 경제적인 불편을 느끼지 못했다. 그가 일정한 직업도 없이 풍족한 생활을 누리는 것이 부모의 유산 때문인지 내가 알지 못하는 다른 일을 하고 있기 때문인지는 전혀 알 수 없었다.

캐나다에 있다는 그의 부모에게서는 5년 동안 전화 한 통 걸려 오지 않았다. 그에게는 동생이나 형도 없는 것 같았다. 자신의 이야기를 써달라는 부탁과 달리 그는 아무것도 내게 말해 주지 않았다. 그와 가까이 지내는 사람 중에 내가 알고 있는 유일한 사람은 카페 주인 오빈뿐이었다.

내가 한 줄의 문장도 만들어 내지 못하고 노트북 앞에 매달려 있는 동안 그는 마치 수험생 자녀를 둔 어머니처럼 거실에서 떠나지 않았다. 아무리 머리를 쥐어짜도 문장은 단 한 줄도 만들어지지 않고 애꿎게 자판을 두들기던 손가락만 피가 나도록 깨물어 댔다. 한 번도 가지 않은 길 앞에 서 있는 어린아이처럼 나는 두려움에 떨었다. 맞춤법조차 틀린 불안정한 문장은 입 안에 허연 버캐를 만들어 놓았다.

나는 이따금 길쭉한 원목 책상 위에 길게 누워 잠이 들었다. 책상 위에 놓인 책과 커피잔이며 노트북을 바닥에 내려놓고 다리를 길게 펴고 두 손은 이마에 댄 채로. 형광등 때문에 눈이 부셨지만 꺼버릴 수는 없었다. 그가 화장실에 들어갔다 나오는 기척과 냉장고를 여닫는 소리까지 들으면서 엷은 잠에 빠져들었다.

꿈속에서 소설가 T를 보았다. 이름도 얼굴도 모르고 그가 쓴 소설 한 편 읽은 적 없는 소설가의 뒷모습이 현실인 듯 생생하게 보였다. 내가 알지 못하지만 어딘가에 존재하고 있을 소설가 T는 내 소설의 주인공이기도 했다. 10년 동안이나 아내의 헌신적인 보살핌에도 불구하고 단 한 편의 소설도 쓰지 못했던 소설가. 아니, 어쩌면 그는 수많은 소설을 썼을지도 모른다. 중요한 것은 그의 소설들이 활자화되지 못했다는 것이다.

그의 아내는 돈을 벌어 오는 것은 물론이고 자식을 키우고 주부로서 집안일을 하는 데에도 한 치의 소홀함이 없다. 비좁은 집 안에서 행여 아이들이 큰 소리를 낼까 늘 전전긍긍하던 아내는 저녁밥을 먹은 아이들에게 소량의 수면제를 물에 타 먹이기도 한다.

소설가 남편이 긴 여행을 떠날 수 있었던 것도 아내 때문이었다. 빠듯한 수입으로 여행 경비를 마련할 수 없었던 아내는 은근히 추파를 던져 오던 부동산 사장에게 제 발로 찾아가 하룻밤을 보낸다.

T는 돌아오지 않는다. 그가 떠난 지 한 달이 지나도 돌아오지 않자 아내는 실종 신고를 내고 남편의 방에 쌓여 있는 책더미 속을 뒤진다. 컴퓨터를 알지 못하는 아내는 파일 속에 담긴

남편의 글과 편지를 찾아 읽지 못한다.

유림 엄마가 사무실에 나오지 않자 사장은 새로 여자를 구했다. 마흔을 넘겼을 것 같은 키가 작은 여자였다. 여자는 유림 엄마가 쓰던 챙이 긴 모자와 목장갑을 끼고 빳빳한 전단지 뭉치를 들고 전철역 입구에 서 있었다. 늘 그랬던 것처럼 여자들은 점심시간이 되면 우르르 사무실 안으로 몰려와 도시락을 먹고 내가 아침에 끓여 놓은 보리차를 마신 뒤 너 나 할 것 없이 손거울을 꺼내 들고 입술을 진하게 새로 칠했다.

유림 엄마에 관해 여자들 입에서 나오는 말은 앞뒤도 맞지 않고 별로 신뢰도 가지 않는 것뿐이었다. 드디어 유림 아빠가 소설을 써서 베스트셀러 작가가 되었다거나 유림 엄마가 어떤 사내와 눈이 맞아 도망을 쳤다거나 유림 아빠가 죽을병에 걸려 꼼짝할 수 없다는 이야기였다. 부동산 사무실 사장 역시 그녀들보다 그럴듯한 이야기를 해주지는 못했다.

내가 유림 엄마를 마지막으로 보았을 때 그녀는 무척 불안정해 보였다. 여행에서 돌아오지 않고 아무런 연락도 없는 남편이 혹시 사고를 당한 건 아닌가 하고 몹시 걱정하고 있었다. 유림 엄마를 안심시키기 위해 나름대로 이런저런 추측을 이야기하면서도 내 마음 한구석에서는 그가 영원히 돌아오지 않을지도 모른다는 방정맞은 상상을 했다.

「여행 가고 싶으면 언제라도 말해.」

벽에 걸린 시계가 새벽 세 시를 가리키는 걸 보고 서재 문을 열었다. 문밖에서 마치 내가 나오길 기다리고 있던 것처럼 그가 서 있었다.

「가고 싶지 않아요. 아직은…….」

나는 책상에 누워 소설가 T를 생각하고 있던 걸 그에게 들킨 것 같아 놀랍고 두려웠다.

나는 바다가 보이는 콘도에서 그와 며칠 머무는 것보다는 물건을 팔고 사려는 상인과 손님 사이에 실랑이가 오가는 재래시장이나 아무것도 사지 않더라도 사람들로 북적거리는 쇼핑센터를 돌아다니고 싶었다.

늘 정갈하게 차려진 밥상이나 말끔하게 정돈된 욕실은 머리를 아프게 했다. 꼭 그의 아이가 아니더라도 임신을 하고 입덧을 해보고 싶은 욕구가 솟는 걸 주체하기 어려웠다.

「부탁이 있어요.」

침실로 들어가는 그의 등에 대고 내가 말했다.

「뭐든지.」

그가 입고 있는 실크 잠옷에서 옅은 향수 냄새가 풍겼다. 그의 잠옷을 세탁하는 건 내가 아니라 파출부 여자였다.

「이제부터 집안일은 내가 할게요. 장을 보는 것도요.」

나는 그의 눈을 피해 어두운 거실로 시선을 돌렸다.

「그럴 필요 없어. 부담 갖지 말고 그냥 열심히 글만 써.」

그는 애써 태연한 표정을 지으며 대답했다.

「글이 잘 쓰이지 않아서 그래요. 생각처럼…….」

「힘들어하고 있다는 거 알아. 글을 쓰는 게 물건을 찍어 내는 일도 아닌데 마음먹은 대로 뚝딱 쓰이는 건 아니겠지. 당신에게 방을 주고 돈을 주겠다는 약속, 아직 유효 기간이 많이 남았잖아.」

그는 침실로 들어가 등을 꺼버리고 먼저 잠이 들었다.

아침에 일어나 파출부가 오기 전에 내가 밥을 차려 놓자 그는 처음에는 놀라는 눈치더니 결국은 화를 냈다.

「나는 파출부와 살기 위해서 너와 결혼한 게 아니야.」

나는 그의 말을 무시하고 일하러 온 파출부를 돌려보냈다. 세탁기 속에 옷가지를 넣고 세제를 뿌린 다음 동작 버튼을 누르고 청소를 했다.

그는 밥도 먹지 않고 외출했다. 나는 콧노래를 흥얼거리며 식탁을 치우고 개수대에 잔뜩 쌓인 그릇들을 닦았다.

집안일을 끝내고 나서 나는 외출 준비를 했다. 샤워를 하고 나서 속옷 바람으로 화장을 하고 머리를 빗고 장롱을 열었다. 될 수 있으면 화려한 옷을 입고 싶었다. 결혼 전에 입던 옷들은 이제 몸에 맞지 않았다. 아기를 낳은 적도 없는데 내 몸은 뚱뚱해져 있었다. 뾰족하게 각진 턱은 둥글둥글해졌고 긴장을 풀고 있으면 목에는 두 겹 세 겹의 주름이 잡혔다. 장롱 안에 있는 바지들은 허벅지 위로는 올라가지 않았고 재킷이나 원피스를 입으면 숨이 막혔다.

5년 동안 나는 동네 여자 한 명 사귀지 못했다. 1층 아귀찜 집 여자와는 제대로 인사 한번 해보지 못했다. 에어로빅이나 수영을 함께 다닐 이웃을 사귀지 못한 자신이 한심스럽게 느껴졌다. 나는 그가 만들어 준 신용 카드를 꺼내 핸드백에 넣고 집을 나섰다. 우선 옷부터 사야 했다.

백화점 점원들은 친절했다. 손으로 옷을 가리키면 두말하지 않고 내 몸에 맞는 사이즈를 가져다주었다. 나는 그가 만들어 준 신용 카드로 다섯 벌의 옷을 사고 지하 식품 매장에서 고기며 생선, 야채와 과일들을 잔뜩 사들고 집으로 돌아왔다.

수북이 먼지가 쌓인 노트북을 열고 인터넷에 접속했다. 한 번도 먹어 보지 않은 특별한 요리를 만들기 위해 오랜 시간 컴퓨터 앞에 앉아 있었다. 그럴듯해 보이는 요리가 눈에 띄는 대로 인쇄를 했다. 요리 사이트 속에는 여자들의 수다가 감초처럼 끼여 있었다. 컴퓨터는 글을 쓰기 위한 도구가 아니라 이제 요리를 위한 도우미이거나 한낮의 농담이 되었다. 나는 베란다 문을 활짝 열어 놓고 인터넷을 뒤져 찾아낸 요리를 만들기 위해 땀을 뻘뻘 흘려 가며 부엌에서 일을 했다.

그는 내가 만든 음식을 먹지 않았다. 나는 이미 식어 버린 탕과 전과 샐러드를 혼자 꾸역꾸역 먹고 남은 음식을 쓰레기통에 버렸다.

「왜 아이처럼 떼를 쓰는 거지?」

그가 설거지를 하고 있는 내 등에 대고 소리쳤다.

「이 음식을 만들기 위해 하루 종일 부엌에 서 있었어요.」

나는 돌아보지 않고 대꾸했다.

「니가 정말 하고 싶은 게 요리였니? 소설을 쓰겠다는 미월이는 어디 간 거지?」

나는 '소설을 쓰겠다는 미월'이라는 말을 듣는 순간 온몸의 기가 손가락 끝으로 빠져나가는 걸 느꼈다. 그럴 수만 있다면 글을 쓰려 했던 나 자신을 요리해서 눈에 띄지 않게 먹어 치우고 싶었다.

4

짐은 많지 않다. 처음에 꾸려 놓았던 짐 속에서 다시 몇 개를 덜어 내고 또다시 버리고 했더니 양손에 나누어 들고 갈 수 있을 만큼 줄어들었다. 그가 사준 노트북 컴퓨터는 원목 책상 위에 얌전히 놓아두었다. 그것은 처음부터 내 것이 아니었다. 나는 노트북으로 한 줄의 글도 쓰지 않았다. 그의 신용 카드로 사들인 옷도 장롱 속에 들어 있다. 몸에 맞는 옷 몇 벌과 다시 읽어도 지루하지 않을 책 몇 권이 가지고 갈 짐의 전부이다.

짐을 현관 앞에 부려 놓고 거실 창을 연다. 언제부터 내리고 있었는지 눈보라가 안으로 쏟아져 들어온다. 나는 성급하게 창을 닫고 두꺼운 커튼을 꼼꼼히 쳐놓는다.

길을 떠나기에 그리 좋은 날씨는 아니다. 어쩌면 그는 집으로 오는 길을 잃어버렸는지 모른다. 내가 오빈을 만나고 돌아오다가 집을 찾지 못해 한밤중까지 헤매고 다닌 것처럼.

그가 사라진 뒤, 나는 그를 찾을 아무런 방법도 알지 못했다. 내가 아는 거라곤 그가 오빈의 카페에 자주 간다는 것뿐이었다. 어쩌면 그에게 새로운 여자가 생겼을지도 모른다는 생각을 한 것은 그에 대한 이야기를 쓰기 시작하면서부터였다. 그가 거실에 앉아 내 몸짓 하나하나를 간섭하지 않는 날부터 나는 비로소 굳게 닫아 두었던 서재 문을 열었다. 컴퓨터를 열고 글을 쓰고 싶다는 욕망이 내 안에 남아 있다는 사실을 깨닫고 전율했다. 나는 서재 구석진 곳에 뿌연 먼지를 뒤집어쓴 채 놓인 586 컴퓨터를 책상 위에 올려놓고 정성 들여 먼지를 닦아 냈다. 컴퓨터만 열면 당장이라도 아우성을 치며 터져 나올 것 같던 글은 웬일인지 머릿속에 회오리바람만 만들 뿐 좀처럼 문장이 되어 빠져나오지 않았다. 나는 식료품을 사기 위해 외출을 하지 않았고 하루 종일 커튼을 쳐놓았다. 졸음이 쏟아지면 침대에 쓰러져 자고 다시 눈을 뜨면 컴퓨터 앞에 붙어 있었다.

단편 소설 '소설가의 아내'를 쓰게 된 계기는 유림 엄마의 갑작스러운 실종 때문이었다. 그녀의 실종은 소설가 남편이 사라졌기 때문일 거라는 게 나의 추측이었다. 한 번도 얼굴을 본 적 없는 소설가 T는 마치 내 몸속에서 나온 사람처럼 친숙하고 자연스러운 존재였다. 나는 그가 집으로 돌아오지 않을 거라는 암시를 하면서 소설을 끝냈다.

  5년을 함께 살았던 그는 내게 너무 낯선 존재였다. 몇 번을 지우고 다시 쓰다가 결국 나는 오빈을 만나기 위해 카페 슈로 갔다. 그를 알고 있는 유일한 사람이고 그와 함께 살고 있는 나를 아는 것도 오빈뿐이었다. 오빈은 그가 사라졌다는 사실을 모르고 있었다. 한동안 카페에 들르지 않는 걸 이상하게 생각하는 눈치도 아니었다. 종종 그는 아무 연락도 없이 카페에 오지 않는다고 했다. 나는 오빈에게 그에 관한 몇 가지를 물었다. 어처구니없게도 오빈은 알고 있는 게 하나도 없었다.

「친구라면서 아는 게 하나도 없다는 게 이상하네요.」

나는 짜증도 나고 어이가 없어서 소리를 버럭 질렀다.

「아무것도 아는 게 없는 친구도 있는 법이죠.」

오빈 역시 그의 말투를 닮아 알쏭달쏭한 말로 대꾸했다.

「나이 차이가 열 살이나 나는 사람들이 친구가 될 수 있는 것처럼 말입니다.」

  나는 고개를 들고 오빈의 얼굴을 한참 동안 들여다보았다. 늘 조명 아래서 보았던 탓인지 오빈의 나이는 짐작이 가지 않았다.

  그가 새로운 여자를 찾았을지도 모른다는 생각은 그저 짐작일 뿐이었다. 오빈도 나도 그에 관해 아는 것이 너무 없었다. 발가벗은 그의 몸을 그려 주지 않았던 그림 그리는 여자와 그의 이야기를 쓰지 못했던 나. 그는 지금쯤 어떤 여자를 만나 또

다른 주문을 걸고 있을까?

그날, 오빈을 만나고 돌아오다가 길을 잃었을 때 우연히 보았던 그 여자가 정말 유림 엄마였을까? 그녀가 유림 엄마라고 생각한 것은 내 추측에 불과했다. 자주 외출하지는 않았지만 나는 이곳에서 벌써 5년을 살았다. 오빈의 카페에서 집으로 돌아오는 길을 잃은 건 지금 생각해도 이해할 수 없는 일이었다. 동대문운동장 부근을 몇 바퀴나 돌았을까? 더 이상은 한 걸음도 걸을 힘이 없어 길바닥에라도 주저앉고 싶었다. 저녁부터 새벽까지 장사를 하는 대형 쇼핑센터 앞에는 간단한 분식과 차를 파는 노점이 즐비하게 늘어서 있었다. 주황색 포장을 쳐놓은 노점 앞에 앉은뱅이의자 몇 개가 삐죽 밖으로 나와 있는 게 보였다. 나는 망설이지 않고 의자에 앉았다. 짐 가방을 옆에 부려놓고 칼국수를 먹는 노인 외에 손님은 없었다. 김밥을 말고 있는 여자에게 노인이 먹고 있는 칼국수를 주문했다. 낯이 익은 얼굴이었다. 여자는 보일 듯 말 듯 입가에 미소를 지으며 내게 물잔과 생수병을 가져다주었다. 나와 눈이 마주쳤는데도 그녀는 나를 알아보지 못하는 눈치였다. 아무리 늦은 밤이었지만 나는 그녀의 얼굴을 똑똑히 기억해 낼 수 있었다.

10년이 지났지만 유림 엄마는 별로 달라져 보이지 않았다. 올이 풀린 스웨터 위에 두툼한 조끼를 받쳐 입고 낡은 털목도리를 목에 두른 채 오가는 손님들에게 큰 소리로 인사를 하던 그녀. 내게 가져다준 칼국수 그릇 속에는 바지락과 호박이며 감자가 넘칠 듯 푸짐하게 담겨 있었다. 끝내 그녀에게 말을 걸지 못하고 칼국수값을 내고 나오려는데 웬 남자가 그녀에게로 다가가는 게 보였다. 남자를 보자 그녀의 얼굴은 환하게 밝아졌다. 칼국수 한 그릇 먹고 가라는 그녀와 그냥 돌아가겠다는 남자 사이에 작은 실랑이가 벌어지고 결국 남자는 앉은뱅이의자에 앉았다.

집에 돌아온 뒤 한동안 내 머릿속에서 남자의 굽은 등과 나무젓가락을 쥐고 있는 길고 따뜻해 보이던 손가락이 지워지지 않았다.

어차피 떠나기 좋은 날은 없다. 나는 써놓은 소설을 프린트하고 디스켓에 복사해서 가방에 넣는다.

유림 엄마를 만나고 돌아온 날부터 나는 밤낮을 가리지 않고서 컴퓨터 앞에 매달렸다. 내가 쓴 소설은 유림 엄마나 소설가 T의 이야기가 아니라 사라진 그의 이야기였다. 한 달 사이 나는 몰라볼 만큼 살이 빠졌다. 먹지도 자지도 않고 매달렸던 소설은 원고지 1천 매 분량이 넘었다. 소설이 책으로 나온다 해도 그는 읽지 못할 것이다. 그는 자신을 주인공으로 소설을 썼다는 사실조차 알지 못할 것이다. 소설을 탈고하는 순간 나는 그를 떠나보냈다. 이 집을 나서는 순간 그의 존재는 완벽하게 사라지고 오로지 활자로만 남아 있을 것이다.

산초

검은색 우산을 쓴 작은 여자가 걸어오고 있다.

여자의 얼굴은 커다란 우산에 가려서 보이지 않고 마치 군인들이 행군하듯 앞뒤로 규칙적으로 움직이는 한쪽 팔만 보인다. 여자는 빗길을 걸어 어딘가 급히 가고 있는 듯 보이지만 사실은 어디에도 가지 않는다. 여자의 걸음걸이는 불길하고 불안정해 보인다.

명주는 여자를 알고 있다. 일방적이긴 하지만 여자와 얘기를 주고받은 적도 있다. 비정상적으로 작은 키와 통통한 몸, 비틀거리듯 걷는 걸음걸이 때문에 멀리서도 쉽게 여자를 알아볼 수 있다.

비 오는 날은 외출하기에 더없이 좋은 날이다. 비 오는 소리를 듣지 못했다면 그녀는 오후까지 깨어나지 못했을지도 모른다. 그녀를 깨운 것은 어쩌면 그 여자인지도 모른다. 빗소리 때문에 잠에서 깨어 베란다로 나가 창문을 열자 여자가 검은색 우산을 쓰고 마치 기다리고 있었던 것처럼 천천히 그녀에게로 걸어오고 있었다.

명주는 깜깜한 어둠과 정적 속에서 잠이 깼다.

베란다 창을 두드리는 빗소리가 아니라면 방 안은 완벽하게 고요했다. 그녀는 눈을 뜨지 못하고 침대에 누운 채로 한 손을 뻗어 침대 옆 사이드 테이블 위에 올려놓은 안약을 집었다. 눈두덩 위에서부터 아래로 길게 붙여 둔 반창고를 조심스럽게 떼어 내고 부어오른 눈꺼풀을 손가락으로 밀어 올렸다. 눈꺼풀은 오랫동안 방치해 둔 쇠붙이처럼 빽빽하고 벌레에 물린 듯 벌겋게 부어올라 있었다. 안약을 한두 방울 떨어뜨리고 눈을 깜빡거려 보지만 앞쪽으로 돌출된 눈동자는 꿈쩍도 하지 않았다. 세수를 하려고 몸을 일으키자 침대가 삐걱 소리를 내며 출렁거렸다.

명주는 미지근한 물로 오랫동안 눈을 씻고 마른 수건으로 얼굴을 닦아 낸 뒤 세면대 위에 붙은 거울을 들여다보았다. 그녀는 매일 아침 들여다보는 자신의 얼굴에 매번 참혹함을 느꼈다. 3년이라는 짧지 않은 시간 동안 그녀는 완전히 다른 사람이 되어 버렸다. 그녀를 알고 있는 사람들은 그녀를 잘 알아보지 못했다.

외출복을 입는 데는 오랜 시간이 걸렸다. 그녀는 몸에 맞는 바지와 티셔츠를 사러 동대문이나 남대문 시장에 가는 걸 자꾸 미룬 탓에 결국 고무줄을 넣은 체육복 바지를 입고 프리 사이즈 남방셔츠 위에 코트를 걸쳤다. 신발장 위에 놓아둔 청색 모자를 쓰고 선글라스를 낀 뒤 남편이 자고 있는 작업실 쪽을 바라보았다. 남편은 밤새 그림을 그리고 새벽녘에야 잠들었을 게 분명했다. 그녀는 남편에게 메모를 남기지 않고 현관문을 열고 밖으로 나왔다.

비는 그쳐 있었다. 청색 모자를 깊숙이 눌러쓰고 선글라스를 끼고서 자동차를 세워 둔 지하 주차장 쪽으로 걸어갔다. 급히 걷는 바람에 바닥에 괴어 있던 빗물이 체육복 바지에 튀었다. 6년 넘게 살고 있는 이곳에서 알고 지내는 사람이 단 한 사람도 없는데도 그녀는 늘 누군가와 부딪칠까 조마조마했다. 빗물이 괸 곳을 피하려다 손에 쥐고 있던 열쇠고리를 떨어뜨렸다. 열쇠고리에는 여러 개의 열쇠가 끼워져 있었다. 현관 열쇠가 두 개, 그녀의 방 열쇠가 한 개, 승용차 열쇠가 한 개, 오래전부터 사용하지 않는 몇 개의 열쇠까지. 선글라스 때문에 앞이 잘 보이지 않았다. 고개를 숙이고 팔을 뻗으려는데 누군가 앞을 막아서며 바닥에 떨어진 열쇠고리를 집어 들었다.

「이걸 찾고 있죠?」

검은색 우산을 쓴 여자였다. 여자는 열쇠고리에 묻은 물기를 제 바지에 쓱쓱 닦아 내고 명주의 손에 올려놓으며 활짝 웃었다. 웃을 때 드러난 치아는 오랫동안 닦지 않은 듯 누렇고 앞니 하나가 반쯤 깨져 있었다.

　그녀는 아무 말 없이 열쇠고리를 받아 들고 다시 걷기 시작했다.

　「나도 아주머니처럼 열쇠를 하나쯤 갖고 싶어요. 차가 없으니까 차 열쇠는 가질 수 없고, 삼백일 호 열쇠는 나한테도 꼭 필요한데 우리 부모는 절대로 나한테 열쇠를 주지 않아요. 하긴 우리 부모는 이제까지 나한테 아무것도 준 것이 없으니까요.」

　여자는 걷고 있는 그녀의 등에 대고 일방적으로 지껄였다.

　「아주머니 아이는 왜 안 보이죠? 아이들은 무슨 일이 있어도 엄마 품에서 자라야 해요. 하긴 엄마가 끼고 키운다고 다 정상적인 아이로 자라는 건 아니지만 말이에요. 나를 보세요. 나는 서른다섯 살이지만 아직 엄마 아빠하고 살고 있어요. 제가 정상이 아니라는 건 아주머니도 잘 알잖아요. 그런데 지금 어딜 가는 거죠?」

　여자는 지하 주차장까지 따라 들어오면서 계속 종알거렸다.

　여자는 명주에 대해 많은 것을 알고 있는 것 같았다. 그녀는 투명 인간이 아니었다. 될 수 있는 한 남의 눈에 띄지 않으려고 커다란 몸을 공처럼 둥글게 구부리고 얌전하고 조심스럽게 움직였지만 이미 여자의 포위망에 걸려들고 말았다.

　「아주머니 남편은 밤에만 그림을 그리나요?」

　차 문을 열고 운전석에 올라타려던 그녀가 갑자기 몸을 돌려 여자를 정면으로 바라보았다.

「놀라지 마세요. 나는 아주머니 남편이 화가라는 걸 벌써 알고 있으니까요.」

여자는 퍼붓는 빗줄기라도 피하려는 듯, 여전히 한 손에는 검은색 우산을 펴 들고 서서 천연덕스럽게 대꾸했다.

그녀는 차 안으로 들어가 시동을 걸고 여자가 비켜나기를 기다렸다.

「아주머니와 나는 닮은 점이 있는 것 같아요. 아주머니도 나처럼 비가 오는 날엔 집 밖으로 나오잖아요. ……이렇게 깜깜한 곳에서 선글라스를 쓰고 운전하다가는 사고가 나기 쉬워요. 어디로 가는지는 모르지만 잘 다녀오세요.」

여자가 차에서 몇 걸음 떨어지면서 그녀를 향해 검은색 우산을 흔들어 댔다.

명주는 기어를 3단에 넣고 액셀러레이터를 밟았다. 여자는 차가 지하 주차장을 빠져나갈 때까지 그 자리에서 움직이지 않고 서 있었다.

차가 아파트 단지를 완전히 벗어나자 속도를 낮추고 1차선을 타지 않고 2차선에서 서행을 했다. 그녀는 운전이 서툴렀다. 면허를 딴 지는 오래됐지만 운전대를 잡을 때마다 놀이 기구를 타는 것처럼 현기증이 나고 진땀이 흘렀다. 그녀는 버스나 전철이 편하고 좋았다. 3년 전 갑상선기능항진증이라는 진단을 받고 난 뒤로 될 수 있는 한 외출을 피했다. 아이를 만나러 춘천에 가는 날과 두 달에 한 번 병원에 약을 받으러 갈 때만 어쩔 수 없이 운전대를 잡았다.

매일 약을 먹고 6개월에 한 번 정기적으로 병원에 가서 피검사를 받아도 차도가 없는 갑상선처럼 운전 실력은 시간이 지나도 늘지 않았다.

평일이라 도로는 붐비지 않았다. 명주는 아이에게 줄 선물을 사기 위해 차를 세우고 장난감 가게로 들어갔다. 무엇을 사야 할지 한참 동안 망설였다. 가게 주인이 그녀의 곁으로 다가와서 무엇을 찾는지 물었다. 그녀는 반사적으로 선글라스를 매만지며 인형 한 개를 손에 쥐고 계산을 한 뒤 밖으로 나왔다. 차에 올라 찬찬히 인형을 살펴보았다. 언젠가 아이에게 사다 준 인형 같았다. 인형을 조수석에 놓고 다시 차를 몰았다. 그녀는 아이를 두 달 동안이나 보지 못했다. 그동안 아이도 그녀도 서로에게 전화를 걸지 않았다. 아이를 만나고 돌아오면 한동안 평형 감각을 잃어버린 사람처럼 설거지를 하다가 그릇을 깨거나 화장실 바닥에 미끄러지거나 전화벨 소리에 깜짝깜짝 놀랐다. 때때로 아이를 떠올리지 않고 지내는 날은 거짓말처럼 눈의 통증도 잊혀졌고, 가슴이 뛰지도 손이 떨리지도 않았으며, 밥을 먹은 뒤 깊은 잠에 들었다. 아이를 맡아 기르고 있는 시어머니는 그녀가 다녀간 뒤 며칠 동안은 아이가 자주 짜증을 내고 방에 틀어박혀 나오지 않는다고 말했다. 그녀가 아이를 만나러 가면 시어머니는 불안한 기색을 감추지 못했다.

명주는 강촌 휴게소에서 커피와 아이에게 가져다줄 과자를 샀다. 아이를 만나러 갈 때마다 같은 곳에서 커피를 마시고 아이에게 줄 과자나 사탕을 샀다. 길어야 10분을 넘기지 않는 짧은 시간이지만 언제나 같은 곳에서 차를 세웠다.

유일한 혈육인 오빠는 강촌에 있는 한 요양소에 있다. 어머니와 아버지가 한날한시에 사고로 죽은 뒤 오빠는 요양소로 들어갔다. 그녀는 오빠를 만나기 위해 단 한 번 요양소에 찾아갔을 뿐이다. 오빠의 요양소 생활은 부족함이나 불편함 따위는 없어 보였다. 부모님의 재산은 한 푼도 그녀의 손에 들어오지 않고 고스란히 오빠 앞으로 남겨졌다. 오빠가 죽는 날까지, 요양소에 들어가는 돈과 간호하는 사람에게 지불하는 비용을 제하고 남는 돈이 얼마나 되는지 오빠도 알지 못한다. 죽기 전에 부모님은 전 재산이 오빠에게 쓰이도록 변호사 앞으로 유언장을 남겨 놓았다.

오빠를 만나러 가지 않는 이유는 단순히 돈 때문은 아니었다. 어머니는 그녀가 오빠와 가까워질 기회를 주지 않았다. 어렸을 때 그녀는 오빠처럼 되고 싶었다. 어머니는 오빠에게는 다정했지만 그녀에게는 차가웠다. 어머니는 보통 사람도 부러워할 만큼 늘씬하고 곧게 뻗은 그녀의 다리를 질투했다. 그녀는 어머니가 싸준 도시락을 한 번도 먹어 보지 못했다. 어머니는 언제나 오빠가 먹을 음식을 만들고 오빠를 데리고 장애인 학교로, 병원으로 분주히 다녔다. 오빠는 뇌성마비와 소아마비를 잃고 있는 중복 장애인이었다. 어머니는 왜 하필 그녀가 아니고 오빠가 정신 지체아로 태어났는지 원망스럽다는 말을 자주, 조심성 없이 했다.

어머니는 오빠가 다니는 장애인 학교에 거액의 돈을 기부하고 때마다 찬조금을 냈다. 아버지는 세무 공무원이었고 어머니는 부동산으로 돈을 굴렸다. 어머니는 오빠를 위해서라면 돈을 아끼지 않았다. 그녀는 고등학교를 졸업하고 아르바이트를 하며 대학에 다녔다. 어머니는 그녀가 대학에서 무엇을 전공하고 어떤 아르바이트를 하는지 전혀 알지 못했다. 그녀와 오빠는 아무것도 공유하지 못했다. 어머니는 자신이 살아 있는 동안은 자신이 아들을 보살피고, 죽고 난 뒤에는 자신이 남긴 돈이 아들을 돌봐 줄 거라고 믿었다.

명주는 언덕 아래에 차를 세워 놓고 비탈길을 걸어 올라갔다.

비가 온 뒤라 길은 질척거리고 미끄러웠다. 발소리를 들었는지 개들이 컹컹 짖어 댔다. 양은냄비를 손에 들고 개에게 밥을 주던 시어머니가 고개를 돌렸다.

그녀는 시어머니에게 고개를 숙여 인사하고 모이를 먹고 있는 닭과 오리, 고양이, 아무렇게나 자라 있는 꽃나무와 집터 주위에 빙 둘러 심어진 소나무와 자작나무에게로 눈을 돌렸다.

비닐을 씌워 달아 놓은 문은 비죽 열려 있고 가지런히 놓여 있는 아이의 운동화가 보였다. 그녀가 안으로 들어가려 하자 시어머니가 그녀를 불러 세웠다.

「지영이는 저 위에 있을 게다.」

시어머니는 눈짓으로 나무들이 빽빽이 자라 있는 산을 가리켰다.

「비가 오니까 올라가지 말라고 말려도 기어이 거길 가는구나. 올라가지 말고 여기서 기다려라. 이제 곧 내려올 게다.」

아이는 개들이 밥통에 담긴 먹이를 다 먹어 치운 뒤에도 오지 않았다. 그녀는 샘 가에 앉아 배추를 다듬는 시어머니 곁에 쭈그려 앉았다.

「그 안경 좀 벗지 그러냐. 볼 사람도 없는데…… 눈은 좀 어떠냐?」

시어머니는 그녀가 배춧단을 다듬으려 하자 손사래를 치며 말렸다.

「지영이는 그만하다. 나빠지지도 좋아지지도 않는구나. 나랑 여기서 사는 동안이야 아무 문제 될 게 없다만 여럿이 어울려 살아야 될 때가 오면 그게 걱정이다. 지금이야 내가 멀쩡하게 살아 있다만…….」

그녀는 시어머니의 말을 들으면서도 눈으로는 아이를 찾아 이곳저곳을 둘러보았다.

아이가 오는 소리를 듣지 못했다. 놀랍게도 아이는 그녀에게서 서너 걸음가량 떨어진 곳에 서 있었다. 신을 신지 않은 아이의 발은 흙투성이였고 손에는 산초나무 가지가 들려 있었다.

언젠가 시어머니를 따라 산에 갔을 때 보았던 나뭇가지였다. 산초나무 이파리를 잘게 부숴 추어탕을 먹을 때 조금씩 넣는다고 일러 주던 시어머니의 말이 떠올랐다.

아이의 키는 그새 많이 자라 있었지만 치마 밑으로 드러난 마른 종아리와 광대뼈가 도드라진 얼굴로 보아 여전히 음식에 까탈을 부리는 것 같았다. 그녀와 아이는 한동안 서로 쳐다볼 뿐 아무 말도 하지 않았다.

「아이고, 이 발 좀 봐라. 신도 신지 않고 거길 올라갔더냐?」

시어머니는 배춧단을 다듬던 칼을 내려놓고 아이를 안았다. 얌전히 시어머니 품에 안긴 아이는 말갛게 눈을 뜨고 그녀를 바라보았다.

「점심 안 먹었으면 같이 먹자. 어서 들어와라.」

시어머니가 아이를 안고 집 안으로 들어가며 말했다.

욕실에서 아이의 웃음소리가 들려왔다. 명주는 아이의 웃음소리가 생소하고 비현실적으로 느껴졌다.

시어머니가 옷장에서 아이에게 갈아입힐 옷을 꺼냈다. 그녀는 옷을 입히려고 아이에게 다가갔다. 아이가 그녀를 피해 시어머니에게로 달아났다. 그녀가 옷을 만지자 아이는 갑자기 소리를 지르면서 제 머리를 손으로 때리고 바닥에 나동그라졌다.

「아가, 진정해라. 어미가 옷을 입혀 주려고 그러는 거야. 별 일 아니니까 진정하래두.」

시어머니가 아이를 부둥켜안았다.

아이는 시어머니 품에 안겨서도 여전히 경련을 하듯 몸을 떨었다.

명주는 아이와 시어머니를 두고 부엌으로 갔다. 냉장고를 열고 눈에 띄는 대로 반찬을 꺼낸 뒤 다시 닫다가 냉장고 문에 손이 끼이는 바람에 그만 반찬 그릇을 바닥에 떨어뜨리고 말았다. 그릇은 요란한 소리를 내며 두 조각이 나고 콩나물무침은 사방으로 튀었다. 행주를 찾아 바닥을 닦고 손을 씻은 뒤 밥통을 열고 주걱으로 밥을 푸기 시작했다. 밥을 가득 담은 다음에야 자신이 들고 있는 게 밥그릇이 아니라 반찬 그릇이라는 걸 알았다. 상을 차린 뒤에 아이와 시어머니를 부르러 방으로 갔다. 아이는 그새 곤히 잠들어 있었다. 시어머니는 잠든 아이 머리맡에 앉아 있었다.

「아범은 여전히 그러고 있느냐?」

시어머니는 아들이 그림을 그리는 일 외에는 어떤 일도 하지 않는다는 것을 못마땅해했고 그 일로 밥을 먹고 산다는 사실을 신기하게 생각했다.

시어머니는 알지 못하지만 남편은 꽤 이름이 알려진 화가였다. 전시회 때마다 남편의 그림은 거의 다 팔려 나갔다.

「전시회 준비 때문에 요즘 바빠요.」

시어머니는 밥상을 앞에 두고도 수저를 들지 않았다. 그녀 역시 밥 생각이 나지 않았다.

「요즘에도 벌거벗은 여자 몸을 그리더냐?」

시어머니는 그녀가 남편의 누드모델이었다는 사실을 모르고 있었다.

명주는 대학 때 아르바이트로 누드모델 일을 했었다. 남편은 그녀의 몸을 아끼고 사랑했었다.

「어머니, 오늘은 그냥 돌아가야겠어요.」

아이가 깨기 전에 가고 싶었다. 그녀는 아이에게 눈길을 한 번 주고 밖으로 나왔다. 시어머니도 그녀를 붙들지 않았다.

'더러 자식과 부모가 서로 맞지 않는 경우가 있다고 하더라. 아무리 부모 자식 간이지만 억지로 함께 살면 반드시 누구 한 사람은 다치게 된다더라.' 아이를 데리고 가면서 시어머니가 한 말이었다. 남편도 말리지 않았다. 아이는 남편에게 커다란 걸림돌이었다. 작업실을 따로 갖지 않고 집 안에서 그림을 그리는 남편은, 하루 종일 울어 대고 이유 없이 떼를 쓰고 낯선 사람을 보면 거의 발작하듯 행동하는 아이를 참아 내지 못했다. 아이가 집에 있는 동안 남편은 하루 종일 자신의 작업실에서 음악을 틀어 놓고 밖으로 나오지 않았다. 아이도 남편도 서로에게 불편하고 낯선 존재였다.

아이가 춘천에 살고 있는 시어머니의 집으로 간 뒤 남편은 미친 듯이 그림을 그렸다.

여자는 마치 명주를 기다리고 있기라도 한 듯 경비실 앞 계단에 앉아 있었다.

그녀가 모자를 눌러쓰고 계단을 올라가자 여자는 검은색 우산을 번쩍 치켜들고 일어났다.

「아주머니, 벌써 오는 거예요? 오늘 안 돌아올 줄 알았는데.」

그녀는 여자를 가로질러 엘리베이터 쪽으로 걸어갔다.

「아줌마, 세상에 이런 경우는 없는 거예요. 난 오늘 기가 막힌 일을 당했어요. 아침에 내가 들고 있던 가방, 아주머니도 봤죠? 글쎄, 그걸 어떤 나쁜 놈이 훔쳐 가버렸어요. 그 속에 내 지갑하고 수첩하고 볼펜 하나하고, 그 볼펜은 우리 아파트 상가에 있는 문방구 아저씨가 나 불쌍하다고 준 건데 그것도 없어졌어요. 또 병원에 갈 때 가지고 가야 되는 카드도 없어졌고요. 이제 난 어떻게 해요? 내일이 병원에 가는 날인데요. 세상에 별 거지 같은 새끼들이 다 있네요. 경찰서에 신고했는데 찾을 수 있을까요?」

그녀는 엘리베이터 버튼을 눌렀다. 엘리베이터는 15층에 걸려 있었다.

「카드가 없으면 병원에 갈 수 없다는 걸 그 나쁜 새끼는 모를 거예요. 병원에 못 가면 또 전처럼 경비실 앞이나 계단에서 거품을 물고 쓰러질지도 모른다고요. 아줌마, 난 가방을 꼭 찾아야 해요.」

그녀는 엘리베이터에 올라타고 닫힘 버튼을 눌렀다. 검은색 우산을 쓴 여자의 모습도 사라졌다. 엘리베이터가 위로 올라가는 동안에도 여자의 중얼거림은 끈질기게 뒤쫓아 왔다.

　명주는 열쇠로 현관문을 열고 안으로 들어갔다. 현관에 놓인 낯선 구두 한 켤레가 눈에 들어왔다. 그녀는 신발장 위에 모자와 선글라스를 벗어 놓고 방으로 들어가 옷을 갈아입었다. 그녀는 남편의 작업실 문을 두드리지 않고 바로 욕실로 들어갔다. 비누질을 하고 얼굴을 씻고 안약을 넣었다. 오랜만에 장거리 운전을 한 탓에 앞으로 돌출된 두 눈은 붉게 충혈되었고 쑤시고 아팠다. 그녀는 한참 동안 거울을 들여다보고 서 있었다. 아이의 키가 한 뼘이나 자란 것처럼 몸무게는 두 달 새 3킬로그램이나 늘어 있었다. 담당 의사는 갑상선이 정상으로 돌아오지 않는 한 몸무게는 줄지 않을 거라고 말했다. 돌출된 눈 역시 마찬가지였다. 갑상선 환자들 대부분은 목 주위에 혹 같은 것이 튀어나오는데 그녀는 오른쪽 눈이 밖으로 돌출되고 그 때문에 눈꺼풀은 위로 밀려나서 밤에는 반창고를 붙여야만 눈을 감을 수 있었다. 명주는 될 수 있는 대로 아무것도 보지 않으려고 노력했다. 텔레비전을 보거나 책을 읽으면 두 눈은 금세 충혈되고 아팠다. 눈으로 보지 않는다고 통증이 사라지는 것은 아니었다. 끊임없이 무언가를 떠올리고 생각하는 것만으로도 병은 악화되고 있었다. 의사는 최대한 스트레스를 받지 않도록 하라고 당부했다. 아무것도 보지 않고 아무 생각도 하지 않고 살아야만 했다.

　명주는 하루하루 몸이 살쪄 가는 것을 느낄 수 있었다. 그녀가 생각하는 것보다 훨씬 빨리, 몸은 걷잡을 수 없을 정도로 비

대해져서 문밖으로 나오지 못하게 될지도 몰랐다. 그녀는 평화로운 순간에도 다가올 불행을 떠올렸다.

문이 열리는 소리가 들리고 남편의 발소리가 들렸다. 남편은 누군가와 얘기하고 있었다. 현관문이 열리는 소리가 들리고 현관에 놓여 있던 구두의 주인이 돌아가는 듯했다. 그녀는 욕실에서 나오지 않고 그대로 서 있었다. 남편의 방에서 나온 사람이 누구인지 짐작할 수 있었다. 단 한 번도 얼굴을 맞대고 인사를 나누지는 않았지만 구두의 주인이 여럿이라는 것을 알고 있었다. 구두의 주인들은 스스럼없이 그녀의 집에 드나들었고 부끄러워하지 않고 옷을 벗었다. 명주가 예전에 그랬던 것처럼 구두의 주인들은 자신의 벗은 몸을 아끼고 사랑할 거라고 생각했다.

그녀는 남편이 외출할 때만 남편의 작업실에 들어갔다. 작업실은 물감 냄새와 담배 냄새, 퀴퀴한 곰팡이 냄새로 찌들어 있었다. 남편은 1년 열두 달 내내 창가에 두꺼운 커튼을 쳐놓고 걷지 못하게 했다. 그녀가 하는 일은 재떨이에 가득 차 있는 담배꽁초를 비우고 커피 찌꺼기가 말라 있는 찻잔을 가져가는 게 고작이었다. 커튼을 젖히고 창을 연 뒤 아직 물감이 완전히 마르지 않은 남편의 그림들을 바라보았다. 그녀는 남편의 그림을 사랑했다. 남편의 그림들은 한 점도 팔려 나가지 않고 전시회를 열 기회조차 얻지 못할 때도 있었다. 시아버지가 남긴 유산이 없었다면 남편은 물감조차 살 수 없을 만큼 어려웠던 무명

시절을 견뎌 내지 못했을 것이다.

아이가 그들을 힘들게 했을 때 남편은 파리로 떠나자고 말했었다. 그곳에서 그림 공부를 다시 하고 싶다고 했다. 남편은 전시회 준비로 소모되는 비용과 시간 때문에 정작 그림을 그릴 시간이 부족하다고 짜증을 냈다.

그녀는 언젠가 남편이 떠날 거라는 사실을 알고 있었다.

아이를 임신했다는 사실을 알았을 때 명주는 무언가 좋지 않은 일이 생길 것 같은 예감에 몸을 떨었다. 결혼 후 철저하게 피임을 하지는 않았지만, 아이가 생기지 않기를 바랐다. 남편은 점점 배가 불러 오는 그녀의 몸을 그리고 싶어했다. 아이를 낳을 때까지 그녀는 한 번도 벗은 몸을 남편 앞에 보이지 않았다. 혼자 샤워를 할 때면 공처럼 탱탱하게 불러 오는 배를 주체하지 못하고 욕실 바닥에 주저앉았다. 두려웠다. 아이를 낳는 일도, 아이를 키우는 것도, 자신을 닮았거나 전혀 닮지 않았을 아이의 모습을 보게 될 일도.

그녀는 친정 부모님이 교통사고로 모두 돌아가셨다는 연락을 받은 날, 아홉 달 된 뱃속의 아이를 조산했다. 부모님의 장례식에조차 참석할 수 없었다. 변호사를 통해, 부모님이 전 재산을 오빠 앞으로 남겼다는 사실과 오빠가 강촌에 있는 요양소로 떠났다는 사실을 알았다.

그녀는 목까지 차오른 젖을 아이에게 먹이지 못했다. 아이는 젖꼭지만 보면 하얗게 질린 얼굴로 숨이 넘어갈 듯 울어 댔다.

산구완을 하러 온 시어머니는 아이에게 줄 분유와 젖병을 사가
지고 왔다. 아이는 밤새 자지러지게 울었고 그녀는 이를 앙다
물고 목까지 차오른 젖을 손으로 짜냈다. 시어머니가 엿기름을
짜주고 인삼을 달여 주었지만 젖은 쉽게 마르지 않았다.

아이는 잘 먹지 않았고, 밤새 한숨도 자지 않고 낮에만 몇 시
간씩 잘 뿐이었다. 방 안에 어두운 색깔 커튼을 드리우고 불빛
이 한 점도 새어 들어오지 못하게 해도 어둠 속에서 아이는 울
고 보채고 우유를 먹었다. 햇빛이 환한 낮에 새근새근 잠자고
있는 아이를 들여다볼 때면 그녀는 베란다 창밖으로 몸을 던지
고 싶은 충동을 느꼈다.

남편은 낮이나 밤이나 작업실에서 나오지 않았고 며칠씩 집
에 들어오지 않을 때도 있었다. '더러 자식과 부모가 서로 맞지
않는 경우가 있다고 하더라.' 시어머니의 말은 불길한 주문처
럼 들렸다. 명주도 어머니와는 어긋난 삶을 살았다. 어머니는
그녀가 정상적인 아이로 자라는 것을 대견하게 여기지 않았을
뿐만 아니라 그녀가 아닌, 오빠가 평생 장애인으로 살아가야
한다는 사실에 괴로워했다. 오빠는 그녀의 삶을 불편하게 했지
만 어머니는 그녀를 불행하게 만들었다. 그녀가 결혼하겠다고
했을 때 어머니는 아무 대답도 하지 않고 조소의 눈빛을 보냈
다. 평생 결혼 따위는 꿈도 꾸지 못하는 오빠를 두고 결혼하겠
다는 딸에게 어머니는 불길한 말을 던졌다. 너도 나와 같은 엄
마가 되면 지금의 내 심정이 어떤지 알게 될 거다.

아이가 돌이 될 무렵 이사를 했다. 큰방을 남편이 작업실로 사용하기 때문에 작은방에서 아이와 그녀가 함께 지내기에는 비좁았다. 이사를 한 뒤 남편은 가장 먼저 작업실에 방음벽을 설치했다. 그는 화장실 딸린 작업실에다 1인용 침대까지 놓고 그곳에서 그림을 그리며 씻고 먹고 잤다.

아이는 돌이 지나자 걸음마를 시작하고 혼자서 텔레비전이나 비디오를 보고 생각보다 쉽게 우유병을 떼고 밥을 먹었다. 언뜻 보면 아이는 보통의 아이들과 다를 게 없었다. 밥을 하거나 빨래를 널 때 아이는 혼자서 장난감을 가지고 놀았다. 아이는 혼자서 노는 것을 좋아했다. 놀고 있는 아이에게 밥을 먹이려고 하거나 씻기려고 하면 아이는 필사적으로 저항했다. 아이는 놀이터에 나가서도 혼자 놀았고 낯선 사람들을 두려워하고 경계했다. 아이는 그녀를 엄마라고 부르지 않았다. 가끔 아이의 입에서 밥이나 물, 장난감 같은 단어들이 튀어나왔지만 엄마라는 말만은 한 번도 발음하지 않았다. 아이는 때때로 난폭해졌다. 사소한 일에도 쉽게 짜증을 냈고 제 몸을 함부로 할퀴고 상처를 입혔다. 그녀는 자주 눈에 통증을 느꼈다. 아이와 한바탕 전쟁을 치르고 나면 머리가 아프고 눈이 쑤셔서 서 있을 수조차 없었다.

명주는 남편이 작업실로 들어가는 기척을 듣고 욕실에서 나왔다. 부엌으로 가 냉장고 문을 열었다. 하루 종일 먹은 거라곤 커피 한 잔뿐이었다. 냉장고는 텅 비어 있었다. 며칠째 밥을 짓지 않았고, 남편도 그녀에게 밥을 달라고 하지 않았다. 남편은 가끔 중국집이나 분식집에 전화를 걸어 음식을 시켜 먹거나 외출을 하거나 직접 라면을 끓여 먹었다.

그녀는 일주일 내내 햄버거와 치킨, 콜라로 끼니를 때웠다. 상가에 있는 지하 슈퍼마켓에서 찬거리를 잔뜩 산 날도 어김없이 패스트푸드점을 지나치지 못하고 콜라와 햄버거를 샀다. 그녀는 콜라에 중독돼 버렸다.

그녀는 선글라스와 모자를 챙겨 들고 밖으로 나왔다. 슈퍼마켓에서 시리얼과 우유, 찬거리를 사고 햄버거를 사 먹을 생각이었다.

비가 온 뒤라 밖은 일찍 어두워져 있었다. 하마터면 여자를 밟고 지나갈 뻔했다. 여자는 아파트 경비실 앞에 쓰러져 있었다. 여자는 검은색 우산을 한쪽 손에 쥐고 있었다. 경비실에는 아무도 보이지 않았다. 여자의 입가에는 비누 거품 같은 액체가 흘러나와 있었다. 그녀는 여자의 손을 잡아 흔들었다. 여자는 꿈쩍도 하지 않았다. 어디서 나타났는지 제복을 입은 경비 두 사람이 달려왔다.

「또 애야?」

「삼백일 호 사는 애 맞지?」

「집에 아무도 없어?」

「응, 없어. 멀쩡하지도 않은 애를 두고 어딜 갔는지 원.」

「아까부터 가방을 잃어버렸다고 난리던데.」

「병원에 옮겨야 되는 거 아냐?」

「일단 기다려 보자고. 애 엄마가 올 때까지.」

경비들은 여자를 사이에 두고 서서 담배를 꺼내 물었다.

서른다섯 살인 여자를 경비들은 애라고 불렀다. 여자는 명주의 눈에도 어린아이로 보였다. 고작 1미터 40센티가 넘을까 말까 한 작달막한 키에 고동색 점퍼와 청바지를 입고 낡은 운동화를 신은 여자는 체구에 맞지 않게 이마에 깊은 주름이 잡혀 있었다.

그녀는 모자를 고쳐 쓰고 걷기 시작했다. 상가에는 저녁 찬거리를 사려는 주부들로 붐볐다. 노란 장바구니 속에 찬거리를 담고 카운터에서 계산한 뒤 1층으로 올라왔다. 그녀는 자신도 모르게 양품점 쪽으로 눈을 돌렸다. 양품점 여자는 중년의 여자 손님에게 물건을 포장해 주고 있었다. 그녀의 시선이 보행기에 앉아 있는 아이에게 멈췄다. 아이는 우유가 반 정도 담긴 우유병을 손에 들고 만지작거리고 있었다. 그녀는 깨어 있는 아이를 거의 본 적이 없었다. 아이는 언제나 여자의 등이나 양품점 한구석에 깔아 놓은 이불 위에서 잠들어 있었다. 신기하게도 아이는 언제나 같은 얼굴에 조금도 자라지 않는 것처럼 보였다. 그녀가 이곳 아파트로 이사 왔을 때 양품점 여자는 만삭이었다. 양품점 여자에게는 이미 두 여자 아이들이 있었다. 그녀는 지금은 초등학교에 다니는 양품점 여자의 아이들을 몇 번 보았다. 양품점 여자의 셋째 아이는 두 딸들과는 달랐다. 아이가 자라지 않는다는 사실을 그녀는 딸아이를 시어머니에게 보낸 뒤에야 깨달았다. 딸아이는 찾아갈 때마다 조금씩 혹은 눈에 띄게 자라 있었다. 딸아이는 이미 품에 안고 재우기에는 버거울 만큼 훌쩍 커버렸다. 이상하게도 양품점 아이는 늘 같은 모습이었다.

그녀는 아이를 유심히 바라보았다. 아이는 우유병을 만족스러운 얼굴로 빨고 있었다. 아이의 눈에는 아무런 근심도 욕심도 담겨 있지 않았다.

그녀는 패스트푸드점에 들어가 햄버거와 감자튀김, 콜라가 나오는 세트 메뉴를 주문했다. 패스트푸드점 안은 언제나 눈이 부시도록 환했다. 그녀는 포장된 햄버거를 들고 밖으로 나왔다. 환하게 불을 밝힌 패스트푸드점 안에서 따뜻한 햄버거와 갓 튀겨 낸 감자튀김을 먹는 것은 상상조차 하지 못했다. 햄버거는 쉽게 식어 버리기 때문에 조금이라도 따뜻하게 먹으려면 집까지 뛰어가야 했다. 한 손에는 찬거리가 들어 있는 비닐봉지를, 다른 손에는 햄버거 등이 든 봉투를 들고 걸음을 재촉했다.

여자는 어디로 갔는지 보이지 않았다. 경비실에는 조금 전에 본 경비 중 한 사람이 저녁 식사를 하고 있었다.

식탁 의자에 앉아 라면을 먹고 있던 남편이 흘긋 그녀의 손에 들린 햄버거 포장 봉투를 보고 이맛살을 찌푸렸다.

「아예 살을 더 찌우지 못해 안달을 하는군.」

그녀는 대꾸하지 않고 식탁 위에 햄버거와 감자튀김, 콜라를 올려놓고 의자에 앉았다.

「오늘 어디 갔다 왔어? 하루 종일 집에 없던데.」

그녀는 콜라가 든 종이컵 뚜껑에 빨대를 꽂고 몇 모금 마신 뒤 햄버거를 싸고 있는 종이를 벗겨 냈다.

「병원에는 다니는 거야? 당신 지금 몸무게가 얼마나 나가는지 알아? 당신은 그 눈도 문제지만 하루가 무섭게 불어나는 살이 더 문제라고.」

그녀는 남편과 마주 앉아 있는 식탁에서도 선글라스를 벗지 않았다. 할 수만 있다면 자신의 몸을 누구의 눈에도 띄지 않도록 커다란 보자기에 싸서 감추고 싶었다.

「이번 전시회 끝나면 파리로 떠날까 생각 중이야.」

그녀는 한 손에는 햄버거를, 한 손에는 콜라가 든 종이컵을 들고 우적우적 소리를 내며 먹었다. 순식간에 햄버거를 먹어 치우고 감자튀김을 집어 입속에 넣었다.

남편은 라면 그릇을 개수대에 넣고 작업실로 들어가 버렸다.

명주는 아이를 시어머니에게 보낸 뒤로 먹는 일에 몰두했다. 위가 비어 있으면 참을 수 없을 정도로 짜증이 나고 어떤 일도 손에 잡히지 않았다.

남편이 떠나갈 거라는 걸 이미 알고 있었다. 남편이 아끼고 소중히 여기던 그녀의 몸은 완전히 다르게 변해 버렸고 돌출된 눈은 정상적으로 회복될 가능성이 없었다. 남편이 그녀를 사랑

할 이유가 없어졌다. 그녀는 죽을 때까지 선글라스를 끼고, 사
람을 피해 어두운 길만 골라 걸어야 할지도 몰랐다.

아이를 시어머니에게 보낸 뒤로 남편은 그녀의 몸을 원하지
않았다. 그림을 그리다 말고 새벽녘에 곤히 자고 있는 그녀를
덮치듯 밀고 들어오던 남편이었다. 그녀는 언제라도 순순히 남
편에게 몸을 열어 주었다. 그녀의 몸은 남편의 것이었다.

아이가 세 돌이 될 무렵 병원에서 유사 자폐라는 진단을 받
았다. 예감은 빗나가지 않았다. 아이에게 필요한 것은 부모의
보살핌과 사랑, 끊임없는 애정이라는 것을 알았지만 아이를 떠
나보낼 수밖에 없었다. 무엇보다 아이가 그녀를 거부하고 받아
들이지 않았기 때문이었다. 아이는 이상하게도 시어머니에게
는 온순하고 고분고분했다.

그녀는 아이를 보내고 정기적으로 안과 치료를 받았다. 눈의
통증은 견딜 수 없을 만큼 심해졌다. 의사는 약과 안약을 줄 뿐
별다른 치료는 하지 않았다. 종합 병원 내과에 검사를 받으러
간 것은 1년 가까이 안과 의사가 주는 약을 먹은 뒤였다. 갑상
선 이상일지 모르니까 내과에 가서 검사를 받아 보라고 말한
사람은 바로 상가에서 양품점을 하는 여자였다. 양품점 여자는
친정어머니가 그녀와 똑같은 증상으로 고생하고 있다는 말을
덧붙였다.

그녀는 창가에 어두운 색 커튼을 치고 불빛을 완전히 몰아낸
뒤 눈두덩 위에 반창고를 붙이고도 밤새 뒤척였다. 의사는 약

물 치료와 방사선 치료를 병행하다가 차도가 없으면 나중에 수술을 하자고 말했다. 수술한다고 돌출된 눈이 완전히 제자리로 돌아가는 것은 아니라고 했다. 안구 돌출은 하나의 증상일 뿐이기 때문에 병이 낫지 않는 이상 또다시 재발할 가능성은 얼마든지 있다고 했다.

그녀의 몸은 혐오스러운 살덩어리에 불과했다.

남편은 개인전이 열리는 보름 동안 집에 들어오지 않았다. 팸플릿 몇 장과 화구와 그림 몇 점이 남아 있는 남편의 작업실은 마치 이사를 한 것처럼 텅 비어 있었다. 작업실 창을 활짝 열었다. 작업 공간을 넓히려고 베란다를 터버렸기 때문에 창가에 서자 아파트 단지가 눈에 훤히 들어왔다.

그녀는 탁자 위에 놓인 팸플릿을 집어 들었다. 남편의 개인전은 벌써 일곱 번째였다. 개인전이 열리고 있는 인사동 화랑은 그녀도 잘 알고 있는 곳이었다. 그녀는 남편을 따라 여러 번 그곳에 갔었고 그림을 보고 난 뒤에는 전통차를 파는 찻집에 들러 수정과나 식혜를 마셨다. 벌써 아주 오래전 일이었다. 그녀는 이제 대낮에 사람들이 많이 다니는 거리를 다니지 않았다. 남편은 팸플릿을 보여 주지도, 자신의 개인전에 초대하지도 않았다.

그녀는 남편이 집에 없는 동안은 애써 잠을 자려고 하지 않았다. 한밤중에도 커튼을 걷고 베란다에 서 있었다. 그녀는 어린아이의 울음소리를 듣고 고개를 창밖으로 내밀었다. 어린아이는커녕 사람의 그림자 하나 보이지 않았다. 어린아이 울음소리는 끈질기게 들려왔다. 마침내 쓰레기 봉지를 쌓아 놓은 곳에서 어슬렁거리는 검은 고양이 한 마리를 발견했다. 고양이의 눈은 어둠 속에서도 빛을 뿜으며 그녀를 올려다보고 있었다.

명주는 꿈에서 아이를 보았다. 깨어 보니 잠옷이 축축하게 젖어 있었다. 꿈속에서 아이를 본 것은 처음이었다. 아이는 벼랑 끝에 서 있었다. 아이가 손을 내미는데도 손가락 하나 움직일 수 없었다. 아이는 분명한 발음으로 그녀를 엄마라고 불렀다. 원망을 가득 담은 아이의 눈과 애원하듯 부르던 목소리가 너무나 생생했다.

그녀는 어머니를 떠올렸다. 죽는 날까지 한 번도 다정하게 이름을 불러 주지 않았던 어머니였다. 그녀 역시 딸에게 돌아가신 어머니와 똑같은 존재일지도 모른다고 생각했다.

그녀는 불을 켜고 전화 수화기를 집어 들었다. 지역 번호 세 자리를 누르고 차례로 번호를 누르면서 눈으로 시계를 보았다. 이른 시간이지만 새벽잠이 별로 없는 시어머니는 벌써 일어나 아침밥을 짓고 있을지 몰랐다. 신호가 여러 번 가는데도 시어머니는 전화를 받지 않았다. 그녀는 침대에서 몸을 일으켜 외출 준비를 서둘렀다.

여자는 비도 오지 않는데 검은색 우산을 펼쳐 들고 우산대를 빙글빙글 돌리고 있었다. 그녀를 발견한 여자는 부러진 앞니를 드러내고 환하게 웃었다. 비 오는 날 저녁 경비실 앞에서 쓰러진 것을 본 후 처음으로 여자를 보았다.

「아주머니, 오랜만이네요. 이렇게 일찍 어딜 가세요?」

앓고 났는지 여자의 얼굴은 부석부석하고 누렇게 떠 있었다.

「가방을 잃어버린 날 머리를 다쳐서 며칠 병원에 있었어요. 하마터면 그대로 저승길로 갈 뻔했죠. 나 같은 사람들은 명이 길다고 제 동생이 그러더군요. 우리 동네 동사무소에서 공익근무요원으로 일하는 제 동생은 참 싸가지 없는 놈이에요. 내가 저보다 열두 살이나 많이 먹은 누난데도 시도 때도 없이 날 때리고 욕하고 업신여기니까요. 그런데도 우리 부모는 동생을 야단치지 않아요. 그놈은 오 대 독잔가 뭔가 그렇다고 나와는 전혀 다른 대접을 받고 살아요. 부모에게 자식은 다 똑같은 거 아닌가요? 아주머니는 절대로 자식을 그렇게 키우지 마세요.」

여자는 그녀의 곁으로 다가와 나란히 걷고 있었다.

「내가 부모가 된다면 절대로 우리 부모처럼 하지 않을 거예요. 책임지지 못할 자식은 아예 낳지를 말아야죠. 안 그래요? 아들 낳을 생각으로 다 늙어 빠진 나이에 새끼를 또 낳을 게 아니라 이미 싸질러 놓은 새끼를 돌봐야죠. 내가 이렇게 사람 구실을 못하는 게 다 누구 때문인 줄 아세요? 우리 부모 때문이라고요. 잠을 자다가도 벌떡 일어나서 칼을 들고 아버지 자지를 잘라 내고 싶을 때가 한두 번이 아니에요.」

여자는 갑자기 멈춰 서서 손등으로 눈가를 훔치며 엉엉 소리 내어 울기 시작했다.

「나 취직했어요. 오늘부터 출근해요.」

여자는 눈물을 닦던 손을 내리고 마치 잘못을 저지른 초등학생처럼 그녀 앞에 고개를 숙이고 서 있었다.

「요 앞 버스 정류장 있죠? 그 옆에 떡볶이랑 오뎅이랑 순대를 파는 가게에서 일하게 됐어요. 거기 아저씨가 나더러 물도 떠오고 쓰레기도 치워 달라고 했어요.」

여자는 선생님한테 꾸중 듣는 아이처럼 고개를 떨구고 무르춤히 서 있었다.

그녀는 여자가 고개 들기를 기다렸다가 세워 놓은 차를 향해 걷기 시작했다.

주차장에서 차를 빼 아파트 단지를 빠져나가는 동안에도 여자는 같은 자세로 고개를 떨어뜨린 채 서 있었다.

그녀는 2차선에서 시속 60킬로에 속도를 맞추고 차를 몰았다. 장난감 가게 앞에서 차를 세우고 아이에게 줄 인형을 사고 강촌 휴게소에 내려 과자와 커피를 샀다.

그녀는 자동차 안에서 커피를 마시고 오빠가 있는 요양소 쪽으로 고개를 돌려 보았다. 차는 춘천을 향해 달리기 시작했다. 비어 있는 도로에서 속도를 높였다. 그녀는 현기증도 두려움도 느끼지 못했다.

차를 세우고 비탈길을 걸어서 올라갔다. 개 짖는 소리가 요란했다.

　맨발로 흙바닥을 뛰어다니는 아이가 보였다. 아이는 평화롭고 자유로워 보였다. 선글라스와 모자를 벗었다. 아이의 웃음소리가 뛰는 가슴을 진정시켜 주었다. 아이를 부르는 시어머니의 목소리가 들렸다. 그녀는 아이에게 가지 않고 올라온 길을 천천히 되짚어 내려갔다.

겨울 손

1

　도시는 눈과 어둠 속 깊이 잠들어 있다. 기차역 주변의 다방과 음식점, 상점들엔 사람의 발길이 뜸하고 길가에 아무렇게나 세워 두고 장사를 하는 노점상 주변에는 흰 눈발만 요란하다.

　역사(驛舍) 앞에 길게 늘어선 택시들은 언제 올지 알 수 없는 손님을 지루하게 기다리고 있다. 택시들은 시내가 아닌 이 도시와 인접한 다른 곳으로 가는 장거리 손님을 기다리고 있다.

　눈은 온통 이 도시로만 떨어지는 것처럼 맹렬하고 지루하다.

　정하는 한쪽 어깨에는 숄더백을, 손에는 커다란 가방을 들고 한적한 개찰구를 나와 택시들이 즐비하게 서 있는 곳으로 천천히 걸어간다.

　정하는 몇 걸음도 걷지 못하고 중심을 잃고 비틀거린다. 불안정한 걸음걸이는 어깨와 손에 들린 가방의 무게 때문만은 아

니다. 작고 낯선 이 도시에 발을 딛는 순간부터 언제나 평형 감
각을 잃은 사람처럼 자주 부딪치거나 넘어지곤 했다.

텅 빈 택시 한 대가 그녀를 태우고 작고 어두운 기차역을 출
발한다. 정하는 낯선 도시 속으로 들어가고 있다.

정하에게 도시는 서울을 뜻했다. 정하의 머릿속에는 서울이
아닌 도시는 존재하지 않았다. 7년 전, 결혼할 남자를 따라 이
곳에 왔을 때 남자는 놀랍게도 이곳을 도시라고 말했다. 정하
는 서울이 아닌 도시가 존재한다는 사실에 놀랐다. 남자가 태
어난 도시는 작고 초라하고 보잘것없었다. 그곳은 정하가 유년
과 성장기를 보낸 작은 마을과도 달랐다. 남자가 시내 번화가
라고 데려간 곳 역시 서울의 변두리보다 나을 게 없었다. 남자
의 도시에서 마주치는 사람들은 한결같이 작고 초라해 보였다.

정하는 지난 7년 동안 해마다, 남자와 함께 혹은 혼자서 이
도시로 내려왔다. 명절이 되면 기차표를 구할 수 없어서 남자
가 운전하는 승용차를 탔고, 제사나 시어른 생신 때는 혼자 기
차나 고속버스를 탔다.

도시는 처음 남자를 따라왔을 때와 조금도 달라진 것이 없
다. 이곳은 잠시 머물다 떠나는 곳이며, 그녀는 영원히 이 도시
의 손님일 뿐이다.

대문은 열려 있다. 정하는 마치 남의 집에 들어가는 사람처
럼 잠시 주춤거리다가 대문 안으로 들어간다. 앙상하게 가지만

남은 감나무와 대추나무에는 눈꽃이 매달려 있고 크고 작은 항아리와 댓돌 위까지 눈이 쌓여 있다.

대문 안으로 들어서서 열 걸음쯤 걸어가면 작은 마당이 나온다. 대문과 마당을 이어 주는 좁다란 통로 왼편으로 문간방과 연탄 따위를 넣어 두는 창고가 있다. 마당 한 귀퉁이에는 재래식 화장실과 펌프가 있다. 옹기종기 늘어선 항아리와 나무들로 마당은 그리 여유롭지 못하다. 툇마루가 있는 방이 큰방이다. 큰방과 부엌은 마주 보고 있고 밖으로 나 있는 문 외에 큰방에서 부엌으로 직접 통하는 쪽문이 하나 더 있다. 부엌문 왼편에는 천장이 낮은 좁은 방이 붙어 있다. 별다른 물건을 놓지 않아도 한 사람이 눕기조차 빠듯한 방이다.

부엌문이 열리고 작은 체구에 만삭인 여자가 밖으로 나오다 그녀를 보고 반색한다. 정하의 손아래 동서 자경이었다.

「워매, 형님 오셨어라.」

설거지를 하고 있었는지 자경은 주황색 고무장갑을 낀 손으로 정하의 손가방을 받아 든다.

「몸도 무거운 사람이…… 그냥 둬. 어른들은 모두 주무셔?」

정하는 눈으로 불 꺼진 방 쪽을 가리키며 묻는다.

「아녀라. 이제 막 저녁 진지 드셨는게라. 할머님은 낮이나 밤이나 노상 주무시지만, 어머님은 방에서 테레비 보고 계셔라. 어머니, 서울 형님 오셨어라.」

자경은 정하의 가방을 쪽마루에 내려놓고 큰방 미닫이문을 연다.

「그래, 이제 왔느냐. 눈길에 수고했다.」

시어머니 황 씨는 불 꺼진 방 안에 앉아 텔레비전 화면에 눈길을 둔 채 건성으로 말한다. 텔레비전 속에는 요즘 인기 있다는 일일 연속극이 한창이다.

「형님, 저녁밥 안 드셨지라?」

자경은 정하의 대답도 듣지 않고 다시 부엌으로 들어가려고 한다.

「먹었어. 내 걱정은 말고 좀 쉬어. 해원이는 자?」

해원이는 자경의 20개월 된 딸아이다.

「잔다. 해원 어미는 건너가 쉬고, 니가 오늘부터 할머니 수발을 들거라. 잠은 나랑 이 방에서 함께 자면 될 테고, 내일 아침부터 니가 밥 짓고 빨래하고 할머니 씻기고 화장실에 모시고 다니도록 해라. 해원 어미야 낼모레면 몸 풀 아인데 너도 왔고 하니 좀 쉬게 하자.」

황 씨는 비로소 텔레비전 화면에서 눈을 떼고 정하와 눈길을 마주친다.

「아녀요, 어머니. 날마다 하는 일인데 애 낳으러 가는 날까지 집안일은 제가 할게라. 형님은……..」

자경은 마치 죄지은 사람처럼 고개를 떨군다.

「니 형님 여기 놀러 온 거 아니다. 어차피 너 없으면 혼자 해야 할 일이다. 어미가 떠나기 전에 알려 줄 거 있으면 빠뜨리

70

지 말고 가르쳐 줘라. 애 딸리고 배부른 너도 해낸 일인데 혼 잣몸으로 그깟 것 못하겠느냐.」

황 씨는 양미간을 찌푸리며 다시 텔레비전 화면으로 고개를 돌린다.

「그래, 동서. 집안일은 걱정 말고 며칠이라도 좀 쉬어. 그런데 동서 출산하러 가면 해원이는 어쩔 거야?」

정하는 자경의 친정이 시댁에서 얼마 떨어지지 않은 곳에 있다는 것과 친정어머니가 혼자 살고 계신다는 이야기를 언뜻 들어서 알고 있을 뿐이다.

「몸조리는 친정어머니가 해주신다고 했는데, 해원이는 어떻게 해야 할지…….」

자경은 말끝을 잇지 못한다.

「해원이는 내가 보겠다고 했다. ……자고로 여자는 아들을 낳아야 하는 거다. 해원이 외할머니도 아들이 없으니까 그 나이에 당신 혼자 외롭게 사시는 거 아니냐. 혼자 사시는 노인한테 애까지 딸려 보낼 수는 없는 노릇이니 해원이는 내가 거둘 수밖에. 해원 어미 너는 이번에 반드시 아들을 낳아야 한다. 요 아래 방앗간집 큰며느리는 내리 딸만 넷을 낳고 엊그제 아들을 낳았다더라. 그 소리를 들으니 내 마음이 다 놓이더라.」

피로해 보이는 자경의 얼굴에 어둡게 그늘이 진다.

자경이 방으로 건너간 뒤 정하는 옷을 갈아입고 부엌으로 나간다. 좁고 일하기 불편한 구식 부엌이다. 날이 추워지면 비좁은 부엌 한쪽에 쭈그려 앉아서 세수를 해야 한다. 연탄 아궁이 위에 놓인 커다란 들통에서 물이 끓고 있다. 정하는 세숫대야에 물을 퍼 담아 얼굴과 발을 씻는다. 벽에 걸린 수건을 내려 얼굴을 닦으면서 천천히 부엌 안을 둘러본다. 흔하디흔한 싱크대 한쪽 없고, 그릇들은 나무로 만들어진 찬장에 들어 있고, 저녁을 먹고 설거지한 그릇들은 부뚜막 위에 엎어져 있다. 기름때 낀 가스레인지가 한 귀퉁이에 볼품없이 놓여 있다. 설거지를 하거나 반찬거리를 다듬으려면 부엌 바닥에 쭈그려 앉아야 한다.

정하는 떠나온 자신의 집 부엌을 떠올려 본다. 조리대와 개수대, 냉장고와 식탁이 디귿 자로 놓인 편리하고 쾌적한 공간. 365일 내내 더운물이 나오는 욕실과 난방 따위는 걱정하지 않아도 좋은 아늑한 아파트. 단지 내 상가에 가면 필요한 물건은 거의 완벽하게 갖추어져 있다. 슈퍼마켓에 가서 식료품을 사고 비디오 가게에 들러 영화 한 편을 빌려 올 수도 있고, 혼자 저녁을 먹어야 하는 날은 패스트푸드점에 가서 햄버거 세트와 감자튀김을 사 먹을 수도 있다.

정하는 장을 봐오는 날에도 냄새가 요란한 음식을 만들지 않았다. 생선 비린내가 싫어 시어머니가 보내온 갈치나 굴비를 냉동실에 넣어 두고 1년이 지나도록 한 번도 꺼내지 않았다. 그녀는 간단한 식탁을 선호했다. 밥과 국, 김치와 두부, 달걀,

김. 정하는 될 수 있는 한 음식을 만들고 먹고 치우는 데 많은 시간을 낭비하지 않으려 했다. 생일이나 결혼 기념일 같은 특별한 날이 아니면 고기와 생선을 먹지 않았다.

명절과 1년에 세 번 있는 시댁 제사 때마다 정하는 온종일 땀을 뻘뻘 흘려 가며 수많은 음식을 튀기고 볶고 삶고 무치는 일이 괴롭기도 했지만, 무엇보다 그 양에 기겁을 했다. 며칠 동안 수고해서 만들어 낸 음식들은 식구들과 친지들이 먹고도 많이 남았다. 결국 물리도록 먹고도 남은 음식은 상해서 버려질 게 틀림없었다.

시어머니 황 씨의 발치에 이불 한 채가 내려져 있다. 명절 때 정하가 남편 준호와 함께 오면 황 씨는 그들 부부에게 방을 내주고 시할머니 방으로 건너갔다. 정하는 요를 펴고 자리에 눕는다.

「낼 아침밥 일찌감치 지어라. 할머니는 새벽부터 거동하는 양반 아니냐. 해원 아비도 아침 먹고 출근해야 하니까 늦장 부리지 말고.」

정하는 잠이 올 것 같지 않다. 한 달 넘게 시어머니의 발치에서 잠을 자야 할 일이 막막하게 느껴진다.

— 하고많은 여자 중에 왜 하필 근본도 모르는 아이를 집안에 맏며느리로 들이겠다는 게냐? 네가 뭐가 부족해서.

정하가 처음 인사 온 날 황 씨는 돌아앉아 길게 한숨을 내쉬며 말했다. 정하가 부모 없이 할머니의 손에 컸고 그 할머니마저 돌아가시고 일가친척 하나 없다는 말을 듣고 황 씨는 정하의 얼굴조차 똑바로 바라보지 않았다.

「하필, 돌덩어리를 몸에 차고 앉은 여잘 들여서…….」

황 씨는 새벽 내내 잠을 이루지 못하고 한숨을 내쉬며 중얼거린다.

정하는 잠을 자려고 애를 써본다. 오늘 밤 제대로 자지 못하면 앞으로 돌아갈 때까지 깊은 잠을 이루지 못할 것 같다. 잠은 따라가려 할수록 멀리멀리 도망가 버리고 머릿속은 점점 더 어지러워진다. 돌아가시기 전의 할머니 얼굴이 떠오른다. 정하가 대학에 입학했을 무렵, 할머니는 돌아가시기 얼마 전부터 검은 머리가 돋더니 평소와 달리 목소리도 우렁찼고 힘도 세졌다. 할머니는 돌아가시기 전까지 정하를 위해 무언가 해주지 못해서 전전긍긍했다.

— 아가, 이 할미는 우리 정하가 대학 졸업하는 것도 간호사가 되는 것도 시집가서 아기를 낳는 것도 볼 수가 없다. 할미는 아무것도 해줄 수가 없구나. 허나 할미가 세상을 떠나도 언제나 니 곁에 있을 테니 너무 서운해하지는 말거라. 육신은 떠나도 할미의 맴은 우리 정하 곁에 있을 테니. 내 죽기 전에 당부하고 싶은 게 한 가지 있니라. 행여 너를 낳아 준 엄마를 찾을 생각일랑 마라. 아비도 마찬가지고. 이 세상 어딘가에서 잘살고 있겠거니 생각만 해라. 설혹 아비 어미를 찾는다고 해도 너

나 그 사람들이나 서로에게 고통뿐이다. 너를 낳아 준 부모라도 너와는 연이 닿지 않아 함께 살 수 없는 거라고 생각하면 마음 편할 게다. 그 사람들이라고 괴로움이 없겠느냐. 고통을 벗으려면 마음을 주지 말아야 한다.

할머니는 눈을 감는 순간까지 당부하고 또 당부했다. 할머니와 사는 동안 정하는 어머니 아버지 이야기를 꺼내지 않았다. 어머니의 소식은 한 번도 전해 듣지 못했지만 아버지가 어떻게 살고 있는지는 짐작할 수 있었다. 아버지는 할머니의 아들이었다. 이따금 아버지에게서 걸려 온 전화는 정하와 할머니를 괴롭게 만들었다.

정하는 할머니가 돌아가셨다는 소식을 어떻게 알려야 할지 망설이다가, 결국 할머니의 낡은 문갑을 뒤져 때 묻은 수첩을 꺼내 아버지가 사는 집으로 전화를 걸었다. 3일장을 치르는 동안 아버지는 상주가 되었고, 아버지의 아내는 문상객을 맞았다. 검은 양복을 입은 아버지의 두 아들은 밥 먹을 때를 제외하고는 입을 열지 않았다. 아무도 정하의 존재를 의식하지 않는 것 같았다. 19년 동안이나 할머니와 함께 살았지만 할머니의 죽음은 정하와 아무런 상관이 없어 보였다.

할머니가 돌아가시고 나자 정하는 혼자가 되었다. 아버지는 정하의 얼굴을 한 번도 제대로 쳐다보지 않았다. 정하는 어머니가 어디에 살고 있는지 알지 못했다. 설사 안다 해도 찾아갈 수 없었다. 오래전, 어머니는 백일도 안 된 정하를 아버지에게

남기고 떠나 버렸다. 아버지는 정하를 할머니에게 맡겼다. 아
버지의 아내가, 남편이 바람을 피운 것은 용서해도 아이만큼은
받아들일 수 없다고 했기 때문이었다. 할머니의 손에서 옹알이
를 하고 걸음마를 배운 정하는 살아 있지만 존재하지 않는 아
이로 성장했다.

2

　부엌 쪽에서 나는 물소리에 정하는 잠이 깼다. 어둠 속이라
시간을 알 수 없다. 벗어 둔 옷을 꿰입고 부엌으로 나간다. 자
경이 바가지에 쌀을 담아 씻고 있다. 부엌 바닥에 쭈그려 앉은
몸이 위태롭고 안쓰럽다.
「내가 씻을게.」
정하는 빼앗다시피 바가지를 가져다 쌀을 씻는다.
「저 가고 나면 형님 혼자 어떻게 할지 걱정돼 잠도 못 잤어
라.」
정하는 자경의 부른 배를 외면하고 힘껏 쌀을 씻는다. 새벽
에 부엌에서 마주친 자경의 배를 보자 갑자기 솟는 눈물을 주
체하기 어렵다. 이미 한 아이의 엄마이고 이제 곧 두 아이의 엄
마가 될 여자, 손바닥은 늘 트고 갈라져 있고 만삭의 몸이라 해
도 쉴 틈이 없었을 자경이 안쓰럽고 측은할 뿐, 시어머니와 시
할머니를 모시고 살면서 가족이라는 울타리만이 세상의 전부

라 알고 힘에 부치는 일을 묵묵히 해내는 자경을 한 번도 부러워하지 않았다. 첫딸을 낳은 자경이 다시 둘째를 임신했다는 소식을 전해 듣고도 별다른 감정을 느끼지 못했는데, 새벽에 마주친 그녀의 부른 배는 정하를 괴롭고 고통스럽게 만든다.

정하가 씻은 쌀을 들고 일어서는데 갑자기 자경이 배를 싸안고 신음을 한다.

「동서, 왜 그래?」

당황한 정하가 자경의 팔을 잡고 묻는다.

「형님, 진통이…… 아무래도 아이가 나올 것 같아라.」

자경은 정하의 두 팔을 잡고 몸을 튼다.

「예정일이 아직 남았잖아.」

정하는 바가지를 부뚜막 위에 올려놓고 자경을 부축해 밖으로 나온다.

「밤부터 진통이 오락가락했어라. 이슬도 보였고라. 해원 아빠 좀…….」

정하가 자경을 부축하고 밖으로 나오자 시어머니 황 씨가 소리 나게 방문을 열고 나온다.

「무슨 일이냐?」

황 씨의 목소리에 기다리고 있었다는 듯 작은방 문이 열리고 백발에, 누렇게 색이 바랜 아랫니 두 개를 제외하고는 이가 모조리 빠진 시할머니가 문밖으로 고개를 내민다.

「누가…… 뭘 어쩐다고?」

자경은 진통을 참지 못하고 비칠거리며 툇마루에 쭈그려 앉는다.

「어여, 해원 아비를 불러라.」

황 씨가 정하에게 준섭을 불러오라고 소리치면서 자경의 몸을 부축한다. 문간방에 있던 준섭이 울며 보채는 해원을 안고 달려온다. 시할머니는 계속해서 무슨 일이냐고 누구에게랄 것도 없이 재차 같은 말을 묻지만 누구도 대꾸하는 이가 없다.

준섭은 아이를 황 씨에게 맡기고 자경을 안아 부축하고, 정하는 택시를 부르러 뛰어나간다. 아이의 울음소리는 정하가 대문을 벗어나 언덕을 내려갈 때까지 따라왔다. 정하는 달리기 시작한다. 아직 일곱 시도 되지 않은 이른 아침이다. 지금 바로 택시를 잡는다 해도 병원 문은 굳게 닫혀 있을 게 틀림없다. 종합 병원으로 가려면 택시를 타고 한 시간은 족히 달려가야 하고, 가까운 의원은 언제 출산할지 모르는 산모들을 위해 친절하게 준비해 놓고 있지 않을 것이다. 어쩌면 자경은 길바닥에서 혹은 택시 안에서 아이를 낳을 수도 있다. 자경의 자궁 속을 빠져나오려는 아이는 자신과 어미를 이어 주는 탯줄을 목에 휘감고 순간순간 생과 사의 길을 넘나들고 있을지도 모른다.

정하는 간혹 아이를 낳다가 죽는 산모들을 보았다. 사산을 하거나, 무사히 태어난 신생아가 돌연 사망하는 경우도 있었다. 누구나 건강한 아이를 무사히 출산하는 것은 아니었다. 출

산의 고통을 덜기 위해 무통 주사를 맞는 산모나 아무런 이유
도 없이 단지 두려움과 이기심으로 제왕 절개를 하는 여자들도
있지만 어떤 경우에도 피할 수 없는 고통이라는 것이 있다. 여
자라고 해서 누구나 아이를 잉태하고 엄마가 될 수 있는 것도
아니고, 출산을 앞둔 여자가 모두 건강한 아이를 얻는 것도 아
니다. 어머니가 된다는 것은 스스로 영원히 벗을 수 없는 단단
한 족쇄를 채우는 일이다.

  정하는 20대의 전부를, 컴컴한 어미의 산도를 벗어나 아프게
눈을 찌르는 불빛에 불안한 울음을 터뜨리는 신생아들과 함께
보냈다. 그녀는 끈끈한 양수를 토해 내는 아기들을 따뜻한 물
로 씻기고 부드러운 천으로 몸을 감싸 주었다. 어미의 자궁에
서 빠져나온 신생아들이 처음 보는 것은 열 달 동안 자신을 존
재하게 해준 어미의 모습이 아니라 강렬한 불빛과 낯선 이의
손길이었다. 마취액에 잠든 어미의 몸이 의사의 손에 의해 강
제로 열려, 아무런 준비 없이 낯설고 불안한 불빛 아래로 던져
진 신생아들에게, 태어남은 고통이고 폭력이었다. 정하는 세상
과 첫 대면을 하는 신생아들이 일제히 울음부터 터뜨리는 까닭
은 눈을 찌르는 불빛 때문이라고 생각했다.

  병원에서 근무하는 동안 불빛과 햇빛 때문에 자주 머리가 아
프고 신경이 날카로웠다. 한여름 햇빛 아래 서면 편두통이 생
기고 가슴이 쿵쿵 뛰고 불안했다. 정하가 사는 집은 여름에는
물론이고 한겨울에도 오후가 되면 햇빛이 집 안 곳곳을 향해

마치 전투를 벌이듯 진격해 왔다. 햇빛은 금방이라도 몸에 화상을 입힐 듯 뜨겁고 날카로웠다. 날이 저물 때까지 집 안을 점령한 채 비켜나지 않는 햇빛은 참을 수 없는 폭력처럼 느껴졌다. 여름이 되면 정하는 창마다 커튼과 블라인드를 드리우고 걷지 않았다. 빛은 끊임없는 불안으로 내몰았다.

4년 전, 병원에 사직서를 내고 집으로 돌아올 때 오로지 불빛으로부터 벗어날 수 있다는 사실만으로 마음이 홀가분했다. 이제 더 이상 신생아들의 공포스러운 울음을 듣지 않아도 되었고 자연 분만으로 아이를 낳은 산모들이 출산 후 채 몇십 분도 지나지 않아 미역국을 우적우적 먹어 대는 모습도 보지 않아도 되었다. 퉁퉁 부은 얼굴로 젖버듬히 기대앉아 미역국을 먹는 여자들의 모습은, 이제 막 자신의 자궁 속을 빠져나간 아기가 낯선 신생아실에서 이물스러운 젖병을 빨고 있는 것은 아랑곳하지 않고 오로지 텅 비어 버린 자궁 속에 악착같이 뜨거운 미역국을 채워 넣는 것처럼 보였다. 산부인과는 인간의 삶이 시작되는 성스러운 장소가 아닌 삶의 비극과 고통이 넘치는 아수라장이었다.

택시는 잡히지 않는다. 차도는 눈이 거의 녹아 질퍽하다. 정하는 택시 정류장에 서서 안타깝게 발만 구른다.

정하가 주위를 두리번거리며 서 있는 곳으로 준섭이 자경을 부축하며 천천히 걸어오고 있다.

3

「아침밥 늦었다, 서둘러라.」

비죽 열린 대문 안으로 들어서는 정하의 귓가에 마당에 서 있던 황 씨의 목소리가 날아와 꽂힌다.

「아침밥 먹고 나서 목욕물 데워 할머니 좀 씻겨 드려라. 할머니 방에 있는 요강도 깨끗하게 부셔 놓고. 나는 아침 먹고 나서 시장에 다녀와야겠다.」

황 씨는 해원을 등에 업고 좁은 마당을 오가고, 툇마루에 나와 있는 시할머니는 무언가 알아들을 수 없는 말을 계속해서 웅얼거리고 있다.

정하는 열린 부엌문 안으로 들어가 씻어 둔 쌀을 솥에 안치고 큰방으로 들어가 방 한구석에 있는 냉장고 문을 연다. 뚜껑이 달린 반찬 그릇에 몇 가지 반찬이 남아 있다. 야채칸을 뒤져 호박과 감자 따위를 꺼내 다시 부엌으로 간다. 정하는 된장찌개 한 그릇을 끓이기 위해 몇 번씩이나 부엌 안을 두리번거린다. 칼과 도마, 뚝배기와 양념통이 어디에 있는지 몰라 찬장을 몇 번이나 뒤진다. 1년에 몇 번 시댁에 올 때마다 음식을 만드는 재료는 물론 그릇 정리까지 자경이 맡아서 한 탓에 정하는 부엌 살림살이에 대해 건성으로 알고 있을 뿐이다.

정하는 큰방에 둥근 상을 펴고 몇 가지 준비된 반찬과 함께 된장찌개를 올린다.

「대충 준비됐으면 먹어 보자.」

황 씨가 해원을 안아 들고 방으로 들어간다.

「할머니 모시고 오너라.」

정하는 툇마루에 앉아 꾸벅꾸벅 졸고 있는 시할머니에게 다가가 낮은 목소리로 말한다.

「할머니, 아침 진지 드세요.」

「이기 누구여? 넌, 누구냐?」

시할머니가 고개를 들고 눈곱 낀 작은 눈을 정하에게 바짝 들이대며 묻는다.

「큰손부예요, 할머니. 해원 엄마가 집에 없는 동안 제가 할머니 진지 차려 드리려고 왔어요.」

정하는 저도 모르게 한 발 뒤로 물러나며 대답한다.

「해원 엄마가 어쨌다고? 어린애 낳을 날이 얼마 남지 않았는데, 어딜 갔다는 게야?」

끝도 없이 무언가를 물어 댈 듯, 시할머니가 정하의 팔을 와락 끌어당긴다.

「어서 들어오셔서 진지 드셔라. 묻고 잪은 게 있으면 그다음에 하시고.」

황 씨의 말에 언제까지고 그 자리에 앉아 있을 것 같던 시할머니가 굼뜨게 일어나 방으로 들어간다.

「밥그릇 이리 줘보쇼. 된장국 말아 드릴 틴께.」

황 씨는 시할머니의 밥그릇을 가져다가 된장찌개를 덜어 비빈다.

「할머니 밥 위에 무나물이나 좀 얹어 드려라. 이가 죄 빠져서
단단하고 질긴 반찬은 못 자신다. 니가 봐서 괜찮다 싶은 것
만 조금 드려라.」

시할머니는 한쪽 다리를 괴고 밥상 앞에 바투 다가앉아 열심
히 숟가락질을 한다. 숟가락 가득 올려진 밥과 반찬은 입으로
가기 전에 반 이상이 밥상이나 치마폭으로 떨어지고 만다. 아
랫니 두 개가 고작인 쭈글쭈글한 입은 경련을 하듯 떨리고 손
에 쥐고 있는 숟가락은 때때로 반찬 그릇들 사이를 더듬는다.

「엄니가 드실 만한 반찬은 밥 위에 얹어 줄 턴께 걱정 말고
그거나 드시란께 그라요.」

황 씨가 해원의 입속에 맨밥을 조금씩 넣어 주면서 지청구를
한다.

「알았다, 알았어. 원, 눈이 어두워서 뵈지도 않는다.」

정하는 시할머니가 식사를 마치자 빈 밥그릇에 물을 따라 주
고 방바닥과 시할머니 치마에 떨어진 밥알들을 줍는다.

아침을 먹고 나서 황 씨는 해원을 포대기로 들쳐 업고 나간
다. 정하는 설거지를 한 뒤 커다란 대야에 더운물을 받아 놓고
밖으로 나온다. 어느새 시할머니는 곤하게 잠들어 있다. 잠시
망설이다 방 안에 놓인 요강을 들고 나와 화장실 문을 연다.
컥, 숨이 막힌다. 숨을 멈추고 요강에 담긴 오줌을 비운 뒤 재
빨리 나와 문을 닫는다. 고무장갑을 끼고 빈 요강 안에 세제를

넣고 수세미로 닦는다. 일을 마칠 때까지 숨을 쉬지 않으려고
애쓴다.

결혼 후 처음 맞은 설 때, 정하는 냄새 때문에 시댁에 머무는
동안 내내 먹지 못했다. 시간이 흘러도 냄새는 좀처럼 익숙해
지지 않았다. 오래전 할머니와 함께 살 때도 재래식 화장실을
사용했었다. 할머니가 돌아가신 뒤 도시로 나와 혼자 자취하는
동안 내내 수세식 화장실을 사용하면서도 할머니의 집에 있던
화장실이 더러웠다거나 불편했다는 기억은 나지 않았다. 생선
을 먹을 때도 마찬가지였다. 할머니는 가끔 굴비나 갈치를 구
웠다. 할머니가 구운 생선에서는 비린내가 나지 않았다. 할머
니는 연탄불 위에 석쇠를 달군 뒤 굴비나 갈치, 고등어 따위를
한 토막씩 구웠다. 할머니는 정하가 밥을 먹는 동안에는 절대
로 생선에 손을 대지 않았다. 할머니가 돌아가신 뒤로 정하는
생선을 먹지 않았다. 생선 비린내 때문에 비위가 돌았다. 정하
는 가끔 할머니가 구워 주던 굴비와 갈치를 떠올렸다. 어디에
서나 흔하게 구할 수 있는 것이지만 이제 다시는 먹을 수가 없
었다.

요강을 헹구고 일어서는데 전화벨이 울린다. 방으로 뛰어 들
어가 수화기를 집어 든다.

「형수님이세요?」

가라앉은 준섭의 목소리가 들려온다. 정하는 긴장한다. 자경
이 아이를 낳았구나.

「지금 아이를 낳았습니다. 근데 처가로는 갈 수가 없게 되어
서…… 해원이 외할머니가 새벽에 다리를 다쳐서 누워 계신
답니다.」

준섭은 머뭇거리며 무언가 망설이는 목소리로 말한다.

「퇴원하면 이리로 오셔야죠. 저도 있고 하니 걱정 마시고.」

「죄송합니다. 그럼…….」

전화를 끊은 뒤에야 정하는 자경이 순산했는지 아이는 건강
한지 묻지 않았다는 것을 깨닫고 난감해진다.

「아가.」

시할머니가 정하를 부른다.

「네, 지금 갈게요.」

「나 요강 좀 다구. 용변 좀 봐야 쓰겄다.」

방금 씻어 놓은 요강을 들고 시할머니의 방으로 들어간다.

「할머니 용변 보신 뒤에 제가 목욕시켜 드릴 테니까 옷 벗으
세요.」

부엌에 들어가 식은 목욕물에 다시 뜨거운 물을 붓는다.

한참을 기다려도 시할머니는 방에서 꼼짝하지 않는다. 목욕
물이 알맞게 따뜻한지 손으로 만져 본 뒤 시할머니 방문을 연
다. 역하고 구린 냄새가 코를 찌른다. 시할머니는 아랫도리를
벗고 방바닥에 쭈그려 앉아 무언가를 더듬어 줍고 있다. 정하
가 문을 열고 얼굴을 들이밀자 시할머니는 난감한 얼굴로 손에
들고 있던 덩어리를 요강 속에 집어넣는다.

방바닥과 이불 위, 벗어 둔 옷가지 위에도 오물이 들러붙어 있다. 정하는 손바닥으로 입을 막고 터져 나오는 비명을 간신히 목구멍으로 삼킨다.

「눈이 당최 뵈질 않아서…….」

시할머니는 입을 반쯤 벌리고 연방 입술을 달싹거리며 방바닥을 더듬고 있다.

벌린 입에서도 쿠린내가 난다. 정하는 고개를 외틀고 천천히 시할머니 옷을 벗겨 낸다. 쭈글쭈글 주름진 얼굴과 앙상하게 뼈만 남은 팔다리, 구부렁한 등과 골반뼈가 드러난 엉덩이에서 풍기는 구리터분한 냄새 때문에 구역질이 치밀어 오른다.

시할머니는 어린아이처럼 부끄러워하지도 않고 얌전히 정하에게 몸을 맡긴다. 시할머니의 몸은 놀랄 만큼 작고 가볍다. 탄력을 잃은 주름진 몸피 속에는 가늘고 약한 뼈가 고스란히 드러난다. 정하는 목욕 타월에 비누질을 해서 주름진 거죽만 남은 몸을 조심스럽게 닦아 내고 미지근한 물을 바가지로 퍼 등과 가슴에 붓는다. 시할머니는 눈을 꼭 감고 등을 구부린 채 정하가 시키는 대로 몸을 움직인다. 물에 젖자 시할머니의 몸은 더욱 작아져서 마치 어린아이처럼 보인다. 시할머니는 이제 얼마 지나지 않아 세상을 떠날 것이다. 사람은 모두 언젠가는 죽는다는 사실이 다행스럽고 감사하다. 7년 동안 살을 맞대고 살고 있는 남자의 아버지를 낳아 준 늙은 여인, 그녀도 아주 오래 전에는 주름 하나 없이 탱탱한 몸으로 아이를 낳았을 것이다.

정하에게 몸을 맡긴 채 다소곳이 시키는 대로 움직이고 있는 노인과 정하 사이에는 아무런 추억도 미움도 그리움도 없다. 자신을 길러 준 할머니의 벗은 몸을 정하는 한 번도 보지 못했다. 할머니는 돌아가시는 날까지 손수 몸을 돌보았고 정신을 놓지도 않았다.

머리를 감겨 드리고 나자 시할머니는 손수 세수를 하고 뒷물을 한다. 정하는 마른 수건으로 시할머니의 몸을 꼼꼼히 닦아 주고 행여 감기라도 걸릴까 서둘러 큰방으로 모시고 들어간다. 황 씨가 챙겨 놓고 나간 흰색 속곳과 내의, 고쟁이와 스웨터가 방 한쪽에 놓여 있다. 시할머니는 등을 구부리고 앉아 정하가 내미는 옷가지를 하나씩 천천히 꿰입는다. 양말까지 찾아 신고 나자 시할머니는 고단한지 벽에 기대앉아 긴 한숨을 내쉬고 입술을 달싹거린다. 그때마다 남아 있는 아랫니 두 개가 잇몸에 부딪치면서 요란한 소리를 낸다.

정하는 큰방에 요를 깔고 시할머니를 부축해 눕힌다. 부피도 무게도 느껴지지 않는 작은 몸을 둥글게 말고 넓은 요 위에 누운 시할머니는 갓 태어난 아기처럼 보인다.

정하는 시할머니 방으로 들어가서 오물이 묻은 옷가지와 요강을 가지고 나온다.

「해원 아비한테 연락 왔더냐?」

황 씨가 양손에 주렁주렁 비닐봉지를 들고 들어서며 묻는다.

「네. 아이를 낳았는데, 조리는 아마도 여기서 해야 할 것 같다고. 동서 친정어머니가 다치셨대요.」

오물이 든 요강과 옷가지를 본 황 씨는 눈살을 찌푸리며 구시렁거린다.

「하루 걸러 한 번씩이구나. 아마도 니 시할마씨가 노망이 날란가 보다. 근데 뭘 낳았다더냐?」

황 씨는 물건이 든 봉지를 마당에 내려놓고 포대기를 풀어 해원을 품에 안는다. 아이는 잠이 들어 있다.

「미처 묻지 못했어요.」

황 씨가 사나운 눈살로 정하를 노려본다.

「넌 대체 뭣 하는 아이냐? 애를 낳았다고 전화가 오면 젤 먼저 물어야 할 게 뭔지도 모른단 말이냐. ……하긴, 관심이 없는 게지. 그렇잖음 벌써 애를 낳고도 남았지. 남이 애를 가지면 시샘을 해야 저한테도 애가 들어서는 법이다. 너는 하나에서 열까지 나를 애먹이기로 작정한 아이 같다.」

황 씨가 방으로 들어가 쿵 소리 나게 문을 닫는다.

황 씨는 저녁밥도 먹는 둥 마는 둥 하고 준섭의 전화를 기다리고 있다.

기다리던 전화 대신 피곤한 얼굴로 준섭이 마당에 들어선다.

「그래, 뭘 낳았더냐? 아들이겠지?」

황 씨가 준섭의 얼굴빛을 살피며 묻는다.

「아녀라. ……형수한테 들으셔서 알고 계시겠지만, 해원이 외할머니가 다리를 다치시는 바람에 아무래도 산구완은 여기서 해야겠어라.」

황 씨는 방 안에 앉은 채 고개만 밖으로 빼고 있고, 준섭은 마당에 서서 죄지은 사람처럼 고개를 들지 못한다.

「……」

「오늘은 어떻게 하루 휴가를 썼는데 내일부터는 그 사람 혼자 병원에 있으니 차라리 아침 일찍 퇴원하는 게 나을 것 같은디요.」

준섭이 부엌에 있는 정하를 향해 동의를 구하는 눈길을 보낸다. 정하는 두어 번 고개를 끄덕여 대답을 대신한다.

「여기 누구 산구완해 줄 사람 있다더냐? 나도 모르겠다, 니 형수한테나 물어봐라.」

황 씨는 쌀쌀맞게 대꾸하고 문을 닫아 버린다.

「내 그토록 고추를 낳으라 했건만……」

황 씨는 밤새 뒤척거리며 누군가를 향해 원망과 한숨을 늘어놓는다.

4

정하가 병원일을 그만두자 남편 준호는 잉꼬 한 쌍을 사 들고 들어왔다. 잉꼬는 연두색 새장 안에 얌전히 들어앉아 있었다. 베란다 한쪽에 자리를 잡은 잉꼬 부부는 첫날 밤 내내 조용했다. 정하는 새를 좋아하지 않았다. 새장 안에 갇혀, 사람이 주는 물과 모이로 연명하면서도 쉴 새 없이 재잘거리는 새를 지켜보는 것은 고역이었다. 집에 온 이튿날부터 잉꼬 두 마리는 낮이나 밤이나 쉬지 않고 푸드덕댔고 새장은 물론 베란다에까지 모이를 헤쳐 놓고 똥을 쌌다. 정하는 매일 아침 더러워진 새장과 베란다를 청소하고 물과 모이를 주었다.

정오 무렵이 되면 햇빛 때문에 거실이나 침실에 앉아 있기가 힘들었다. 거침없이 쏟아져 들어오는 햇빛은 커튼이나 블라인드만으로 막아 낼 수가 없었다. 정하는 햇빛으로부터 도망치기 위해 화장실 문 앞에 웅크리고 앉았다. 잉꼬 두 마리는 오후 두 시부터 해가 질 때까지 유난히 시끄럽게 울어 댔다. 정하는 화장실 문에 머리를 박고 햇빛과 잉꼬 때문에 미칠 것 같아 비명을 지르다가 마침내 울음을 터뜨렸다.

정하는 병원에서 보냈던 7년과, 간호사가 되기 위해 공부했던 4년을 후회했다. 처음부터 그녀와는 맞지 않는 직업이었다. 아무 준비 없이 삶 속으로 던져지는 생명을 받아 내는 일보다는 차라리 죽음의 그림자와 힘겨운 싸움을 하는 말기 암 환자들을 위로하고 도와주는 호스피스가 되는 편이 덜 고통스러웠을 것 같았다.

그녀의 자궁은 생명을 잉태하기에는 너무 작거나 약한지도 몰랐다. 어쩌면 처음부터 자궁을 달고 나오지 않았는지도 모른다. 자신을 낳아 준 어머니에게로 갈 수 없는 그녀는 어미와 새끼라는 운명의 끈을 피해 자신의 자궁으로부터 도망치고 있었다.

잉꼬가 죽은 건 석 달쯤 뒤였다. 새장을 치우지도 먹이를 주지도 않았다. 새들이 울지 않는다는 걸 의식하지 못한 채 며칠을 보내고 나서야 베란다로 나갔다. 두 마리 잉꼬는 연두색 새장 바닥에 나란히 널브러져 죽어 있었다. 정하는 연두색 새장을 들고 나가 아파트 화단에 버렸다.

새소리가 사라졌는데도 준호는 새에 대해 묻지 않았다.

부스럭거리는 소리에 눈을 떠보니 시할머니가 머리맡에 앉아 가방을 뒤적거리고 있다. 정하는 놀라 일어나 앉는다.

「대체 내 고쟁이가 어딨단 말이냐.」

시할머니는 정하의 가방을 펼쳐 놓고 옷가지를 하나씩 꺼내고 있다.

「할머니, 이건 제 가방이에요. 할머니 옷은 저기 장롱 안에 들어 있어요. 날 밝으면 꺼내 드릴게요.」

정하는 시할머니가 꺼내 놓은 옷가지를 가방 속에 집어넣고 손이 닿지 않는 곳에 놓는다.

시할머니는 언제부터 여기 와 있던 걸까. 갑자기 시할머니의 주름진 얼굴이 낯설게 느껴지고 더럭 겁이 난다. 정하는 될 수 있는 한 시할머니와 어떤 인연도 만들고 싶지 않다. 단지 주어진 의무에만 충실하고 싶었다. 시할머니의 치부를 들여다보고

몸을 씻기고 식사를 챙기는 일은 별다른 감정 없이도 해낼 수
있다. 단지 봉사라고 생각하면 마음이 무겁지도 않다. 시할머
니에게 애증이 생겨나는 것이 두렵다.

「어머니, 새벽부터 뭐 하시는 거요, 고단해서 자는 사람을 깨
  우고. 언능 방으로 가 주무씨오.」

황 씨가 짜증을 내자 시할머니는 굼뜨게 일어나 더듬거리며
방에서 나간다.

달아난 잠을 쫓아가 보려 하지만 멀미하듯 머리만 아파 아침
밥을 지으러 부엌으로 나간다. 한참 동안 찬장과 부엌 구석구
석을 뒤져 미역을 찾아낸다. 양푼에 물을 받아 미역을 담근다.
까맣게 말라 있던 미역은 죽죽 길게 풀어지면서 연녹색으로 살
아난다. 쌀을 씻어 안치고 연탄 아궁이 위에 놓인 들통을 열고
물을 두세 바가지 퍼 넣는다. 갓 태어난 아기는 매일 따뜻한 물
에 담그고 부드러운 천으로 씻어 주어야 비로소 말갛게 제 살
갗이 나온다. 대부분의 아기들은 물을 두려워하지 않는다. 자
궁 속 기억 때문이다. 까무러질 듯 울어 대는 아기도 알맞게 따
뜻한 물속에 몸을 담가 주면 신기하게도 울음을 그친다.

미역국을 한솥 끓여 놓았을 때 황 씨가 나들이옷을 차려입고
방에서 나온다.

「나, 천수보살집에 다녀올 테니까 할머니 진지 챙겨 드리고
  해원이 좀 봐라.」

황 씨는 아침밥도 먹지 않고 서둘러 집을 나간다.

5

준섭은 커다란 가방을 어깨에 걸고 자경은 갓난아기를 품에 안고 마당으로 들어선다. 해원이 조르르 제 엄마에게 달려간다. 정하는 자경이 안고 있는 아기를 받아 포대기를 살짝 들치고 아기의 얼굴을 본다. 아기는 숨소리도 내지 않고 잠들어 있다. 해원을 안은 자경은 금방이라도 쓰러질 것 같다.

「우선 큰방으로 들어가. 얼른 미역국 가져다줄 테니까.」

정하가 커다란 국그릇에 미역국을 가득 퍼 담고 더운밥과 무나물로 상을 차려 방으로 가져간다. 벽에 비스듬히 기대앉은 채 눈을 감고 있는 자경은 아주 길고 고된 여행을 마치고 이제 막 집으로 돌아온 사람처럼 지치고 힘들어 보인다. 하룻밤 사이 자경은 다른 사람처럼 보인다.

「어서 미역국 먹어, 동서.」

자경은 미동도 하지 않는다.

「국 식는다. 애한테 젖 주려면 산모가 잘 먹어야지.」

해원이 제 엄마의 눈치를 살피느라 함부로 떼를 쓰지 못하고 잠든 아기에게로 다가가서 조심스레 손가락을 만져 본다.

「해원이 큰엄마랑 놀자. 엄마는 아가랑 코 자라고 하고.」

정하가 해원을 불러내려 하지만 아이는 신기한 장난감을 발견한 듯 자고 있는 아기에게서 떨어지지 않는다.

자경이 눈을 뜨고 두 아이를 바라본다. 정하의 기억 속에 자경처럼 슬픈 눈으로 자신의 아이를 응시하는 산모는 없었다.

자경은 끝내 미역국에 손을 대지 않고 모로 누워 잠이 들어 버린다.

「내리 딸만 다섯을 낳고 나서야 아들을 볼 수 있다고 하더라.」

황 씨는 신발을 벗으며 누구에게랄 것도 없이 말하고 방으로 들어간다.

「내 밥 차릴 것 없다. 보살님 집에서 한술 떴다. 애는 왜 제 방에 가 눕지 않고 이리 와 있나?」

황 씨가 옷을 갈아입으며 강보에 싸인 아기를 흘긋 본다.

갓난아기도 해원도 자경도 모두 잠들어 있다. 정하는 식은 미역국을 솥에 붓고 가스불을 켠다. 아기가 칭얼거리는 소리를 듣고 방으로 난 쪽문을 연다. 황 씨가 아기를 안고 어르고 있다. 아기 울음소리를 듣고도 자경은 깨어나지 않는다.

자경은 울며 보채는 아기에게 서둘러 젖꼭지를 물리지 않고, 한번 입속에 넣은 어미의 젖꼭지를 필사적으로 빨아 대는 아기를 야멸치게 떼어 낸다. 아기는 배고플 때 외에는 거의 울지 않는다. 기저귀가 흠뻑 젖어도 새근새근 숨을 내쉬며 잘 잔다.

집으로 돌아온 첫날 곤히 자고 난 뒤로 밤이건 낮이건 잠을 이루지 못해 자경의 얼굴은 부석부석하고 누렇게 떠 있다. 아기에게 젖을 잘 물리지 않은 탓인지 자경의 젖가슴은 무서울

만큼 크고 단단하게 부풀어 올랐다. 순하게 잠만 자던 아기가 누렇게 얼굴이 뜨고 죽죽 노란 설사를 쏟는다. 자경은 아기의 똥기저귀를 뭉쳐 들고 부엌으로 나와 빨래를 한다. 부엌 바닥에 쪼그려 앉아 기저귀를 빨고 있는 자경 곁으로 해원이 다가와 칭얼거린다. 자경이 비눗물 묻은 손을 들어 해원의 등짝을 매섭게 후려친다. 해원이 자지러지게 울어 댄다. 자경은 우는 아이를 끌어당겨 품에 안는다.

태어난 지 보름이 된 아기는 밤낮을 가리지 않고 울어 댄다. 아기는 자경의 품에 안겨서도 울음을 멈추지 않는다. 잘 먹지 않아 누렇게 뜬 얼굴로 끊임없이 보채고 금방이라도 숨이 넘어갈 듯 운다. 아기는 울다가 지쳐 잠이 들고 다시 깨어나 칭얼거린다.

정하는 아기 울음소리 때문에 밤에 거의 잠을 이루지 못한다. 황 씨는 밤에 이따금 깨어나 구시렁거리며 다시 곯아떨어지고 준섭은 아침이면 충혈된 눈으로 출근을 한다.

정하는 자경의 방 창문에 검은색 커튼을 사다 걸고 초저녁 무렵 미지근한 물로 아기를 씻긴다. 밤에 우는 아기들은 대부분 낮과 밤이 바뀌어서, 낮에는 오랫동안 잠들기 마련인데 자경의 아기는 달랐다. 정하는 신생아들에게 익숙하지만 아기를 키우는 일은 전혀 알지 못한다. 아기의 울음소리만으로 아기가 무엇을 원하는지 알 수 있는 아기 엄마가 아니었다.

「애가 밤새 울어 쌓는데 너는 대체 무얼 하고 있냐? 도대체 사람이 잠을 잘 수가 있어야지.」

황 씨가 부엌으로 나와 자경을 나무란다.

자경은 부엌 바닥에 쌓아 놓고 빨던 기저귀를 밀쳐 두고 문간방으로 간다.

거짓말처럼 아기 울음소리가 들리지 않는다. 정하는 커다란 국그릇에 미역국을 가득 담아 상 위에 올린다. 자경이 돌아와 방으로 들어가지 않고 부뚜막에 걸터앉아 국 한 그릇을 말끔히 비운다.

정하는 걸레를 빨아 들고 문간방으로 간다. 아기를 큰방으로 옮겨 놓고 문을 활짝 열어 환기를 시켜야 한다. 자경의 방문을 열고 안으로 들어가려던 정하는 순간 얼음장처럼 몸이 굳어 움직이지 못한다. 강보에 싸인 아기는 자경이 덮고 자는 두꺼운 이불에 파묻혀 있다. 달려가 이불을 걷어 내고 땀에 젖은 아기를 품에 안는다. 축 늘어져 있는 아기는 눈을 뜨지 않는다. 정하는 비명을 지르며 아기를 안고 밖으로 뛰어나간다.

정하는 낳아 준 어머니의 얼굴을 기억하지 못한다. 어머니에 대한 기억이 없기 때문에 그리움도 없다. 오래전부터 어머니를 떠올리는 일마저 금했기 때문에 상상조차 부자유스럽다. 그녀는 처음부터 자신에게 어머니는 존재하지 않았을지도 모른다고 생각했다. 어머니라는 단어는 억눌리고 뒤틀린 채 멀어졌다.

자경의 아기는 신생아 병동에 입원했다. 주치의는 아기가 무

사히 퇴원한다 해도 어떤 후유증이 생길지 장담할 수 없다고
말한다. 아기는 신생아 황달까지 겹쳤다. 부모에 한해 하루에
두 차례 면회가 될 뿐 자유롭게 찾아갈 수조차 없다. 정하는 아
기의 상태에 대해 자경이나 황 씨에게 말하지 않는다.

6

　황 씨는 쪽마루 위에 주렁주렁 매달아 둔 말린 나물들을 걷
어다 물에 담그고 아침 일찍 설에 쓸 생선과 고기를 사러 시장
에 간다. 자경은 저녁에 씻어서 불려 놓은 떡쌀을 채반에 건져
소쿠리에 담고 방앗간에 간다. 자경의 치맛자락에 해원이 매달
려 있다. 정하는 냉장고를 열어 달걀과 동태포를 꺼내고 찬장
에 든 밀가루를 양푼에 쏟는다. 달걀을 열 개 정도 깨뜨려 풀고
소금을 친다. 가스불 위에 프라이팬을 놓고 식용유를 두른다.
얇게 저며진 동태포에 밀가루를 묻히고 잘 풀린 달걀에 적셔
달궈진 프라이팬 위에 하나씩 놓는다. 누렇게 익은 동태전을
가지런히 채반 위에 얹는다.
　정하는 동태전을 부치고 나서 산적을 꿴다. 삶아 둔 느타리
버섯과 쪽파, 풋고추와 양념한 쇠고기를 길쭉하게 잘라 꼬챙이
에 나란히 끼운다.
　산적을 꿰고 있을 때 큰방에서 아기 울음소리가 들린다. 정
하는 물로 손을 헹구고 플라스틱 우유병에 끓인 보리차를 담고

분유를 넣는다. 큰방으로 올라가 아기를 안고 분유를 먹인다. 그녀의 손길은 마치 제 아기를 돌보는 어미처럼 익숙하고 다정하다. 아기는 울음을 그치고 젖꼭지를 빤다. 퇴원한 뒤로 아기는 모유 대신 분유를 먹는다.

「설 대목이라고 생선값이 두 배는 뛰었더라.」

황 씨는 고기와 생선이 든 광주리를 부엌에 부려 놓고 쪽마루에 앉아 숨을 몰아쉰다.

정하는 생선 비린내 때문에 비위가 돈다.

「애는 나한테 주고 너는 우선 저것부터 손봐라.」

황 씨가 방으로 들어와 아기를 받아 든다.

정하는 냉장고에 쇠고기를 넣고 생선을 씻는다. 비린내를 풍기는 생선들은 하나같이 크고 싱싱해 보인다. 굴비와 병어, 상어를 물에 씻어 채반에 얹고 찜솥에 물을 붓는다.

황 씨는 아기에게 우유를 먹인 뒤 등을 토닥거려 트림을 시킨다. 황 씨는 자경 때문에 아기가 죽을 뻔했다는 사실을 알지 못한다. 준섭과 정하만 알고 있을 뿐, 어쩌면 자경조차 그 사실을 의식하지 못하는지도 모른다.

자경이 김이 펄펄 나는 떡 함지를 머리에 이고 부엌으로 들어온다. 정하는 자경의 머리 위에 올려 있는 떡 함지를 받아 부엌 바닥에 내려놓는다.

「사람들이 어찌나 많은지……」

자경은 채반 위에 쌓여 있는 동태전과 생선을 보며 변명처럼 말한다.

「몸조리도 제대로 못했는데…… 고생 많았어.」

자경은 숨 돌릴 틈도 없이 일어나 물에 담가 둔 나물들을 씻어 건지고 데치고 무친다. 정하는 부엌 바닥에 앉아 도마 위에 가래떡을 올려놓고 납죽납죽 썬다.

준호는 설날 아침이 되어서야 집에 도착했다. 정하는 손님처럼 남편을 맞는다.

차례상이 차려지자 준호와 준섭만이 절을 한다. 큰방에 커다란 상을 펴놓고 음식을 나른다. 자경은 언제나 그랬던 것처럼 접시마다 수북이 음식을 담고 정하는 자경이 건네준 접시를 상으로 나른다.

시할머니와 황 씨, 준호와 준섭이 둘러앉아 떡국을 먹는다.

「어서 너희들도 와서 먹어라.」

황 씨가 자경과 정하를 부른다.

정하가 솥을 열고 떡국을 담는데 마당에서 인기척이 난다.

「저…….」

중년의 여자가 여자 아이 하나를 데리고 마당으로 들어와 머뭇거리며 누군가를 부른다.

「누구세요?」

정하가 부엌에서 나오며 여자에게 묻는다.

「저, 여기, 혹시 황귀남 씨 댁 맞나요?」

　미처 대답할 틈도 없이 방에 있던 황 씨가 급히 뛰어나간다. 수초 동안 아무 말도 하지 않고 낯선 여자를 쳐다보던 황 씨가 서둘러 여자와 아이를 문간방으로 데리고 간다.
「어머니, 누구세요?」
　정하가 황 씨의 등에 대고 묻는다.
「알 것 없다.」
　황 씨의 목소리가 매섭다.
「아침상을 따로 안 봐도 괜찮겠어요?」
「괜찮대도 그러는구나.」
　황 씨는 큰방으로 들어가 다시 상 앞에 앉는다. 준호와 준섭은 묵묵히 떡국만 먹고 있다. 시할머니는 떡국을 먹느라 정신이 팔려 누가 왔는지 알지 못한다. 황 씨는 떡국을 먹는 둥 마는 둥 수저를 내려놓고 마당으로 내려가 한참을 서 있다가 다시 문간방으로 건너가 버린다.
「형님, 저 여자분 언젠가 한 번 다녀간 기억이 나는데 그때도 저한테 역정을 많이 내셨어라. 모르긴 해도 어머님과 각별한 사인 것 같은데 통 말씀이 없으시고…….」
　자경이 목소리를 낮춰 정하에게 속삭인다.
「당신 가만있지 못하겠어!」
　고개를 숙이고 떡국을 먹던 준섭이 버럭 소리를 지르며 수저를 상 위에 내려놓는다.
「할머니도 계신데 큰소리 내지 마라. 이제 아버지도 돌아가시고 안 계신데 우리는 그냥 보고만 있자.」

준호가 떡국을 비우고 일어나며 낮은 목소리로 이른다.

시할머니는 모처럼 푸짐하게 차려진 상을 받고 연방 떡국과 나물과 생선을 받아먹느라 여념이 없다. 생선 가시를 발라 시할머니 국그릇에 올려 주고 상과 방바닥에 떨어진 반찬들을 주우면서도 정하는 신경이 자꾸만 마당으로 쏠린다.

「그래도 상을 봐야겠지라? 설날 아침에 오신 손님인데.」

자경은 자리에서 일어나 부엌으로 난 문으로 내려간다.

정하는 빈 그릇을 거둬 설거지통에 담그고 찻주전자를 가스불 위에 올린다. 찬장 한구석에 있는 녹차를 꺼내 찻잔에 담고 끓는 물을 붓는다.

「우선 차부터 가져다드리고 올 테니까 동서는 상을 봐둬.」

정하는 쟁반에 녹차 두 잔을 받쳐 들고 문간방으로 간다.

설날 아침, 예기치 않은 황 씨의 손님이 정하에게는 낯설지 않다. 언뜻 본 얼굴이지만 남편 준호보다 서너 살은 많아 보이는 여자였다. 어쩌면 준호와 닮은 것도 같다. 젊은 시절 황 씨의 얼굴이라 해도 믿을 것 같다. 오래전 준호에게 들은 기억으로는 시어머니에게 형제자매가 없다고 했다. 무남독녀 외딸인지는 알 수 없지만 황 씨는 일찍 부모를 여의고 혈혈단신으로 살았다고 했다.

방에서 흘러나오는 말소리 때문에 정하는 쟁반을 든 채로 문간방 앞에 멈춰 선다. 황 씨의 목소리는 모르는 이의 것처럼 낮설게 들린다.

「다시는 여기로 나를 찾아오지 말라고…… 전에도 내가 그리 당부했잖느냐.」

단호한 말투와 달리 황 씨의 음성이 몹시 떨린다.

「어머니…….」

여자의 목소리에 울음이 배어난다.

「누가 듣겠다. 어머니라는 말은 하지도 마라.」

황 씨가 역정을 내자 끝내 여자가 울음을 쏟는다.

「준호 아버지가 돌아가시고 없다만, 그래도 여기는 니가 발걸음할 곳이 못 된다. 나는 이미 김 씨 가문에 뼈를 묻을 사람이다. 너는 김 씨 집안의 자손이 아니라 윤 씨 집안 딸이다. 너를 낳았다고 어미랄 수는 없지. 너와의 연은 거기서 끝난 거다. 너는 내가 버리고 떠났다고 생각할지 몰라도, 다시 그때로 돌아간다 해도 나는 또다시 그렇게 할 수밖에 없다. 너를 뱃속에 담고서야 니 아버지란 사람한테 처와 자식이 있다는 걸 알았는데 그 상황에서 내가 어찌해야 옳았겠느냐?」

「…….」

「준호 아버지는 내 지난날을 모른 채 세상을 떠났다. 니 아버지가 나를 기만했듯이 나 역시 준호 아버지를 속였던 게지. 예전에도 그랬지만 지금은 더욱이 너를 내 마음에 받아들일 수 없다. 더 이상은 나를 속이고 세상 떠난 준호 아버지를 속일 수 없다. 돌아가거라. 너를 낳아 준 어미는 내가 아니다.

다시는 이곳에 발걸음하지 마라.」

정하는 서둘러 부엌 쪽으로 걸음을 옮긴다. 황 씨가 뒤따라 나오는 기척이 들리고 이어 대문 열리는 소리가 들린다.

준호는 마당에 서서 담배를 피워 물고 서 있고 준섭은 쪽마루에 앉아 아기를 보듬어 안고 있다. 자경은 애꿎은 해원에게 역정을 내고 부산스럽게 그릇을 씻는다.

시할머니가 방문을 열고 누군가를 소리쳐 부른다. 정하가 달려간다. 시할머니는 아랫도리를 내놓은 채 고개를 아래로 떨구고 방바닥을 더듬고 있다.

「아가, 나 좀 씻겨다구. 떡국 먹은 게 잘못됐나 보다. 배가 자꾸만 아프구나.」

정하보다 먼저 황 씨가 방으로 들어가 시할머니의 윗옷을 벗겨 내며 소리친다.

「너는 어서 더운물 받아 놔라. 오늘은 내가 씻겨 드릴란다.」

부엌으로 가자 자경이 이미 커다란 대야에 물을 붓고 있다. 정하는 잠시 동안 무엇을 해야 하는지 몰라 우두커니 부엌문 앞에 서 있는다.

7

준호와 정하는 나란히 기차역을 향해 걷고 있다. 커다란 가방은 준호가 들고 정하는 숄더백과 작은 쇼핑백을 들었다. 설

연휴가 끝나는 날이라 기차역은 사람들로 붐빈다. 외투 속에는 서울로 가는 기차표 두 장이 얌전히 들어 있지만 정하는 사람들 틈 속에서 기차를 탈 수 있을 것 같지 않다.

자경의 아기는 벌써 고개를 가누기 시작했다. 하루가 다르게 자라는 것 같았다. 의사의 걱정과는 달리 아기는 별 탈 없이 자랄 수 있을 것 같다.

정하는 손에 좌석표를 쥐고도 자리에 앉지 못한다. 열차 안에는 어린아이를 안은 젊은 여자들로 북적거린다. 정하와 준호의 자리에는 갓난아기를 안은 20대 여자와 노인이 앉아 있다.

정하는 어리거나 젊거나 나이가 많은 여자들 속에 서 있다. 그녀는 어리지도 젊지도 늙지도 않다. 그녀에게는 늙은 어머니도 어린 자식도 없다. 그녀는 나이 많은 어머니도 어린 자식도 될 수 없다.

열차가 출발하자 정하의 몸이 준호에게로 조금 기울다 이내 제자리를 찾는다. 기차의 종착역까지 그렇게 서 있어야 할 것 같다.

방에 관한 기억

비어 있는 방

아버지는 기어코 노라 언니를 내쫓아 버렸다. 노라 언니는 강보에 싸인, 거짓말처럼 새까맣고 조그만 마이클을 끌어안고, 산후 조리를 제대로 하지 못해서 부석부석한 데다 울어서 퉁퉁 부은 얼굴로 우리 집을 떠났다. 노라 언니가 이사를 가고 일주일이 지난 일요일 낮, 미국에서 고모가 비행기를 타고 왔다.

나는 아버지가 그토록 못마땅하게 여기던 노라 언니와 고모가 참 쌍둥이처럼 닮았다는 생각이 들었다. 노랗다 못해 붉은 빛이 도는 머리카락과 새빨간 입술, 퍼런 빛깔로 칠해진 눈두덩, 짧은 스커트 아래로 훤히 드러난 희끗희끗한 허벅지, 고모는 굽이 가늘고 높은 구두를 신고 또각또각 발소리를 내며 마당으로 들어왔다.

어깨를 과장되게 펴고, 걸을 때마다 엉덩이를 표 나게 흔드는 폼이 처음 노라 언니가 우리 집에 오던 모습과 똑같았다. 아버지는 어험어험 헛기침을 하며 고모에게는 눈길을 주지 않은 채, 마치 가까이 살고 있는 누이에게 말하듯 심상한 목소리로 물었다. 그래, 별일 없고. 건강은 좋으냐? 요즘 여기는 좀 시끄럽다. 아버지는 고모가 대답할 틈도 주지 않고 한 번에 서너 가지 질문을 한다. 언제나 그랬던 것처럼, 고모는 아버지의 질문에 대답하는 대신 우리들에게 줄 사탕이나 과자, 초콜릿, 바나나 따위를 나누어 주며 웃을 뿐이었다.

아버지가 편지를 보내거나 국제 전화를 걸어 얼마간의 돈을 융통해 줄 것을 요구하면 고모는 매번 어김없이 돈을 보내오거나, 보는 것만으로도 질릴 만큼 많은 과자와 친척들에게 나누어 줄 화장품과 옷가지를 사 들고 직접 서울로 날아오곤 했다. 버스나 기차로 오갈 수 있는 곳도 아닌 먼 곳에서 온 고모를 아버지는 단 한 번도 살갑게 반기지 않았다.

노라 언니가 떠난 텅 빈 방에 나는 불도 켜지 않은 채 오랫동안 앉아 있었다. 새벽까지 켜놓는 마루의 붉은 등이 꺼졌다. 며칠 묵기 위해 싸 들고 온 푼수치곤 지나치게 커다란 두 개의 트렁크는 벌써 풀어헤쳐졌고, 속에 든 것들은 고모의 손을 거쳐 물건의 임자들에게 넘어갔다. 나는 고무줄을 넣어 허리가 잘록하게 들어간 병아리색 원피스와 양쪽 소매가 잔뜩 부풀려진 빨간색 반소매 티셔츠를 선물로 받았다.

우리 집에 살고 있는 가족들 모두 한 가지 이상의 선물을 받았고 삼촌이나 숙모, 작은고모들 역시 옷이나 화장품, 장신구를 얻었다. 여벌의 그릇이나 잘 쓰지 않는 물건 따위를 넣어 두는 찬장에는 과자와 사탕과 초콜릿이 빽빽하게 들어찼다. 쌍둥이 동생들은 오후 내내 단것을 너무 먹어 저녁밥도 먹지 않았고, 갑자기 낮부터 활기를 되찾은 할머니에게 잠들기 전까지 질리도록 잔소리를 들어야 했다.

저녁밥을 먹고 식구들이 모두 방으로 들어가고 난 뒤, 나는 마당을 지나 노라 언니의 방으로 들어갔다. 노라 언니의 방은 마루에서 통하는 문이 있지만 세를 주고부터는 아예 그곳에 커다란 찬장을 놓아 드나들 수 없게 막아 놓았다. 쪽문을 열자, 인기척에 놀란 쥐새끼 한 마리가 날쌔게 수챗구멍 속으로 사라졌다. 나는 멈칫거리지 않고 주저 없이 내 키의 반밖에 안 되는 문을 밀고 안으로 들어갔다. 벽을 더듬어 불을 켜려던 동작을 멈추고 나는 문가에 쭈그려 앉았다.

어둠에 눈이 익자, 방은 전보다 훨씬 넓어 보였다. 여덟 자장롱이 빠져나간 자리에는 먼지와 함께 뒤엉켜 있는 머리카락, 1원짜리 은색 동전과 5원짜리 구릿빛 동전이 나뒹굴고 있었다. 다락문께 걸린 달력 속엔 탤런트 정윤희가 함빡 웃고 있고 창문에 붙여 놓은 몇 장의 사진도 미처 떼가지 못했는지 그대로였다. 쭈그리고 있던 다리를 펴자 무언가 차고 딱딱한 감촉의 것이 발에 닿았다. 나는 손을 뻗어 집었다. 가운뎃손가락보다 조금 기다란 검은색 통이었다.

나는 그것이 무엇인지 단박에 알아맞힐 수 있었다. 뻑뻑한 뚜껑을 힘껏 돌려서 열어 보았다. 끝이 스프링처럼 생긴 길쭉한 막대가 뚜껑에 붙어서 딸려 나왔다. 작고 둥근 뚜껑을 엄지와 검지 사이에 쥐고, 굳어서 검은 부스러기가 떨어지는 막대를 천천히 눈가로 가져갔다. 한 번, 두 번, 마치 노라 언니가 그랬던 것처럼, 고모가 그랬던 것처럼 오래도록 눈썹을 밀어 올렸다.

고모는 아침부터 눈두덩 위에 푸른색 아이섀도를 짙게 칠한 뒤 입술 선보다 조금 바깥쪽으로 빨간색 루주를 칠하고 분첩으로 광대뼈 근처를 서너 차례 톡톡 두드렸다. 갓난아기의 손바닥처럼 앙증맞게 생긴 작은 거울을 손에 쥐고 오랫동안 정성 들여 화장을 하던 고모는 이윽고 탁 소리 나게 분갑을 닫았다. 시차 때문에 잠을 설쳤는지 고모의 얼굴은 짙은 화장을 했는데도 혈색이 좋아 보이지 않았다.

식구들이 아침 식사를 거의 마칠 무렵에야 밥상 앞에 앉은 고모는 입맛이 당기지 않는지 수저로 된장국만 조금 떠먹었다. 고모가 뜨는 둥 마는 둥 성의 없이 수저질을 하는 동안 안쪽까지 짙게 칠해진 루주가 아주 조금씩 입 안으로 빨려 들어가는 것을 나는 조마조마한 마음으로 바라보았다.

고모는 아침 식사를 끝내고 곧바로 떠났다. 출국 날짜는 사흘쯤 뒤라고 들었지만, 언제나 그랬던 것처럼 고모는 하루밖에 우리 집에 머물지 않았다. 아버지는 고모의 얼굴을 보는 즉시

볼일을 끝냈기 때문에 더 이상 고모를 붙잡지 않았다. 고모는 출국 전까지 머물 예정인, 시내에 있는 호텔 전화번호와 방 호수를 내게 적어 주며 전화할 테니 나오라고 했다. 고모는 서울에 올 때마다 나를 불러내서 백화점 쇼핑을 시켜 주거나 창경원에 가서 호랑이와 기린, 원숭이 따위를 보여 주곤 했다. 하지만 어쩐지 나는 고모가 전화를 걸어 와도 나갈 마음이 생길 것 같지 않았다.

올 때에 비해 부피가 표 나게 줄어든 두 개의 트렁크를 집 앞에 불러 놓은 택시 뒷좌석에 싣고 고모는 운전석 옆자리에 앉았다. 떠나는 고모의 모습을 현관 앞에서 지켜보고 있던 아버지는 택시가 골목을 빠져나가자 혀를 끌끌 차며 안으로 들어가 버렸다. 나는 아버지가 들어간 뒤 닫힌 현관문을 한참 동안 바라보다가 노라 언니의 방으로 가기 위해 마당으로 내려섰다.

아버지는 노라 언니가 떠날 때도 끌끌 혀를 찼었다. 다른 것이 있다면 노라 언니가 떠날 때는, 노라 언니뿐 아니라 곁에 있던 식구들 모두 들을 수 있을 만큼 큰 소리로 혀를 찼고 며칠 동안은 식사 때마다 노라 언니와 마이클 그리고 얼굴도 모르는 마이클의 아버지를 입에 올려 가면서, 절대로 그들을 닮아서는 안 된다고 끝없이 같은 말을 되풀이했다. 그때마다 나는 흰 배냇저고리를 입고 있어서 더욱 속살이 검어 보이는 마이클이 보고 싶어져서 윗니로 입술을 잘근잘근 씹어 댔다.

처음부터 아버지는 노라 언니를 마땅치 않게 생각했었다. 하지만 이미 이사를 온 뒤라, 더구나 생김새와 옷차림이 눈에 거슬린다고 함부로 세입자를 내쫓을 수는 없는 일이었다. 아버지는 복덕방 할아버지로부터 혼자 사는 아가씨라는 말만 듣고 선뜻 방을 내준 것을 두고두고 후회했다. 도리 없음을 깨달은 아버지는 우리들이 노라 언니와 가까이 지내는 것만큼은 절대로 허락하지 않았다.

그러나 나는 틈만 나면 노라 언니의 방으로 놀러 가곤 했다. 처음 노라 언니의 방에 들어갔다가 나는 머리끝에서부터 발끝까지 온몸을 한 번에 볼 수 있는 커다란 거울을 보고 깜짝 놀랐다. 노라 언니는 외출할 때마다 그 커다란 거울을 보며 치장을 했다. 노라 언니의 방에는 셀 수 없이 많은 거울이 있었다. 크기와 모양이 제각각인 화장품들이 놓여 있는 경대, 벽에 걸린 달력 크기만 한 거울과 눈썹을 다듬을 때 사용하는 손거울, 입술 화장을 하거나 눈썹을 그릴 때 보는 손바닥만 한 거울들. 나는 처음에 그 많은 거울들이 대체 무엇 때문에 필요한지 알 수 없었다. 하지만 노라 언니와 한나절만 함께 있으면 단박에 그 까닭을 알게 된다.

노라 언니는 각각의 거울의 용도를 누구보다 잘 알고 있고 적절하게 사용했다. 아침에 세수한 뒤 경대 앞에 놓인 둥근 의자에 앉아 크림을 바르고 머리를 손질했다. 화장할 때는 부위별로 적절한 거울을 사용했다. 눈 화장을 할 때는 가로로 길쭉한 손거울을, 입술에 붉은 루주를 칠할 때는 동그란 거울을, 양쪽 볼에 분을 칠할 때는 손잡이가 달린 거울을 보았다. 외출복으로 갈아입을 때면 어김없이 전신이 보이는 거울 앞에 섰다. 모든 준비가 끝나면 벽에 걸린 직사각형의 거울로 힐끗, 마치 남의 얼굴을 훔쳐보는 것처럼 재빨리 자신의 눈부신 얼굴을 확인했다. 밖으로 나와서도 틈틈이 핸드백 속에 든 손거울을 꺼내 화장 고치는 것을 잊지 않았다.

이따금 나는 노라 언니의 방에서 동네 가게에서는 구경도 할 수 없는 과일이나 초콜릿, 비스킷 따위를 먹곤 했다. 노라 언니는 인색한 사람이 아니었다. 먹을 것은 물론이고 경대 위에 놓여 있는, 큰언니가 가지고 있는 것과 달리 작고 앙증맞게 생긴 화장품 병이나 장신구들도 만질 수 있게 허락해 주었다. 외출을 하지 않는 날이면 노라 언니는 기다란 거울 앞에 서서 화려한 레이스가 달린 원피스나 미니스커트, 재킷 등속을 꺼내 입고 허리에 손을 얹었다 놓았다 하면서 방 안을 한 바퀴 뱅그르르 돌아보고, 싫증이 나면 빨간색 매니큐어가 칠해진 손톱을 아세톤을 적신 거즈로 쓱쓱 닦아 내고 다시 공들여 매니큐어를 칠하거나 검지로 크림을 듬뿍 퍼서 얼굴 마사지를 했다.

언젠가 노라 언니가 나를 불러 자그마한 사진첩을 보여 준 일이 있었다. 놀랍게도 노라 언니는 밀가루를 뒤집어쓴 것처럼 얼굴이 희고 키가 훌쩍 큰 군인과 팔짱을 긴 채 웃고 있었다. 내가 깜짝 놀라자, 노라 언니는 생글거리며 사진첩을 넘겨 다른 사진들도 보여 주었다. 노라 언니는 머리칼의 길이나 키, 얼굴 색깔이 같아 거의 구분할 수 없을 만큼 닮은 군인들을 손가락 끝으로 가리키며, 이건 로버트, 얘는 토머스, 이 사람은 제임슨, 마치 친한 친구나 가족이라도 되는 듯이 친절하게 군인들의 이름을 가르쳐 주었다.

나는 마음속으로 노라 언니가 일러 준 이름을 발음해 가면서 군인들의 얼굴을 자세히 보았지만 도무지 누가 누군지 구분할 수 없었다. 나는 노라 언니가 막 사진첩을 덮으려는 순간, 앞에서 보았던 군인들과는 전혀 다르다는 사실을 한눈에 알 수 있는, 얼굴 생김새가 아니라 색깔로 선명하게 구별이 되는 군인 한 명을 발견했다.

걔는 마이클이야. 깜둥이 주제에 잘난 척은 얼마나 하는지, 한마디로 밥맛 떨어지는 녀석이야.

노라 언니는 입술 언저리를 삐죽거리며 날쌘 동작으로 내게서 사진첩을 채뜨려 갔다.

애, 인주야, 그이들은 전부 나만 보면 사족을 못 쓴단다. 하지만 이 노라 언니에겐 제, 임, 슨뿐이야.

둥근 의자 위에 앉은 노라 언니는 손가락으로 크림을 듬뿍 퍼서 얼굴에 펴 바르고 검지와 중지 끝을 둥글게 돌리면서 들뜬 목소리로 말했다.

노라 언니라면 늘 못마땅한 기색을 감추지 않던 아버지가 마침내 노골적으로 방을 비우라는 얘기를 꺼낸 것은 어느 금요일 저녁의 일이었다.

아버지는 여느 금요일 저녁과 마찬가지로 서둘러 식사를 끝내고 성경책과 《파수대》, 《깨어라!》가 든 무거운 가방을 챙겨 들고 우리를 재촉하셨다. 큰언니는 느릿느릿 설거지를 하고 있었고 작은언니는 방에서 《문학사상》을 읽고 있었다. 나는 아버지 눈치를 살피며 인호와 인수를 현관 밖으로 내몰았다. 아버지가 한 번 더 재촉하자 그제야 큰언니가 부엌에서 나왔다. 아버지는 검은색 가방을 손에 쥐고 마땅찮은 빛이 역력한 얼굴로 짜증스럽게 소리쳤다.

인선이, 너 오늘 한번 맞아 봐야겠냐?

그제야 막내 언니가 영어 교과서를 손에 든 채로 방에서 나왔다.

모레가 중간고사예요.

막내 언니는 거의 울먹이며 말했다.

성경에, 부모 말을 거역하는 자식은 먹일 필요도 가르칠 필요도 없다고 했다. 회관에 가기 싫으면 당장 학교부터 때려치워.

아버지는 밖으로 나가 현관문을 소리 나게 닫아 버렸다.

아버지는 뒤도 보지 않고 성큼성큼 집 밖으로 걸어 나갔다. 나는 인호와 인수의 손을 잡고 아버지를 쫓아 뛰었다. 앞서 가던 아버지는 멈춰 서서 뒤돌아보았다. 1백 미터 뒤쪽에 큰언니가, 그보다 조금 더 처져서 막내 언니가 느리게 걸어오는 게 보였다. 막내 언니는 어떠한 경우라도 회관에 빠질 수 없다는 것을 누구보다 잘 알고 있었다. 일주일에 세 번씩 밤늦은 시간에 집회에 참석하는 일로부터 벗어나는 것은, 작은언니처럼 아버지에게 머리칼이 잘리고 교과서와 옷가지가 모두 불태워진 뒤에야 가능했다. 그나마 작은언니는 아버지조차 혀를 내두를 정도로 독하다는 소리를 듣고 자랐지만 사소한 일에도 울음부터 쏟아 내는 막내 언니는 엄두도 내지 못할 일이었다.

아버지는 어험어험 헛기침을 하고 다시 왕국회관을 향해 빠르게 걷기 시작했다.

일본식 돗자리 다다미를 깐 널찍한 공간 앞쪽에는 가로로 긴 연단이 있고, 그 위로 마이크가 설치된 낮은 탁자와 높은 탁자가 각각 하나씩 놓여 있었다. 낮은 탁자 위에는 생화가 수반에 꽂혀 있었다. 연단 한쪽 구석의 풍금 앞에 앉아 있던 젊은 여자가 건반 위에 손가락을 올려놓았다. 이어 웅성거리는 소리가 뚝 그치고 자리를 잡은 증인들은 분홍색 표지의 찬송가책을 펼쳐 들었다.

아버지는 몸을 한껏 낮춘 자세로, 먼저 자리를 잡고 앉은 사람들을 헤치고 앞쪽의 빈자리로 갔다. 나와 동생들이 중간에 앉고 언니들은 우리들 뒤에 앉았다. 찬송과 기도가 끝나자 강연이 시작됐다. 처음엔 남자 연사가 10분 남짓 강연을 했고 이어서 두 명의 여자가 연단에 올라가 낮은 탁자 주위에 자리를 잡고 앉았다. 주제는 '여호와의 증인은 왜 핍박받는가'였다.

두 여자는 20분 남짓 호별 방문 경험담을 주고받으며, 냉소를 일삼는 이방인들의 이야기와 어렵게 서책 공부를 시작하게

된 성공담을 늘어놓았다. 그들은 세상의 핍박이 심하다는 것이
바로 마지막 때가 가까워졌음을 알리는 증거이므로 환난의 때
까지 열심히 전도 사업을 하자는 말을 끝으로 강연을 마쳤다.

꾸벅꾸벅 졸면서 무거워진 머리를 내게 기대는 인수가 조금
편하게 잘 수 있도록 나는 한쪽 팔을 뻗어 인수의 어깨에 둘러
주었다. 막내 언니는 내 등에 바짝 머리를 대고 영어 단어를 외
우고 있었다. 연사가 바뀌는 틈에 잠시 화장실에 가려던 나는
연단에 올라선 아버지를 발견하고 깜짝 놀라 다시 자리에 주저
앉아서 인수를 흔들어 깨웠다. 아버지는 짧은 순간 무서운 눈
빛으로 우리들을 노려보았다.

아버지는 내용을 적어 온 종이를 들여다보지 않고 막힘없이
연설을 했다. 마지막 때를 알리는 증거, 아버지는 하느님의 심
판의 날이 가까워 오는 증거를 열거했다. 정치가 극도로 부패
하고, 거짓 종교가 난립하며, 자식이 부모를 거역하고…… . 아
버지는 이 대목에서 다시 우리를 쏘아보았다. 등줄기에 오소소
소름이 돋았다. 아버지는 작은언니가 회관에 가지 않겠노라고
당차게 말했을 때, 싸늘하게 웃으며 말했다. 내 집에서 바로 마
지막 때의 증거가 나타나는구나. 사탄 마귀가 내 집에서 살고
있었다니. 오늘부터 나는 네 아버지가 아니다.

집으로 돌아오는 길에는 회관에 갈 때와 달리 아버지가 뒤에
처지고 우리들이 앞장을 섰다. 나는 아버지가 언제 부를지 몰
라 일정한 거리를 두고 걸었다. 아버지는 오랫동안 주머니 속

에 넣고 다녀서 반질반질해진 호두알을 손 안에 굴리며 빠르지도 느리지도 않게 걸었다.

두 시간 내내 졸음을 참지 못해 졸다 깨다 하던 동생들은 어느 틈에 집을 향해 달음박질쳤다. 등 뒤에서 아버지가 나를 불러 세웠다. 나는 아버지와 나란히 섰다. 어둠 속에서 아버지의 얼굴은 지치고 여위어 보였다. 아버지는 호두알을 맞부딪쳐 탁 소리를 내고 이어 낮은 목소리로 말했다.

인주 너는 오빠와 언니들을 닮으면 안 된다. 절대로.

아버지는 내 손을 자신의 주머니 속에 찔러 넣었다. 나는 숨이 막혀서 아무 말도 할 수 없었다. 나는 아버지의 일곱 아이 중 다섯 번째고 네 명의 딸 중 막내였다. 아직 초등학생인 내게 아버지는 자주 이해할 수 없는 말을 했고 터무니없이 내가 다른 형제들과 다를 거라는 믿음을 가지고 있었다.

골목길로 접어들자, 우리 집 붉은색 벽돌담 쪽에 낮게 웅크리고 있는 커다란 물체가 보였다. 나는 아버지에게 잡힌 손을 빼내려다 말고 담 옆에 세워진 덩치가 큰 물체를 유심히 바라보았다. 그것은 이제껏 한 번도 본 일이 없는 낯선 지프였다. 아버지 역시 걸음을 멈추고 한동안 의아한 낯빛으로 어둠 속에 괴물처럼 웅크리고 있는 검은 물체를 응시했다.

이튿날 아침, 나는 낯선 지프의 주인을 볼 수 있었다. 얼굴이 흰 군인이 목이 긴 군화를 신고 노라 언니의 방 쪽에서 나와 대문을 빠져나갔다. 잠시 뒤 우웅, 요란한 소리가 들리더니 지프는 검은 연기를 남기고 집 앞을 떠났다.

아버지는 아침 식사도 하지 않고 노라 언니의 방문을 두드렸다. 노라 언니가 방문을 열 때까지 아버지는 한동안 밖에서 기다려야 했다. 노라 언니는 굼뜨게 문을 열고 빗질을 하지 않아 흐트러진 머리에 화장기 하나 없는 얼굴을 삐죽 내밀었다. 도대체 아침부터 무슨 일이냐는 표정으로 바라보고 있는 노라 언니를 향해 아버지는 경멸에 찬 얼굴로 단호하게 말했다.

방을 비워요. 이사 비용은 걱정 말고!

그러나 아버지가 뒤돌아서기 전에 노라 언니가 먼저 방문을 탁 소리 나게 닫았다.

할머니는 행실이 좋은 여자는 아니지만 전세 기한이 되기 전에 내쫓을 수는 없다고 아버지에게 은근히 압력을 넣었다. 노라 언니는 이사를 가지 않았고 아버지는 노라 언니의 얘기를 입 밖에 꺼내지 않았다. 노라 언니는 자주 외박을 했고 군용 지프는 더 이상 우리 집 앞에 나타나지 않았다.

노라 언니의 진짜 이름이 밝혀진 것은 할머니 탓이었다. 정확하게 말하자면 멀쩡한 우체통을 두고 대문 안쪽에 우편물을 떨어뜨리고 간 우체부의 무신경 때문이고, 거슬러 올라가면 멀리 충청남도 당진에서 딸에게 편지를 보낸 노라 언니의 부모 탓이기도 했다. 하지만 낯선 성씨가 적힌 편지를 보았으면 말없이 뒷방에 세 들어 사는 노라 언니에게 전달해 주면 그만인 것을, 할머니는 마치 자신이 까막눈이 아님을 자랑이라도 하듯 집 안이 한바탕 시끄러워지도록 편지 임자를 찾아 나섰다.

이른 아침이면 으레 그렇듯 할머니와 큰언니가 한판 전쟁을 치르는 것을 시작으로 나는 잠에서 깨어났다. 큰언니는 고등학교를 졸업하고 취직한 개인 회사를 두어 달 다니다 말고 몇 년째 집에서 놀고 있었다. 아버지는 다 큰 딸이 행여 남자들 틈에서 몹쓸 봉변이라도 당할까 노심초사하던 끝에 큰언니를 집안 일을 하라는 명목으로 잡아 두었다.

출근할 직장이 없음에도 큰언니는 언제나 아침 일찍 일어나 머리를 감고 화장을 했고 할머니는 매일 아침 큰언니를 쫓아다니며 정성으로 잔소리를 해댔다.

배울 만치 배운 년이 한 푼이라도 벌어서 집에 보탤 생각은 않고 아침부터 낯바대기에 돈덩어리를 쳐바르지를 않나, 석유 아까운 줄 모르고 날이면 날마다 뜨거운 물 펄펄 끓여서 머리를 감질 않나, 호랭이가 물어뜯어 갈 년!

큰언니가 머리를 감으려고 석유풍로 위에 올려놓은 물을 할머니는 아낌없이 마당에 좍 뿌려 버렸다. 빈 세숫대야를 들고 안으로 들어오려던 할머니는, 전날 늦게 우체부가 떨구고 간 대문께 떨어져 있는 흰 봉투를 집어 들고 들어왔다.

김복순이가 누구여? 우리 집 안에 김가 성 가진 사람이 있다냐? 인주 너 뒷방에 가서 노란가 노랭인가한테 혹 김복순이를 아느냐고 물어봐라!

할머니는 흰 편지 봉투를 손에 쥔 채, 마당에서 졸고 있는 누렁이가 들을 수 있을 정도로 우렁우렁한 목소리로 소리쳤다.

나는 빈손으로 가서 노라 언니의 방문을 똑똑 두드렸다. 마치 기다리고 있었던 것처럼 방문이 덜컥 열리고 사색이 된 노라 언니가 얼굴을 내밀었다.

나는 아무 말도 묻지 않고 곧장 할머니에게 달려가 편지를 낚아채 노라 언니에게 가져다주었다.

오살을 할 것, 멀쩡한 이름 놔두고 코쟁이 이름은 왜 갖다 붙여?

할머니는 쯧쯧 혀를 찼다. 순덕이라는 멀쩡한 이름을 두고 할머니가 고모를 해리라고 부르는 것을 나는 여러 번 들었다. 그것은 고모가 순덕이라는 이름만 들으면 발작이라도 일으킬 듯 싫어했기 때문이었다.

낮에 우체국에서 나는 우연히 노라 언니를 만났다. 큰언니를 따라 자매 의상실에 갔다가 우체국에 들렀었다. 고등학교를 졸업하던 해 아버지와 함께 자매 의상실에 가서 처음 옷을 맞춰 입은 큰언니는 그 뒤로 늘 그곳에서 옷을 맞추고 거리는 떨어져 있지만 단골인 진 미용실에서 항상 머리를 손질했다. 언니는 매번 감색이나 회색, 밤색 계통의 어두운 색깔과 디자인이 비슷한 투피스를 맞춰 입었고, 머리칼은 절대 어깨 위로 닿지 않게 짧게 자르고 촌스럽지 않게 살짝 곱슬거리는 파마를 했다.

큰언니는 대충 모양만 만들어진 스커트와 재킷을 걸치고 미스 황 언니가 시키는 대로 마네킹처럼 손을 벌리고 서 있었다.

가봉을 하는 동안 나는 자매 의상실 미스 황 언니가 준 요구르트를 스트로로 빨아먹었다. 미스 황 언니는 솜이 든 둥근 핀꽂이를 시계처럼 손목에 차고 입술 사이에 물고 있던 핀을 하나씩 빼 옷단과 허리, 소매 끝에 꽂았다. 가봉이 끝나자 큰언니는 조심스럽게 옷을 벗어 탁자 위에 올려놓고 후유, 참고 있던 한숨을 길게 내쉬었다.

큰언니가 이번에 맞춘 투피스 역시 밤색인 데다 전에 맞춘 것과 디자인이 비슷했다. 이번에도 역시 소매가 긴 티셔츠를 사다가 아낌없이 소매를 잘라 내고 재킷 안에 받쳐 입을 것이 틀림없었다. 나는 미스 황 언니가 선심 쓰듯 내민 요구르트를 두 개째 스트로로 빨면서 거리로 나왔다. 곧장 집을 향해 가려는 큰언니에게 주머니 속에 넣고 있던 편지를 꺼내 흔들어 보였다. 우리는 집과 반대 방향에 있는 우체국으로 향했다.

우체국은 텅 비어 있었다. 편지의 무게를 달아 보고 언제나 똑같은 액수의 우표를 꺼내 주던 우체국 직원은 의자에 앉아 꾸벅꾸벅 졸고 있다. 발소리를 내며 다가가자 직원은 고개를 들고 졸음이 잔뜩 들어찬 눈을 손으로 비비며 쩍 소리 나게 하품을 했다. 편지와 돈을 함께 건네자 그는 네모난 저울 위에 봉투를 올려놓고 무게를 달았다. 직원에게 받은 거스름돈을 주머니에 넣고 뒤돌아 나가려는데 큰언니와 나란히 서 있는 노라언니가 보였다. 나는 반가워서 노라 언니에게 바짝 다가갔다.

심부름 왔니?

노라 언니는 지폐와 함께 쥐고 있던 종이를 슬그머니 등 뒤로 가져가며 심상하게 물었다. 나는 노라 언니에게 집에 함께 가자고 하려던 말을 목 안으로 꿀꺽 집어삼키고 우체국을 나왔다. 노라 언니가 재빨리 뒤로 감춘 누런 종이에 무엇이 적혀 있는지 나는 알고 있었다. 노라 언니는 우리가 우체국 모퉁이를 돌아갈 때까지 꼼짝하지 않고 그 자리에 서 있었다.

노라 언니의 배가 수상쩍다는 것을 가장 먼저 눈치 챈 사람은 할머니였다. 우리 집에서 아이를 낳아 본 사람은 어머니와 할머니뿐이었다. 나는 할머니가 구시렁거리는 소리를 귀에 딱지가 앉도록 듣고도 노라 언니가 아이를 가졌다는 사실을 믿지 못했다.

일요일 아침, 아버지는 내게 아침밥을 먹고 난 후 빈 그릇을 거둬 간 밥상을 닦게 하고 그 위에 《파수대》를 펼쳤다. 아버지는 밥상 주위에 빙 둘러앉은 우리에게 낮에 왕국회관에서 연구할 《파수대》를 한 부씩 나누어 주었다. 30쪽이 넘는 《파수대》의 표제는 '거짓 종교와 참 종교'였다. 《파수대》를 읽으면서 아버지의 손때가 묻어 끝 부분이 새까매진 두꺼운 성경책을 가운데 놓고 중간중간 펼쳤다.

나는 왼손 엄지와 검지 사이에 빨간색 볼펜을 쥐고 눈으로 글자를 읽어 가면서 군데군데 붉은 줄을 쳤다. 일요일마다 《파수대》를 가지고 질의응답하는 시간에, 서너 번가량 손을 들고 질문에 대답하려면 대충대충 시늉만으로 줄을 그어서는 안 된다는 걸 나는 잘 알고 있었다. 볼펜 꼭지를 이빨로 잘근잘근 씹으면서 살짝살짝 아버지가 줄을 긋는 부분을 훔쳐보았다. 아버지 역시 가끔 고개를 들고 우리들이 제대로 답에 줄을 긋는지 둘러보셨다. 그럴 때 나는 아주 재빠르게 고개를 떨어뜨리고 심상한 낯빛으로 두꺼운 성경책을 펼쳤다.

부엌에서 그릇 부딪치는 소리를 요란히 내면서 설거지를 끝낸 할머니가 수건에 젖은 손을 닦으며 마루로 나왔다. 할머니는 우리들이 모두 들을 수 있게 큰 목소리로, 그럼에도 마치 혼잣말이라도 하듯 고개를 외틀고 짐짓 딴전을 피우며 말했다.

될성부른 나무는 떡잎부터 알아본다고, 양놈이 저 방구석에 드나들 때부터 내 짐작했지. 노란가 노랭인가 하는 저년, 애가 들어선 게 틀림없어. 내 눈은 못 속이지, 암 못 속이고말고!

말을 마친 할머니는 긴 치마를 끌며 방으로 들어가 버렸다.

두어 달이 지나자, 거의 먹지 못해 얼굴이 핼쑥해졌던 노라 언니의 얼굴은 점점 예전의 모습을 되찾았고 이번에는 먹을 것이 남아나지 않을 만큼 닥치는 대로 먹어 댔다. 담 밖에 세워진 지프를 사나흘에 한 번꼴로 볼 수 있었다. 하얀 얼굴에 키가 껑충 큰 군인은 올 때마다 누런 봉투 가득 넘칠 만큼 많은 식료품을 안고 함빡 웃었다.

저 코쟁이가 뒷방 사는 노라년 뱃속의 씨 임잔가 보다.

할머니는 노라 언니 방 쪽으로 뚜벅뚜벅 발소리를 내며 사라지는 군인을 곁눈질하며 말했다.

노라년이 저 군인을 따라 미국에 갈 수 있을 것 같으냐? 흥, 어림 반 푼어치도 없는 일이다.

할머니는 입꼬리를 추켜올리고 샐쭉거렸다.

아버지는 고모가 미국에서 송금해 온 돈을 찾기 위해 아침 일찍 외출했다.

동생이 어렵게 긁어모은 돈, 앉아서 야금야금 갉아먹는 천하에 쓸개 빠진 놈!

할머니는 듣는 사람이 있건 없건 마루와 부엌을 오가며 끊임없이 욕을 퍼부어 댔다.

나는 학교 수업이 끝나 집에 돌아오면 노라 언니의 방부터 들렀다. 노라 언니는 눈에 띄게 불러 온 배를 감추려 하지 않고 내게 방 안에 쌓여 있는 군것질거리를 내밀었다.

아이를 낳으면 그이를 따라 미국으로 갈 거야. 뱃속의 아이가 세상에 나올 때쯤이면 제임슨도 더 이상 군인이 아닐 거고.

노라 언니가 그처럼 행복에 겨워하는 모습을 본 적이 없었다. 방심한 듯 나른하게 풀려 있는 얼굴은 뽀얗게 살이 올라 전보다 훨씬 예뻐 보였다. 나는, 나를 뱃속에 품고 있었을 때 어머니도 노라 언니처럼 행복하고 예뻤을까 생각해 보았다. 아무래도 나라는 존재는, 지금은 뱃가죽이 쭈글쭈글해진 어머니의 배가 다섯 번이나 공처럼 둥글고 팽팽해졌다가 바람 빠진 풍선처럼 푹 꺼져 버리는 와중에 생긴 허망하고 질긴 목숨이라는 생각이 들어 조금 우울해졌다.

만삭의 노라 언니가 해산을 하기 위해 지프를 타고 동네 산부인과로 간 날, 할머니는 기어코 큰언니의 입술연지를 분질러 놓고 말았다.

취직을 안 하려거든 연애라도 걸어 봐, 이 미련한 것아. 평생 집구석에서 썩을 테냐? 다른 집 딸년들은 저들끼리 연애를 걸어서 살림 차리고 잘만 살더만, 어째 너는 허구한 날 미련한 곰처럼 집구석에만 처박혀 있냐?

할머니가 한바탕 난리를 치고 나가자 큰언니는 얼마 전 자매 의상실에서 찾아온 투피스를 입고 현관을 나섰다.

저런저런, 새파랗게 젊은 년이 꼭 옷을 해 입어도 중늙은이처럼 어두컴컴한 색깔만 골라서 입으니 따라다니는 놈이 하나도 없지.

일주일에 세 번 아버지를 따라 회관에 가는 날과 일주일에 한 번 호별 방문을 나가 전도할 때를 제외하곤 거의 외출을 하지 않는 큰언니는 할머니의 성화에 못 이겨 어깨를 축 늘어뜨리고 시르죽은 얼굴로 집 밖으로 나갔다.

산구완을 해줄 마땅한 사람이 없어서 두 주 정도 동네 산부인과에 있을 거라던 노라 언니가 돌아온 것은 병원에 간 이튿날 아침이었다. 팽팽하게 살이 오르고 홍옥처럼 붉던 얼굴은, 하룻밤 사이에 볼이 푹 꺼지고 군데군데 검은 기미까지 피어 있었다.

몸 풀러 간 사람이 웬일로 벌써 온다?

동네 마실을 다녀오던 할머니가 의아한 낯빛으로 묻자 노라 언니는 마치 도둑질하다 들킨 사람처럼 고개를 푹 꺾고 포대기에 싸인 갓난아이를 품에 안은 채 뒷방으로 사라져 버렸다.

뻔질나게 드나들던 위인은 또 어딜 가고?

할머니 말대로 제임슨의 지프는 보이지 않았다.

몇 차례나 눈을 씻고 보고 또 봐도, 포대기 속에서 쌔근쌔근 가는 숨소리를 내며 잠든 노라 언니의 아기는 숯덩어리처럼 새까맸다. 노라 언니는 아기를 윗목에 밀쳐 두고 물 한 모금 입에 대지 않았다. 아기는 내가 상상했던 것보다 훨씬 작았다. 눈조차 제대로 뜨지 못하는 아기는 자다가 깨어나면 제풀에 지칠 때까지 오랫동안 울어 댔다. 노라 언니는 아기가 진저리치듯 울어도 젖을 물릴 생각은 하지 않고 퀭한 시선으로 창가만 바라보았다.

나는 부엌으로 내려가서 석유풍로에 불을 붙이고 그 위에 물이 든 주전자를 올렸다. 경대 위에는 우유병과 분유통, 기저귀 따위가 가지런히 놓여 있었다. 제임슨이 사다 둔 우유병을 물로 헹구고 따뜻한 보리차를 가득 채웠다. 분유통에서 분유를 두 숟가락 퍼서 우유병에 넣고 몇 번 흔들었다. 갓난아기에게 너무 진하게 우유를 타 먹여서는 안 된다고 할머니가 미리 일러 주었다. 우유를 3분의 1쯤 먹은 아기는 곧 잠이 들었다.

할머니가 노라 언니에게 가져다줄 거라며 미역국을 한솥 끓였다. 할머니는 노라 언니가 왜 애를 낳자마자 혼자 집에 돌아왔는지 궁금해서 견딜 수 없는 눈치였다.

고추를 달았든?

쟁반에 김이 펄펄 나는 미역국을 한 대접 퍼놓고 밥과 몇 가지 반찬을 얹으면서 할머니가 물었다. 그때까지 나는 노라 언니의 아기가 남자 아이인지 여자 아이인지 모르고 있었다는 사실을 퍼뜩 깨달았다. 아기가 무척 작고 까맣다는 것, 고른 숨소리를 내며 자다가 깨어나면 자지러지게 운다는 것밖에 알지 못했다. 그리고 중요한 사실은 노라 언니가 전혀 아기를 돌보려 하지 않는다는 것이었다.

내가 직접 가져다줘야겠다.

할머니는 내게 대답을 채근하지 않고 쟁반을 손에 들고 밖으로 나가 버렸다.

내 살다 살다 저렇게 숯검댕처럼 까만 애는 처음 본다. 양놈 씨를 밴 줄 알았더만 저년이 깜둥이를 샛서방으로 둔 것이 틀림없다. 오살을 할 것. 미국은커녕 미국 할아비가 웃겄다.

할머니가 싸늘하게 웃으며 말했다.

며칠이 지나자 노라 언니는 아기에게 젖을 물렸다. 노라 언니는 퉁퉁 부은 얼굴로 벽에 기대앉아 아기에게 젖꼭지를 물리고 까맣게 타 들어간 입술을 질근질근 깨물었다. 하지만 아기는 우유병을 물렸을 때처럼 눈을 감고 달콤한 숨소리를 내며 젖을 빨지 않았다. 몇 차례 힘껏 젖꼭지를 빨던 아기가 마침내 큰 소리로 울어 댔다. 노라 언니는 아기의 까맣고 작은 뺨을 사정없이 후려쳤다. 아기가 숨넘어갈 듯 울음을 쏟았다. 노라 언니는 아기를 가슴에 꼭 끌어안았다.

마이클에게 우유 좀 타줄래?

꽉 잠긴 목소리로 노라 언니가 내게 말했다. 나는 노라 언니의 입에서 튀어나온 마, 이, 클이라는 이름을 입 안으로 발음해보며 보리차가 든 주전자를 가지러 부엌으로 내려갔다.

왕국회관의 장로이자 파이오니아(전 시간 봉사자)인 아버지는 하루의 대부분을 밖에서 보냈다. 일정한 직업이 없는 아버지는 아침에 집을 나가면 호별 방문을 하며 새로운 증인을 모으거나, 집집을 방문해서 서책 연구를 했다. 언제나 해가 지기 전에 귀가하는 아버지가 밤늦은 시간에 돌아오셨다. 여호와의 증인 대부분이 그렇듯 아버지는 담배를 입에 대지 않았고 집에서 담근 포도주 외에는 술을 거의 마시지 않았다. 아버지는 증인과 이방인은 물과 기름처럼 완전히 다른 존재라고 말했다. 종교인이라 하더라도 거짓 종교인(여호와의 증인 이외의 어떤 종교도 모두 거짓 종교라고 한다)은 이방인보다 더 악한 사람이라고 했다. 아버지는 마지막 때가 오기 전에 단 한 사람의 이방인이라도 하느님의 증인으로 만들기 위해 날마다 사람들을 만나고 다니느라 분주했다. 아버지에게 중요한 것은 우리가 살고 있는 부패한 세상이 아니라 새로운 땅, 구원의 땅이었다.

아버지의 낯빛은 붉었고 몸에서는 짙은 술 냄새가 풍겼다. 나는 직감적으로 좋지 않은 일이 생겼음을 눈치 챘다. 아버지는 오랫동안 일정한 직업 없이, 미국에 살고 있는 고모에게서 송금되는 돈과 부동산에서 생기는 약간의 수입만으로 살아왔다. 아버지가 아주 가끔 술 냄새를 풍기고 늦게 돌아오는 날은, 부동산을 처분해서 만든 돈을 누군가에게 빌려 줬다가 혹은 어딘가에 목돈을 투자했다가 날린 것이 분명했다.

널모레가 전세 기한 끝나는 날이니까 뒷방 아가씨한테 방 비워 달라고 하세요.

아버지는 늦은 저녁 식사를 마치고 보리차를 한 대접 마신 뒤 할머니에게 말했다. 할머니와 나는 동시에 서로를 쳐다보았다. 그리고 똑같이 아무런 대꾸도 하지 못했다. 점점 불러 오는 노라 언니의 배를 확인하고 아버지는 할머니에게 몇 차례 복덕방에 방을 내놓으라고 애기했었다. 그때 할머니는 전세 기한도 아직 남았고 애를 낳은 뒤에나 방을 비우게 하자고 말했었다.

다행히 방은 금방 나가지 않았다. 신혼부부로 보이는 젊은 남자와 여자가 방을 보러 오긴 했지만 감감무소식이었다. 나는 날마다 마이클에게 우유를 타주고 기저귀를 갈아 주었다. 노라 언니의 얼굴은 해쓱했지만 전처럼 넋 놓고 창밖만 보지는 않았다. 가끔 물을 데워 마이클을 목욕시키고 몸 구석구석 가루분을 발라 주거나 기저귀를 빨아 부엌에 길게 쳐진 빨랫줄에 탈탈 털어 널었다. 마이클에게 줄 분유나 풍로에 넣을 석유는 내가 사다 주었고 노라 언니는 하루 온종일 방 안에서 나오지 않았다.

아버지는 뒷방에 이사 올 마땅한 사람이 나타나지 않자 노라 언니에게 줄 전셋돈을 구해 왔다.

이 돈 뒷방 아가씨한테 전해 주시고 돌아오는 일요일 낮까지 방을 비우라고 하세요.

아버지는 두툼한 봉투를 할머니에게 내밀며 말했다.

몸 푼 지 열흘밖에 안 된 년을 길가로 내모는 건 사람 도리가 아니다.

할머니가 못마땅한 얼굴로 말했다.

일요일 낮까지예요. 더는 안 된다고 못을 박으라니까요.

아버지는 눈살을 찌푸리며 돌아앉아 성경책을 펼쳤다.

생판 남이라고 해도 한집에 산 정이 있는데 그렇게 떠밀어 쫓아내면 우리한테도 좋을 거 하나 없다.

할머니는 완고하게 나오는 아버지에게 어깃장을 놓았다.

어머니는 제발 나서지 좀 마세요.

아버지가 소리쳤다.

내 속으로 널 낳았지만 정말 너를 이해할 수가 없다. 행실이 바르지는 않다만, 당장 이사 올 사람이 나선 것도 아닌데 비싼 이잣돈까지 얻어서 오갈 데 없는 년을 내쫓아야 니 속이 시원하겠냐?

할머니는 아버지에게 바투 다가앉으며 목청을 높였다. 아버지는 더 이상 대거리할 생각이 없는지 벽을 향해 돌아앉았다.

우리 순덕이가 누구 때문에 낯선 땅에 가서 고생을 하는지니가 잘 알 거다. 인정머리 없는 놈 같으니라고.

할머니는 자리를 차고 일어나 문지방을 넘었다. 나는 할머니 입에서 느닷없이 튀어나온 순덕이라는 이름에 불현듯 복순이라는 이름이 떠올랐다.

순덕이뿐 아니라 누구라도 저는 그렇게 했을 겁니다. 순덕이를 집에서 내보내지 않았더라면 명주나 순정이도 순덕이 짝 났을 게 뻔하고요. 노란가 하는 저 아가씨가 우리 집에 계속 있으면 좋을 게 하나도 없다는 것만 알고 계세요.

아버지는 눈길을 다시 성경책으로 가져갔다.

노라 언니는 내가 평소 탐내던 못난이 세쌍둥이 인형을 선물로 주고 떠났다. 남자 어른처럼 다리를 틀고 앉은 인형 하나는 웃고 하나는 울고 또 하나는 찡그리고 있다. 무척 가지고 싶었던 인형이지만 막상 내 것이 됐는데도 책상 위에 올려놓고 볼 수가 없었다. 나는 인형을 모두 책상 서랍 속에 넣어 두고 아주 가끔 꺼내 보았다.

노라 언니가 떠났던 날은 음력 설을 사흘 앞둔 일요일 아침이었다. 아버지는 《파수대》 한 부씩을 우리에게 나누어 주면서 잠깐 나갔다 돌아올 테니 그때까지 예습하고 있으라고 이르셨다. 아버지는 현관문을 열고 나가려다 말고 길게 혀를 찼다. 나는 왼손에 쥐고 있는 빨간색 볼펜을 할머니에게 들키지 않으려고 고개를 숙이고 이로 볼펜 꼭지를 잘근잘근 씹었다. 할머니는 내가 왼손으로 글씨 쓰는 걸 보기만 하면 득달같이 달려와 등짝을 후려쳤다. 빌어먹을 년, 못돼 먹은 것만 배워 가지고. 얼마 전까지 할머니는 치마끈을 풀어 내 왼손을 묶고 숙제를 끝낼 때까지 풀어 주지 않았다. 두 번 다시 왼손으로 글씨를 쓰지 않겠다고 다짐을 하고 나서야 간신히 치마끈에서 놓여날 수 있었다. 방문을 닫고 있으면 할머니가 벌컥 문을 열고 들어와 매서운 눈으로 나를 쏘아보았다. 나는 할머니가 보는 앞에서는 오른손으로 글씨를 쓰다가, 틈만 나면 다시 쥐새끼처럼 날쌔게 왼손으로 바꿔 쓰곤 했다.

아버지가 나간 뒤 밖에서 차 소리가 들렸다. 나보다 한발 앞서 할머니가 고무신을 끌고 서둘러 마당으로 나갔다. 나는 운동화를 꺾어 신고 할머니를 뒤쫓아 나갔다. 대문 밖에는 1톤 트럭이 서 있고 턱수염이 짙은 50대 남자가 대문의 빗장을 빼내고 있었다.

기어이 가는구나!

할머니는 마치 노라 언니가 말리는 우리를 뿌리치고 극구 우겨서 떠나는 것처럼 허탈한 표정으로 중얼거렸다.

장롱과 경대를 올리자 1톤 트럭은 꽉 찼다. 이불과 옷가지를 싼 커다란 보따리 둘, 자잘한 부엌살림이 빈 공간을 채웠다. 성냥불을 붙이면 꺼멓게 그을음이 피어올라 기침을 터뜨리게 하던 석유풍로를 마지막으로, 이삿짐을 나르던 남자는 풀어놓았던 트럭의 빗장을 채웠다.

노라 언니는 마이클에게 두꺼운 옷을 입히고 포대기에 싸서 가슴에 끌어안고 서 있다가 남자가 피곤한 목소리로 갑시다, 하고 외치자 그제야 할머니와 나를 돌아보았다. 화장을 하지 않아 더욱 혈색이 좋지 않은 얼굴로 잠깐 나와 할머니를 보던 노라 언니는 말없이 고개를 숙여 인사를 했다. 나는 막 운전석 옆자리로 올라타려는 노라 언니의 이름을 불렀다. 활짝 열어젖 뜨려 놓은 대문 안쪽에 햇빛을 받아 눈부시게 반짝이고 있는 커다란 거울을 발견했기 때문이다.

그건 인경이 언니한테 줘. 내 선물이야.

노라 언니는 희미하게 웃으며 트럭에 올라탔다. 나는 시동을 걸고 떠나려는 트럭으로 다가가서 찐 달걀 몇 알이 든 까만 비 닐봉지를 열린 차창 안쪽으로 던져 넣었다. 마이클의 작고 따 뜻한 손을 한 번쯤 만지고 싶었지만 포대기에 꼭꼭 싸여 있어 그 까만 얼굴조차 볼 수 없었다.

골목 군데군데 더러운 눈덩이가 얼어 있고 길바닥은 지나다 니는 차들로 질퍽했다. 2월 초순의 아침 바람은 뺨을 후려치는 듯 매서운데 햇살은 길고 투명했다. 마당으로 들어와 활짝 열 린 대문을 닫으려다 말고 나는 내 키보다 훨씬 큰 거울 앞에 섰 다. 몰라보게 키가 훌쩍 큰 여자 애가 햇빛 때문에 눈살을 찌푸 리며 서 있는 게 보였다. 나는 노라 언니가 트럭에 실은 짐 때 문에 멀리 떠날 수 없을 거라고 생각했다. 무거운 짐을 가지고 는 어디든 자유롭게 갈 수 없을 것이다. 할머니 말대로 미국은 꿈도 꾸지 못할 테고 언젠가 노라 언니가 우체국에서 전신환을 부쳤던 당진에도 가기 힘들 것이다. 그럼 대체 노라 언니는 어디에 머물기로 작정한 걸까?

뭐 하고 그렇게 장대처럼 서 있냐? 어여 대문 닫고 들어가자. 춥다.

할머니가 소리쳤다.

고모는 출국 전날 내게 전화를 걸어 왔다. 백화점에 가서 뭐든 가지고 싶은 물건을 하나 사주마 했지만 나는 감기에 걸렸다고 거짓말을 하고 나가지 않았다. 손가락 하나 움직이는 것조차 귀찮았다. 방 안에 꼼짝 않고 앉아만 있었더니, 정말 머리가 아프고 열이 나기 시작했다. 나는 일주일 내내 고열과 부어오른 편도선 때문에 밥도 먹지 못하고 방 안에 누워 있어야 했다. 다행히 봄 방학 중이었다.

3월이 되면 나는 6학년이 된다.

열리지 않는 방

할머니는 아침밥도 먹지 않은 채 커다란 보따리 두 개를 챙겨 들고 작은아버지가 살고 있는 문화촌으로 떠났다. 할머니의 손때가 묻은 두 개의 고리짝과 키가 작은 자개농은 이튿날 트럭에 실려 나갔다. 할머니는 다시는 돌아오지 않을 사람처럼 뒤도 돌아보지 않았고, 붙잡는 사람도 없었다.

나는 우리 가족들이 7년 가까이 살고 있는 집을 아버지가 아무에게도 상의하지 않고 갑자기 팔아 버렸다는 사실을, 할머니가 떠나기 전날 복덕방 할아버지가 집으로 찾아와 전해 주어서야 알게 되었다. 할머니는 아버지에게 감쪽같이 속았다며 분을 참지 못해 몸을 부들부들 떨며 화를 냈다. 할머니가 억울하고 기막힌 표정을 숨기지 않고 아버지 면전에서 큰소리칠 수 있었던 것은, 미국에 있는 고모가 보내온 돈으로 산 집을 아버지가 시세보다 터무니없이 싸게 팔아 버렸기 때문이었다.

할머니가 떠난 지 보름 후에 인혜 언니가 소리 없이 편지 한 장만 달랑 남기고 집을 떠났다. 아버지와 한바탕 대거리를 하고 집 안을 왁자하게 들쑤시고 떠난 할머니에 반해 작은언니가 사라질 거라고 눈치 챈 사람은 아무도 없었다. 작은언니는 집을 떠나기 전날 평소처럼 트랜지스터라디오를 켜놓고 오후 두 시에 〈김기덕의 두 시의 데이트〉를 들었고, 밤늦도록 문고판 소설을 읽었다. 잠들기 전 평소보다 길게 일기를 쓰던 작은언니의 얼굴에서 설렘이나 아쉬움, 미련, 두려움, 망설이는 기색은 엿볼 수 없었다.

두 사람이 떠난 뒤, 곧 이사를 해야 할 집에, 긴 방황을 끝내고 귀향하는 사람처럼 무거운 배낭을 어깨에 멘 오빠가 지치고 피곤해 보이는 얼굴로 돌아와 마루 끝에 걸터앉았다. 오빠는 때에 전 배낭을 풀지도 않은 채 사흘 밤낮 동안 쓰러져 잠만 잤다. 아버지는 할머니와 작은언니의 부재를 개의치 않았듯이 어느 날 갑자기 돌아와 소리 없이 잠만 자는 오빠의 존재 역시 전혀 의식하지 않는 듯했다.

긴 잠에서 깨어난 오빠가 제일 처음 손에 잡은 것은 냄새가 코를 찌르는 더러운 국방색 배낭이었다. 오빠는 단단하게 조인 배낭의 끈을 풀고 구깃구깃한 남방셔츠와 청바지, 때에 찌든 수건 따위를 꺼내 놓았다. 오빠는 배낭 밑에 깔려 있던 부피가 두툼한 책을 꺼내 들고 잠시 망설이는 눈치였다. 놀랍게도 오빠의 더러운 배낭 속에는 똑같은 크기의 책이 열 권도 넘게 들어 있었다. 오빠는 머릿속의 생각을 떨쳐 버리려는 듯 고개를 흔들고는 손에 쥐고 있던 책을 배낭에 다시 담고 전처럼 끈을 단단히 졸라맸다. 끙 소리를 내며 일어난 오빠는 다락문을 열고 배낭을 던져 올렸다.

이사하는 날 아침, 아버지와 오빠는 이불을 차곡차곡 쌓아 놓고 마주 서서 끈으로 묶은 뒤 장롱이나 찬장 따위의 부피가 큰 물건을 함께 들고 마당으로 옮겨 놓았다. '천천히' 혹은 '이쪽으로' 같은, 감정이 묻어나지 않는 짧은 말들을 주고받는 두 사람의 얼굴에서 오랜 세월 켜켜이 쌓인 해묵은 감정은 드러나지 않았다.

새로 이사한 집은 마당이 넓은 데다 나무가 많고 방은 모두 세 개였다. 전에 살던 집과 멀리 떨어져 있어서 나는 전학을 갔다. 아버지는 집을 판 돈으로 남대문시장에 음식점을 차리고 나머지 돈으로 전셋집을 얻었다. 이제 아버지는 매일 아침 검은색 가방을 들고 낯선 집 문을 두드리며 전도하는 대신, 끈이

달린 작은 가방을 들고 오빠와 함께 남대문시장으로 출근을
했다.

아버지와 오빠는 저녁 늦은 시간에 과일이 든 봉투나 군고구
마, 쿨피스 따위를 사가지고 돌아와서, 고기 냄새와 술 냄새가
밴 옷을 벗고 오랫동안 몸을 씻었다. 아버지와 오빠의 입에서
술 냄새가 날 때도 있었지만, 베개—소옥, 찹싸알—떡, 저음의
사내가 지르는 소리가 멀어지고 사방이 너누룩해질 때쯤이면
두 사람은 소리 없이 잠들었다.

아버지는 일주일에 세 번, 수요일, 금요일 저녁과 일요일 낮
에는 식당에 나가지 않았다. 식당일이 바쁠 때에도 어김없이
집에 돌아와 우리를 재촉해 왕국회관에 갔고 전과 다름없이 일
요일 오후에는 큰언니와 함께 호별 방문을 다녔다.

식당은 늘 손님이 많았고 음식 맛도 썩 좋았다. 아버지는 식
당 간판을 한국관이라 붙이고, 고사를 지내지 않는 대신 근처
상인들에게 하루 낮 동안 무료로 갈비탕과 냉면을 먹게 해주었
다. 낮에는 갈비탕이나 육개장을, 저녁시간에는 돼지 삼겹살이
나 소 등심, 곱창 전골 따위를 팔았다. 나는 손님들로 북적대는
토요일 오후에 큰언니, 동생 인호와 함께 식당일을 도왔다. 아
버지는 초저녁쯤이면 식당 앞에서 좌판을 벌이고 있는 윤복 엄
마에게서 커다랗고 붉은 사과를 한 아름 사서 집으로 가는 내
게 들려 보냈다.

가끔 아버지와 오빠는 말다툼을 벌였다. 오빠는 모든 일을

신중하게 생각해 보고 이리저리 알아본 연후에 해도 늦지 않는
다고 이야기했고, 아버지는 그렇게 시간을 끌면 때를 놓쳐 버
린다고 했다. 아버지에게는 언제나 시간이 문제였다. 아버지는
밤늦은 시간까지 수화기를 들고 누군가에게 급전을 빌려 달라
고 부탁했다. 누군가에게 돈을 빌리는 어려운 부탁을 하는 아
버지는 비굴한 표정을 짓지 않고 오히려 당당했다. 아버지는
상대방이 돈만 빌려 주면 얼마 지나지 않아 두 배, 세 배의 돈
을 갚을 것처럼 자신감이 넘쳐흘렀다.

늦여름에 담근 포도주는 지하실 항아리 속에서 달짝지근하
게 익어 갔다. 아버지는 언제나 내게 대접 가득 포도주를 떠오
라는 심부름을 시켰다. 술독이 빌 때까지 나는 부지런히 지하
실 계단을 오르내리면서 실컷 포도주의 단내를 맡았다. 국자로
대접에 술을 뜰 때 나는 포도알 서너 개를 항아리 속에서 건져
올렸다. 포도주 위에 둥둥 떠 있는 포도알을 손으로 건져 입속
에 넣으면 달짝지근하면서도 시큼한 맛 때문에 콧등이 간지럽
고 재채기가 터져 나왔다. 나는 술이 담긴 대접을 엎지르지 않
기 위해 조심조심 지하실을 빠져나왔다. 아버지에게 포도주를
가져다드린 뒤에 나는 스멀스멀 피어오르는 몽롱함을 이기지
못한 채 쓰러져 잠들었다.

오빠는 손님이 뜸해지는 토요일 오후 시간이 되면 밖으로 나
와 식당 맞은편에 있는 상춘여관 앞을 기웃거렸다. 오빠가 담
배를 두 개비째 입에 물 즈음, 닫혀 있던 여관 문이 삐걱 소리

를 내며 열리고 한껏 멋을 부린 옥자 언니가 입가에 수줍은 미소를 띠며 걸어 나왔다. 옥자 언니가 나타나면 오빠는 피우던 담배를 발 밑에 던져 구두 뒤축으로 짓뭉갠 뒤 말없이 성큼성큼 앞서 걸어갔다. 이렇다 할 말 한마디 없이 걷는 오빠를 쫓아 옥자 언니는 지하 다방으로 내려갔다. 내 눈에는 키가 훤칠하게 크고 몸이 마른 오빠와 작고 통통한 옥자 언니가 전혀 어울려 보이지 않았다. 오빠가 옥자 언니를 마음에 둔 까닭은 어쩌면 세련되지 않은 외모에서 풍기는 친근함 때문일지도 몰랐다.

오빠가 옥자 언니를 처음 만난 것은 두 달 전 토요일이었다. 손님이 뜸한 오후에 상춘여관 주인 청주댁 아줌마가 식당 문을 열고 들어와서 오빠에게 은근히 자기의 조카 자랑을 하고 돌아갔다. 오빠는 카운터에 앉아 청주댁 아줌마의 말을 귓등으로 들어 넘기는 눈치였다. 그날 저녁 청주댁 아줌마는 키가 작고 얼굴이 둥근 처녀를 데리고 식당에 들어왔다. 청주댁 아줌마는 일부러 자신은 문을 등지고 앉고 카운터에 앉은 오빠가 잘 볼 수 있는 안쪽에 처녀를 앉게 했다. 처녀는 청주댁 아줌마를 작은어머니라고 불렀다. 엽차를 가져온 미스 리 언니에게 청주댁 아줌마가 큰 소리로 갈비탕 두 그릇을 주문했다.

오빠는 처녀 쪽으로 눈길을 주지 않고 장부책을 들여다보고 있었다. 뜨거운 김이 모락모락 피어오르는 갈비탕 그릇 속에는 웬일인지 평소보다 고깃점이 모자라 보였다. 갈비탕 그릇을 가져다 놓는 미스 리 언니의 얼굴은 무엇이 못마땅한지 잔뜩 볼이 부어 있었고 일부러 그랬는지 실수인지는 모르겠지만 뜨거운 국물을 엎지르기까지 했다. 갈비탕 국물이 옷에 튀었지만 청주댁 아줌마는 미스 리 언니를 나무라지도 않고 아무렇지도 않다는 듯 젖은 옷을 휴지로 쓱쓱 닦아 냈다. 미스 리 언니는 일부러 그런 사람처럼 조금도 미안한 표정을 짓지 않고 쟁반 위에 흥건히 고인 국물을 바닥에 쫙 뿌리고 슬리퍼를 찍찍 끌며 주방으로 사라졌다.

한국관에서 일하는 사람들 중 미스 리 언니가 오빠에게 마음을 두고 있다는 것을 모르는 사람은 아무도 없었다. 오빠를 향한 연정을 스스로 공공연히 사람들 앞에서 거침없이 떠들고 다닌 때문이었다. 어떤 내색도 하지 않는 오빠를 가리켜 미스 리 언니는 입이 무겁고 듬직한 남자라고 싫지 않은 얼굴로 말했다. 목에 걸고 허리 뒤로 끈을 묶는 흰색 앞치마를 두른 미스 리 언니의 봉긋하게 솟아오른 두 개의 젖가슴이 도드라져 보였다. 한국관에서 일하는 종업원들이 자는 두 개의 방에서, 미스 리 언니는 가장 먼저 일어나 세수를 하고 화장을 했다.

허리가 잘록하게 들어가는 치마를 입은 탓에 미스 리 언니의 커다란 젖무덤은 훨씬 더 크게 보였다. 주방에서 일하는 목포댁 아줌마가 질색을 하고 말려도 미스 리 언니는 바글바글 볶아서 어깨 아래로 늘어뜨린 머리를 묶으려 하지 않았다.

나가 아침마다 깨끗하게 머리를 깜은께로 아줌씨는 당최 그런 걱정일랑 하지 말란께 그라요. 그라고 내 머리 걱정할 시간 있으면 그릇 엎어 둔 찬장이랑 된장 항아리나 단속허씨오. 밤 새도록 솔방구리처럼 주방을 뒤지고 댕기는 쥐새끼 땜시 나가 당최 잠을 잘 수가 없고, 입맛도 똑 떨어진단께요.

목포댁 아줌마가 한차례 지청구를 늘어놓으려고 하면 미스 리 언니는 언젠가 된장 항아리 속에 빠져 죽은 쥐 애기를 꺼내 입을 막아 버렸다.

배달과 홀 일을 하는 주 군 오빠가 느물거리며 엉덩이를 툭 치고 지나가도 미스 리 언니는 식식거리거나 화를 내지도 않았 다. 니가 시방 내 방댕이를 만져 부렀냐? 미스 리 언니의 걸쭉 한 입담은 목포댁 아줌마조차 혀를 내두를 정도였다. 고등학교 2학년까지 마친 주 군 오빠는 3학년 영어 시간에 춘곤증을 참 지 못해 학교를 빠져나와 그대로 서울로 올라왔다고 했다. 아 버지는 행동이 재빠르고 영리한 주 군 오빠를 특별히 아끼고 신임해서 카운터 일을 맡길 정도였다. 주 군 오빠는 손님이 없 는 한가한 시간이나 일이 끝난 저녁 늦은 시간에 겉장이 덜렁 거리는 영어책을 들고 큰 소리로 읽거나 단어를 외웠다.

미스 리 언니뿐 아니라 다방에서 일하는 미스 현까지 얼굴만 보면 짓궂은 장난을 일삼았지만 주 군 오빠는 아무에게도 미움 을 받지 않았다. 예외가 있다면 큰언니였다. 가끔 오빠나 아버 지를 대신해 카운터를 보는 큰언니에게 주 군 오빠가 농담을 걸었다가 봉변을 당한 일이 있었다.

큰언니는 미스 리 언니나 미스 성 언니들처럼 대거리를 하거나 웃거나 하지 않고 가차없이 주 군 오빠의 뺨을 손바닥으로 후려쳤다. 손자국이 선명하게 찍힌 뺨을 싸쥔 주 군 오빠는 얼 빠진 얼굴로 한참을 서 있었고, 큰언니는 오빠에게 당장 주 군 오빠를 내쫓으라고 소리치며 울음을 터뜨렸다. 오빠는 큰언니를 달래서 집으로 돌려보냈고, 그 뒤로 큰언니는 식당에 발길을 하지 않았다.

학교에서 배운 영어 단어를 외우거나 교과서를 펼쳐 문장을 띄엄띄엄 읽어 가다 막히면, 주 군 오빠는 배달을 다녀오다가 혹은 손님에게 갈비탕을 주문받고 주방에 '갈비탕 두 그릇' 하고 큰 소리로 외치고 내게 다가와 막힌 단어를 읽어 주었다. 식당일이 끝날 무렵에 주 군 오빠는 가만히 나를 불러내 시장통에 있는 분식집에서 떡볶이나 김밥, 꼬치에 꿰어져 있는 어묵 따위를 사주었다.

옥자 언니를 만난 뒤로, 식당이나 집에서 잠깐씩 넋을 잃고 무슨 생각에 빠져 있곤 하던 오빠의 모습은 사라졌다. 아버지는 옥자 언니와 오빠의 만남에 대해 아무런 내색도 하지 않았다. 가끔 한국관으로 찾아오는 친구들에게 오빠는 소주와 삼겹살을 대접했는데 늦도록 군대와 여자 이야기가 화제로 올랐다. 누군가 대학 이야기를 꺼내거나, 알고 있는 사람 중 누가 사법고시에 합격했다는 소식을 전하면, 오빠는 한동안 소주잔만 만지작거렸고 친구들이 돌아갈 때까지 말없이 조용히 앉아 있었다. 친구 중 한 명이 3년 만에 집어치우기는 아깝다거나, 일단 복학을 해서 다시 시작해 보라는 말을 꺼내면 오빠의 얼굴은 붉다 못해 검게 변했다.

이따금씩 찾아오는 친구들만 없다면 오빠의 생활은 평온하고 행복해 보였다. 오빠는 6년 넘게 아버지와의 보이지 않는 힘 겨루기에 지쳤고 이제 겨우 찾아온 평화를 무엇보다 소중하게 여기고 있는 듯했다. 군대 생활 3년 동안 단 한 번의 면회도 오지 않는 아버지에게 오빠는 서운함보다는 오히려 밤 도망을 쳐서라도 집에 돌아와 아버지 앞에 무릎을 꿇고 싶었는지도 모른다. 아버지의 반대에도 불구하고 오빠가 입대를 한 것은 두려움 때문이었다. 군 입대를 하는 날부터 더 이상 학비를 대주지 않을 것은 물론이고 부자 관계를 끊어 버리겠노라는 벼락 같은 말을 듣고도 오빠는 두려움 때문에 입대를 했다.

입대를 거부하는 대신 교도소에 들어갈 만큼 오빠의 종교적 믿음은 두텁지 않았다. 입대를 거부하고 수감 생활을 마친 여호와의 증인들이 어떤 삶을 살고 있는지 오빠는 잘 알고 있었다. 고시는 물론이고 공무원이 될 수도 일반 기업체에 취직할 수도 없었다. 교도소보다 더 무서운 건 미래의 삶이었다. 오빠는 아버지가 원하는 파이오니아로 살아갈 자신도 없었다. 두려움 때문에 아버지의 뜻을 져버리고 군 생활을 마쳤지만 집으로 돌아가는 발걸음이 가벼울 수가 없었다. 제대하고 돌아온 오빠가 하루 만에 다시 짐을 싸 들고 고향에 있는 절에 들어간 것은 법관의 꿈을 이루기 위한 다부진 각오가 있었기 때문이 아니었다. 오빠는 피하고 싶었을 것이다. 아버지와의 힘 겨루기에서 이길 수 없음을 알기 때문에 도망치듯 떠난 것이었다.

식당일을 오빠에게 떠맡기고 왕국회관이나 다른 사업을 벌이고 다니는 아버지를 대신해, 오빠는 하루의 대부분을 식당에서 보냈다. 밤늦은 시간에 집에 돌아온 오빠는 하루 동안의 수입을 동전 하나까지 세서 아버지께 드렸고 다음날 장사에 필요한 얼마간의 돈을 받았다. 오빠는 종업원들과 똑같이 한 달에 한 번 아버지에게서 월급을 받았다.

부동산 업자가 꼬드기는 말만 듣고 세세한 것까지 따져 보지 않은 채 덥석 사버린 땅이 문서상으로는 전혀 딴사람의 것으로 되어 있다는 사실을 아버지는 뒤늦게 알게 되었다. 금싸라기 같은 땅이라서 1년 안에 두 배 이상 값이 오를 거라고 부추겨 판 사람은 다름 아닌 아버지의 군대 상사였다. 안면이 있는 사람들에게서 급전을 빌리고, 비싼 이자까지 마다하지 않고 돈을 얻고, 가게 보증금까지 몇 달 융통을 하자고 사정해 겨우겨우 빼서 산 땅이었다. 아버지가 계약서에 인감도장을 찍은 그 땅은 아버지에게 땅을 판 사람의 것도, 아버지의 소유도 아닌 생판 이름도 모르는 사람의 소유로 되어 있는 걸 뒤늦게 알게 되었다. 아버지는 부동산 업자와 아버지의 군대 시절 상사였던 사람만 믿고 아무것도 확인하지 않은 채 종잇장에 불과한 계약서에 도장을 눌러 찍었던 것이다. 그 와중에 얼마 전에 팔았던 집은 부동산 경기를 타고 1년 사이 세 배 이상 껑충 뛰었다고 했다.

　오빠는 옥자 언니를 집으로 초대하고 싶다는 말을 꺼내지 못한 채 우물쭈물 시간을 흘려보냈다.

　손님들로 북적거리는 점심과 저녁 시간에 들이닥친 채권자들은 얼마간의 돈이라도 손에 넣은 뒤에야 돌아갔다. 아버지는 한국관에 발길을 끊고 채권자들을 피해 다녔다. 하루 동안 팔린 갈비탕 그릇 수와 고기 근수를 헤아리는 오빠의 얼굴에 그늘이 졌다. 장사를 끝내고 손에 들어온 돈으로는 다음날 장사에 쓸 고기와 야채조차 구입하기 어려웠다. 오빠는 야채와 고기 따위를 살 돈을 채권자들이 들이닥치기 전에 몰래 빼돌려야만 했다. 손님들이 소 등심이나 갈비를 주문해도 흥이 나지 않고 오히려 새로 사들여야 할 걱정이 앞섰다. 오빠는 채권자들이 한국관 문을 열고 들어오면 카운터를 주 군 오빠에게 맡기고 밖으로 나가 담배를 물었다. 채권자들 속에 이모와 외삼촌, 작은어머니가 끼여 있었다. 더구나 작은아버지가 아버지에게 돈을 빌려 준 사실을 뒤늦게 알게 된 작은어머니는 이자조차 제때 받지 못하자 분통을 터뜨렸다. 아버지는 그 와중에도 집회 시간이 되면 우리에게 전화를 걸어 회관으로 오라고 했다. 집회가 끝나면 아버지는 어디론가 사라져 버렸다.

　이자만이라도 제날짜에 달라던 채권자들은 원금을 갚으라고 어깃장을 놓았다. 채권자들에게 시달리던 오빠는 주 군 오빠에게 한국관을 맡기고 훌쩍 떠났다. 오빠는 청바지와 점퍼를 입고 자그마한 배낭을 어깨에 메고 무거운 얼굴로 발걸음을 떼었다. 이틀 동안 바람을 쐬고 돌아온 오빠는 주방에서 뛰어나온 목포댁 아줌마의 말을 듣고 얼굴이 푸르죽죽하게 변했다. 오빠는 허겁지겁 금고를 열어 보고 카운터 밑에 달린 서랍을 빼냈다. 오빠는 미끄러지듯 바닥에 주저앉고 허리를 앞으로 꺾었다.

배달을 나간 주 군 오빠와 고향에서 동생이 찾아왔다며 잠깐 나갔다 오겠다던 미스 리 언니가 함께 사라진 사실을 눈치 챈 것은 목포댁 아줌마였다.

그 백여시 같은 가시내가 순진한 주 군을 꼬드긴 게 틀림없 단께로.

오빠가 2년 남짓 모아 둔 돈이 통장에 들어 있다는 것을 아는 사람은 주 군 오빠뿐이었고, 밀린 가겟세를 내려고 모아 둔 돈 이 서랍 속에 있다는 것도 주 군 오빠만이 알고 있는데도 목포댁 아줌마는 끝내 주 군 오빠를 감싸고 돌았다.

그눔 성미에 후회를 해도 폴쎄 했을 것이지만, 엄청난 일을 저지르고 보니 되돌아오지도 못할 것이고…… 그나저나 이 일을 어쩔끄나? 여기저기 돈 달라는 디가 쎄고 쎴는데.

금고 안은 지폐 한 장 눈에 띄지 않았다.

대낮이 되어도 한국관의 문은 굳게 닫혔다. 목포댁 아줌마와 주방장은 월급도 받지 못하고 나갔다. 오빠는 그들에게 연락처를 받아 놓고 몇 달 뒤에라도 밀린 월급을 꼭 주겠노라고 약속 했다.

오빠는 집으로 돌아가지 않고 셔터가 내려진 한국관 안에서 밥을 해먹고 주방장과 주 군 오빠가 자던 방에서 혼자 지냈다.

냄비에 라면을 끓여 먹은 오빠가 말없이 줄담배를 피우는 것을 보다가 나는 밖으로 나왔다. 좌판을 거두고 있던 윤복 엄마가 나를 손짓해 불렀다.

저녁밥은 먹었냐?

나는 말없이 고개만 끄덕였다.

이거 팔다 남은 건데 가져가서 먹거라.

윤복 엄마는 검은색 비닐봉지에 사과를 가득 담아 내 손에 쥐여 주었다. 나는 고개 숙여 인사를 하고 버스 정류장을 향해 걸었다. 상가는 대부분 문을 닫았고 길바닥에 좌판을 벌이고 있던 상인들도 파장을 한 뒤였다. 길바닥은 흙탕물로 질퍽하고 여기저기에 더러운 쓰레기 뭉치들이 널려 있었다. 어둠이 깔린 시장통에는 청소차를 끌고 다니는 환경 미화원들만 분주했다. 버스에 올라타 운 좋게 빈 좌석에 앉은 나는 머리를 창에 기대고 꾸벅꾸벅 졸았다.

아주 잠깐 존 듯한데 버스는 낯선 곳을 달리고 있었다. 나는 사과가 담긴 봉지를 챙겨 들고 일어나 사람들을 헤치고 입구로 나갔다.

배나무골 지났어요?

조마조마한 마음을 누르며 내가 묻자 차장이 퉁명스럽게 대꾸했다.

지났어.

버스가 멈추자 차장은 내리는 사람들에게 차비를 받고 나서 10원짜리 동전을 들고 나를 쳐다보았다.

넌, 안 내리니?

그제야 나는 손바닥 안에 쥐고 있던 축축히 땀에 젖은 회수권을 내밀었다.

10원 더 내야지. 과천은 시외 요금을 받는 거 모르니?

차장이 짜증스럽게 말했다. 주머니를 뒤져 보았지만 돈은 없었다. 내리지 못하고 서 있는 내게 누군가 10원짜리 동전을 내밀었다. 고맙다는 인사도 하지 못하고 허둥지둥 버스에서 뛰어내리다가 손에 쥔 봉지를 놓치고 말았다. 사과들이 데구루루 사방으로 굴러 흩어져 버렸다. 차장은 동전 끝으로 버스 유리창을 톡톡 두들기며 오라아잇, 소리를 질렀다.

버스는 먼지를 일으키며 사라졌다. 나는 어둠 속에서 한참 동안 서 있었다. 몇 알의 사과가 발 밑에 보였지만 허리를 굽혀 줍지 않았다. 또 한 대의 버스가 사람들을 내려놓고 떠난 뒤에야 나는 집으로 돌아가기 위해 길을 건넜다. 낮은 건물들이 띄엄띄엄 서 있는 어둠에 싸인 낯선 거리를 될 수 있으면 빨리 벗어나기 위해 걸음을 재촉했다. 한참을 걸어도 집과의 거리는 얼마만큼 가까워졌는지 알 수 없었다. 신발에 채는 돌멩이가 땅바닥에 굴러 떨어진 사과인 것 같아 몸을 떨었다. 나는 조금이라도 빨리 낯선 어둠에서 벗어나려고 성큼성큼 걷다가 이윽고 달리기 시작했다.

오빠는 장위동에 작은 방을 얻어 옥자 언니와 신혼 살림을 차렸다. 오빠가 결혼 자금으로 모아 둔 돈을 도둑맞는 바람에 신혼 방은 옥자 언니가 얻었다. 나는 옥자 언니에게서 남색 티셔츠를 선물 받았다. 더 좋은 걸로 선물하고 싶었는데. 옥자 언니는 우리 가족들에게 값싼 선물밖에 할 수 없음을 무척 서운해했다. 나는 값비싼 선물을 받지 않았지만 충분히 만족스러웠다. 내게 아가씨라고 부르는 옥자 언니의 목소리를 들으면 어쩐지 몸이 간지러우면서도 가슴 한쪽이 뿌듯하게 차올랐다.

성격이 나긋나긋하고 붙임성 있는 옥자 언니와 결혼을 했는데도 오빠는 가끔 긴 한숨을 내쉬고 근심에 싸인 얼굴로 담배를 피웠다. 오빠는 끝내 아버지에게 옥자 언니를 소개시키지 못하고 결혼했다. 아버지는 결혼식장에도 오지 않았다. 신랑 측 친지들이 앉아 있어야 할 의자들은 썰렁하게 비어 있었다. 옥자 언니의 부모님은 예식이 끝날 때까지 나타나지 않는 사돈의 빈자리를 의아한 얼굴로 바라보았다.

'신랑 입장' 소리가 들리자 긴장을 했는지 오빠는 안경을 바닥에 떨어뜨리고 말았다. 오빠는 유리가 깨진 안경을 집어 양복 주머니 속에 넣고 주례가 서 있는 쪽으로 조심스럽게 걸어갔다. 오빠는 대부분의 신랑이 그런 것처럼 입가에 미소를 띠거나 웃지 않았다. 입장하는 오빠의 발걸음은 무거워 보였다. 옥자 언니가 눈부시게 흰 드레스를 입고 사뿐사뿐 걸어왔다.

신부를 맞이하는 신랑의 당당함이 오빠에게는 보이지 않았다. 안경을 쓰지 않아서 약간 찡그린 듯한 오빠의 두 눈은 보이지 않는 아버지를 좇고 있는 듯했다.

신혼여행에서 돌아온 오빠는, 옥자 언니가 아버지께 큰절을 올리려 하자, 그냥 인사만 드려, 낮은 목소리로 말했다. 옥자 언니는 어리둥절한 얼굴로 자리에 앉았다. 아버지는 우리에게도 세배를 하지 못하게 했다. 아버지는 생일과 명절뿐 아니라 제사조차 지내지 못하게 했다. 아버지는 어색하게 인사를 받은 뒤 건조한 목소리로 오빠에게 말했다.

너 때문에 우리 가족들은 거리로 내쫓기게 됐다. 식당 하나 제대로 건사 못하는 놈이 결혼이 그리 급하더냐?

아버지는 요란하게 기침을 쏟고 나서 신문지 한쪽을 찢어 가래를 뱉고 휴지통에 던져 넣었다.

넌 뭐든 니 하고 싶은 대로 하는 놈이니까 난 더 이상 할 말도 없다. 군에 갔다 온 것도 모자라서 담배에 술에…… 난 이미 오래전에 널 포기했다. 이제 그토록 원하던 결혼도 했으니까 너 살고 싶은 대로 살아. 난 상관하지 않으마!

오빠는 물 한 잔 마시지 못한 채 창백한 얼굴로 돌아갔다.

아버지는 방에서 꼼짝도 하지 않고 나는 아버지의 인기척만 들리면 재빨리 《진리》를 꺼내 책상 위에 올려놓았다. 잠이 들기 전까지 겉장이 파란 《진리》와 문고판 소설을 번갈아 가며 펼쳐 놓았다가 덮곤 하였다.

한 학기에 두 번 내는 공납금이 밀린 나는 수업 시간에도 툭하면 교무실로 불려 가서 담임 선생님의 재촉을 받았다. 담임 선생님은 나를 세워 놓고 언제까지 밀린 공납금을 낼 수 있는지 말하라고 했다. 나는 공식을 알지 못하는 수학 문제를 풀 때처럼 난감한 얼굴로 아무런 대답도 하지 못했다. 선생님의 입에서 몇 푼 안 되는 돈이라는 말이 튀어나왔을 때 나는 고개를 번쩍 치켜들고 선생님의 눈을 똑바로 쳐다보았다.

깨끗하게 닦인 안경알 속으로 보이는 선생님의 눈동자는, 마치 먹이를 욕심껏 삼킨 붕어가 느리게 헤엄치고 있는 듯 나른하고 권태롭게 보였다. 나는 다시 고개를 숙이고 손톱 끝으로 책들이 어지럽게 쌓여 있는 선생님의 책상을 긁기 시작했다.

여름 방학을 한 주 앞두고 막내 언니는 등교 정지를 당하고 말았다. 밀린 공납금을 낼 때까지는 등교를 한다 해도 출석부에는 빨간색 볼펜으로 결석이라는 글자가 적혔다. 열이 펄펄 끓는 독한 몸살 감기를 앓는 날도 기어이 학교에 가는 막내 언니는 등교 정지를 당한 3일째부터 방에서 꼼짝도 않고 밥조차 먹지 않았다.

여름은 길고 지루했다.

한번 닫힌 문은 좀처럼 열리지 않았다.

나는 종일 마루에 앉아 마당의 나무들과 조금씩 엷어지는 햇살을 바라보았다.

숨어 있는 방

주택가 골목을 한참 동안 뺑뺑 돌고 난 뒤에야 나는 겨우 새로 이사한 우리 집을 찾아냈다. 마당에 부려 놓은 짐은 아직 제자리를 찾지 못한 채 그대로였다. 책이 든 라면 상자와 보따리, 유리가 끼워지지 않은 찬장으로 어지러운 마루 위에는 둥근 밥상이 펼쳐져 있었다.

어딜 쏘다니다가 밤중에야 집구석에 기어 들어오냐?

할머니가 밥상 위에 숟가락을 탕 소리 나게 내려놓으며 소리쳤다. 나는 대꾸하지 않고 마루를 둘러보았다.

왜, 공연히 애한테 소리를 지르고 그러세요?

숭늉이 든 대접을 손에 들고 아버지가 못마땅한 듯 얼굴을 찌푸리며 말했다.

붉은색 자개농과 고리짝들이 마루 끝에 놓여 있는 걸로 보아 할머니가 다시 우리 집에 살러 왔음이 틀림없었다. 할머니는 아직 정돈되지 않은 두 개의 방을 오가며 잔소리를 늘어놓았다. 어느 집구석을 가나 내 성에 차는 곳은 하나도 없다. 지지리 복도 없는 이년의 팔자! 할머니는 두 번 다시 발걸음을 하지 않는다고 큰소리를 치고 나갔다 들어온 게 무안해 일부러 집 안을 퉁탕거리고 돌아다니면서 필요 이상으로 소리를 높여 잔소리를 늘어놓았다.

할머니는 우리들을 불러 풀지 않은 짐을 정리하게 하고 마루와 방을 깨끗이 쓸고 닦게 했다. 집 안이 어느 정도 제 모습을 찾자 할머니는 부엌살림을 찬장에 넣고 그릇을 씻었다. 이년의 팔자는 어딜 가나 부엌데기를 벗어나지 못하는구나. 내 그놈의 집구석에서 청소해 주고 밥해 주면서 2년 동안 살았다. 고것들이 내 공을 조금이라도 알면 나를 이렇게 박대는 못하지, 암 못하고말고.

할머니가 부엌에서 밥을 짓거나 설거지를 하면서 구시렁거려도 아버지는 모른 체하고 방에 틀어박혀 성경책을 읽거나 미국에 살고 있는 고모에게 편지를 썼다. 사람이란 자고로 염치가 있어야 하는 거다. 동생이 사준 멀쩡한 집 날려 먹고 빚더미에 앉았으면 이제 정신을 차려야지. 허구한 날 방구들 지고 앉아서 쓰잘데기 없는 성경만 파고 있으면 밥이 나오냐, 돈이 나오냐? 아버지가 쓴 편지를 서너 통이나 부쳤지만 고모에게선 돈이 오지 않았다. 밥 지을 쌀도 떨어지는 집구석이 어디 사람 사는 곳이더냐? 쌀을 안치려다 말고 할머니가 폭 한숨을 내쉬었다.

아버지는 오전 수업을 마치고 돌아온 나에게 장위동에 살고 있는 오빠에게 전해 주고 오라며 딱지 모양으로 접은 쪽지를 내밀었다. 나는 점심밥도 먹지 못하고 동생 인호와 함께 집을 나왔다. 오빠에게 전할 쪽지를 바지 주머니 속에 넣고, 아버지가 준 돈에서 차비를 빼고 남은 돈으로 커다란 알사탕 두 개를 샀다. 두 개 중 하나를 인호에게 주고 하나는 내 입속에 넣었다. 알사탕이 입속에 들어가자 벌어진 입이 닫히지 않았다. 인호와 나는 잠깐 동안 서로의 입을 바라보고 웃었다. 웃음은 그리 길지 못했다. 오빠에게 전해야만 되는 주머니 속에 든 쪽지가 어깨를 무겁게 짓눌러 왔다.

옥자 언니는 우리를 반갑게 맞아 주었다. 방 한쪽에 깔린 작은 요 위에는 이제 갓 백일이 지난 조카 원이가 잠들어 있었다. 나는 알사탕이 다 녹아 없어지기 전에 오빠에게 쪽지를 전하기로 마음먹었다. 알사탕은 좀처럼 녹지 않고 하도 많이 빨아 대서 입술은 끈적거렸다. 나는 잠들어 있는 원이 쪽으로 눈을 돌리고 주머니 속으로 손을 집어넣었다. 그때 오빠가 부엌에 있는 옥자 언니를 향해 소리쳤다.

원이 엄마! 정육점에 가서 삼겹살 한 근만 사오지 그래.

나는 얼떨결에 혓바닥을 조금 깨물고 말았다. 옥자 언니는 앞치마에 손을 쓱쓱 닦으며 방으로 들어왔다. 오빠는 문갑을 뒤져 돈을 꺼내 옥자 언니에게 내밀었다.

뭐 먹고 싶은 것 있으면 말해 봐요. 얼른 가서 사가지고 올 테니까.

유난히 밝은 옥자 언니의 목소리가 서글퍼서 나는 하마터면 눈물을 떨어뜨릴 뻔했다. 우리가 고개를 가로젓자 오빠가 담뱃갑에서 담배 한 개비를 꺼내 입에 물고 불을 붙이면서 말했다.

소주도 한 병 사오고.

또 술 마시려고요? 옥자 언니는 가볍게 눈을 흘겼다.

나는 더 미루지 않고 주머니 속에서 쪽지를 꺼내 오빠에게 내밀었다. 오빠는 마치 기다리고 있기라도 한 것처럼 덤덤한 얼굴로 접힌 쪽지를 받아 펼쳤다. 쪽지에 적힌 내용을 읽고 난 뒤 오빠는 종이를 구겨서 쓰레기통 속에 넣고 다시 담배 한 대를 피워 물었다.

너희들한테 이런 말 해서 안됐다만, 지금 원이가 아파도 병원에 갈 돈조차 없다. 아버지는 내게 뭔가 오해가 있으신 것 같다. 지금 살고 있는 방도 느이 새언니가 얻은 거다. 나는 한 푼도 가진 게 없는 사람이다. 아버지께 그렇게 말씀드려라.

오빠는 고기를 구워 자꾸만 내 밥그릇 위에 올려놓았지만 나는 밥알조차 삼키기 힘들었다. 단것을 먹은 뒤라 입 안이 깔깔했고 깨물린 혀는 쓰리고 아팠다. 원이 아빠도 좀 드세요. 술은 조금씩 마시고요. 옥자 언니가 걱정스러운 얼굴로 말했다. 내 걱정은 하지 말고 어서 많이들 먹어. 오빠는 혼자서 술을 따라 마셨다.

내가 능력만 있으면 당신이나 원이를 고생시키지 않을 텐데. 그리고 인주나 인호한테도 미안하다. 오빠 노릇, 형 노릇 제대로 못해서.

저녁 무렵에 나는 자리에서 일어났다. 자고 내일 가요, 아가씨. 옥자 언니가 내 손을 붙들었지만 나는 인호를 앞세우고 밖으로 나왔다. 미안하다, 인주야. 오빠는 붉게 충혈된 눈으로 말했다. 나는 인사를 하는 둥 마는 둥 하고 오빠와 옥자 언니가 보이지 않는 곳으로 도망치듯 서둘러 걸어갔다. 등 뒤에서 인호가 나를 소리쳐 부르며 쫓아왔다.

이거 형수님이 차비 하라고 줬어.

인호가 천 원짜리 지폐를 손에 쥐고 흔들며 뛰어왔다. 나는 인호의 해맑은 얼굴을 바라보다가 생뚱맞게 인수의 얼굴을 떠올렸다.

아버지는 인수를 어머니 곁에 얼씬거리지 못하게 했다. 인수가 어머니를 해코지할지 모른다는 아버지의 추측은 확신에 가까운 것이었다. 내년이면 중학생이 되는 인수는 여전히 옷소매 끝을 축축하게 적시고 다녔다. 인수는 하루 종일 습관처럼 옷소매 끝을 잡아 올려 입에 고인 침을 닦았다. 바닥에 침을 뱉고 고개를 틀어 어깻죽지에 침을 닦았다. 사탄 마귀 같은 놈! 아버지가 노골적으로 적의를 드러내면 인수는 아버지를 피해 달아났고 침으로 축축히 젖은 옷을 입은 채 구석진 곳에서 새우잠을 잤다.

아버지는 어머니가 뇌출혈로 쓰러진 이유를 인수 탓이라고 생각했다. 쌍둥이를 낳고 어머니는 쓰러졌다. 여섯 차례의 출산과 고된 집안일과 시집살이가 어머니의 병을 재촉했는지 모른다.

어머니의 여섯 번째 출산은 순산이 아니었다. 아기의 울음소리가 들리자 어머니는 안도의 한숨을 내쉬었다. 그러나 여전히 몸은 가벼워지지 않았다. 아버지와 의사는 어머니가 놀랄까 봐

뱃속의 아이가 쌍둥이라는 사실을 미리 말해 주지 않았다. 뱃속에 남아 있는 아기는 쉽게 나오지 않았다. 탈진한 산모에게 마취 주사를 놓고, 의사는 어머니의 배를 가르고 머리와 다리가 반대로 있는 아기를 꺼냈다.

어머니의 회복은 더뎠고 아버지는 우유를 먹으면서 탈 없이 쑥쑥 커가는 인수를 한 번도 안아 주지 않았다. 어머니는 빨래를 널다 마당에서 쓰러졌다. 의식을 잃은 어머니를 끌어안은 아버지는 오빠를 불러 택시를 잡아 오라고 소리쳤다. 어머니 쪽으로 아장아장 걸어오는 인수를 아버지는 손을 들어 올려 사납게 후려쳤다.

인수에 대한 아버지의 적의는 시간이 지나도 조금도 누그러지지 않았다. 고개를 옆으로 횈횈 비틀어 대고 침으로 옷소매를 더럽히는 인수는 아버지를 무서워했다. 아버지에게 말하겠다는 말을 인수는 가장 두려워했다. '아버지에게'라는 말 때문에 가끔 인수는 자신이 저지르지도 않은 일까지 뒤집어쓰고 벌을 서거나 매를 맞았다. 영특하고 귀염성이 많은 인호가 가족들에게 한껏 어리광을 피우며 자랄 때 인수는 그늘에서 혼자 쭈그려 앉아 더러운 손가락을 빨았다.

어머니는 하루 종일 방 안에만 있었다. 아버지는 어머니에게 가끔 이런저런 얘기를 했지만 어머니는 아무 대꾸도 하지 않고 듣기만 했다. 어머니가 밥을 지으러 나가면 할머니는 부엌 근처에 얼씬도 못하게 했다.

해가 기운 늦은 오후, 어머니는 마루 끝에 걸터앉아 생각에 잠겨 있었다. 나는 책가방을 내려놓고 어머니 옆에 나란히 앉았다.

엄마, 내가 보여요? 인주예요.

나는 누렇게 뜬 어머니의 얼굴을 바라보며 말했다.

이인……주우……?

어머니는 내 얼굴을 빤히 들여다보며 되물었다.

나는 어머니의 눈동자를 가만히 들여다보았다. 오랫동안 바라보지 않았던 눈동자였다. 놀랍게도 어머니의 눈동자는 텅 비어 있었다.

어머니는 끙 소리를 내며 몸을 일으켰다. 허리가 기역 자로 굽은 어머니가 무심한 눈길을 거두고 천천히 방으로 들어갔다.

그칠 줄 모르고 연일 쏟아지는 장맛비 때문에 벽지에 물기가 배고 방바닥은 눅눅했다. 집 안 구석마다 밀린 빨랫감들이 쌓여 있고 방 안에서는 퀴퀴한 곰팡이 냄새가 코를 찔렀다. 나는 빗소리 때문에 새벽에 깨었다. 새벽잠이 없는 할머니가 일어나 옷을 입고 밖으로 나가는 것을 보고 나는 다시 눈을 감았다. 이게 대체 뭔 일이다냐? 할머니의 고함 소리가 방 안까지 쩌렁쩌렁 울렸다. 안방 문이 요란하게 열리고 아버지가 마루로 나왔다. 나는 허둥지둥 바지를 꿰입었다.

역수같이 쏟아지는 비를 맞은 채 어머니는 마당에 죽은 듯 엎드려 있었다. 아버지가 맨발로 달려가 어머니를 흔들었다.

아버지의 손에 어깨가 들린 어머니는 맥없이 고개를 옆으로 떨구었다. 어머니는 입을 앙다문 채 눈을 뜨지 않았다. 큰언니와 나는 아버지를 도와 어머니를 방으로 옮겼다. 할머니가 물을 떠오고 나는 옷장을 뒤져 마른 수건을 찾아 왔다. 이 일을 어쩐다냐? 야가 밤중에 변소에 갔었나 보다. 아버지는 윗목에 놓인 요강을 흘긋 쳐다보고 다시 어머니의 뺨을 찰싹찰싹 소리 내어 때렸다. 왜 안 하던 짓을 했을까나? 할머니는 입에 머금은 물을 어머니의 얼굴에 뿜었다.

인주는 얼른 나가서 문화촌에 전화해라. 작은아버지한테 지금 빨리 이리로 오라고 해라!

아버지는 몸을 바들바들 떨며 소리쳤다.

인경이는 택시를 잡아 오고.

나는 방으로 뛰어가 서랍을 열고 동전을 꺼냈다. 토방에 세워진 검은색 우산을 쓰고 공중전화기가 있는 곳으로 달려갔다. 비를 흠뻑 맞고 서 있는 공중전화기 속에 동전을 넣고 분홍색 수화기를 들었다. 세 번째 신호음이 울리자 잠이 묻어나는 작은아버지의 목소리가 들려왔다. 나는 수화기를 든 채 수초간 아무 말도 하지 못하고 빗속에 서 있었다. 막상 수화기 너머로 작은아버지의 목소리가 들려오자, 나는 어머니가 위급한 상황에 처해 있다는 사실조차 잊고 머뭇거렸다. 누구요? 작은아버지는 조금 짜증스러운 목소리로 말했다. 작은아버지가 수화기를 내려놓을지도 모른다는 생각이 들자 마른침을 삼키고 입을 뗐다. 장황스럽게 상황을 얘기하기도 전에 작은아버지는 내 말을 중간에서 자르고, 곧 가마, 한마디를 하고 전화를 끊었다. 비바람이 우산살을 꺾었다. 빗줄기가 얼굴과 몸을 휘갈겨 댔다. 나는 뒤집힌 우산을 땅바닥에 던지고 집을 향해 달음박질쳤다.

아버지는 어머니를 업고 집 앞에 서 있었다. 비를 맞으며 울고 있는 인호 뒤에 바들바들 떨고 있는 인수가 보였다. 전조등을 켠 택시가 집 앞에 멈춰 서자 큰언니가 택시 문을 열고 나왔다. 아버지는 택시 뒷문을 열게 하고 어머니를 태웠다. 나는 재빨리 택시 앞문을 열고 들어가 앉았다.

작은아버지가 도착하거든 사거리에 있는 병원으로 오라고 해라.

아버지는 큰언니를 향해 말한 뒤 뒷문을 닫았다.

어머니는 바퀴 달린 침대에 뉘어 응급실로 실려 갔다. 핏기 하나 없는 어머니의 얼굴은 밀랍 인형처럼 창백했다. 간호사가 다가와 어머니의 윗옷을 벗겨 냈다. 생기를 잃은 두 개의 젖가슴이 드러났다. 어머니의 치마를 벗기자 지린내와 악취가 코를 찔렀다.

속옷까지 모두 벗기세요.

얼굴을 찡그리며 간호사가 말했다.

팬티 위에 입은 속곳은 땀과 피로 얼룩져 있었다. 나는 어머니의 허리를 한쪽 손바닥으로 받쳐 들고 젖은 속곳을 벗겨 냈다. 축축히 젖은 팬티마저 벗기다 말고 나는 고개를 떨어뜨렸다. 어머니의 팬티 속에 끼여 있는 무명베는 핏물로 펑 젖어 있고 고약한 냄새가 진동했다. 나는 어머니의 젖은 아랫도리를 절망적으로 바라보다가, 도로 팬티를 올리고 간호사가 가져다 놓은 환자복으로 아랫도리를 가렸다.

아버지는 40대 중반의 금테 안경을 쓴 의사와 함께 응급실로 들어왔다. 의사는 흰색 가운 주머니 속에서 길쭉한 손전등을 꺼내 어머니의 눈꺼풀을 올리고 눈동자를 비추어 보았다.

두 번째라고 그러셨죠?

손전등을 주머니 속에 넣으며 의사가 물었다. 아, 네. 아버지는 의사의 얼굴과 어머니를 번갈아 보며 어눌하게 대답했다.

한 번 뇌수술을 받은 환자라…… 다시 수술을 한다고 해도 회복될 가망은, 희박합니다.

의사는 건조한 목소리로 말했다.

수술을 원하시면 원무과 직원이 곧 출근하니까 수속을 밟으시죠. 의사는 사라졌다. 아버지는 어머니의 머리맡을 짚고 힘없이 무릎을 굽혔다.

아버지는 수술 절차를 밟으려 하지 않았고 의사는 어떤 응급 조치도 취하지 않았다.

어머니를 다시 집으로 옮기고 난 뒤에야 작은아버지가 도착했다.

심장이 뛰고 있으니까, 손을 써볼 수 있을 겁니다.

엄지로 한참 동안 어머니의 맥을 짚은 작은아버지가 가라앉은 목소리로 말했다. 작은아버지는 네모난 가방을 열고 은빛 침을 꺼냈다. 작은아버지의 얼굴은 긴장으로 굳어졌다. 10센티미터쯤 되는 긴 침을 정수리에 꽂고 바늘만 한 침들을 손등과 손바닥, 발바닥에 수없이 꽂았다. 셀 수 없이 많은 은빛 침들이 소리 없이 흔들렸다. 침을 모두 꽂고 난 작은아버지는 한숨을 길게 내쉬고 어머니의 발치에 다리를 모으고 앉았다.

어머니의 머리맡에 앉은 아버지는 숨소리도 내지 않았고 할머니조차 입을 다물고 조용히 있었다. 침을 꽂은 지 30분 남짓 지나자 작은아버지는 조심스럽게 몸을 일으켰다. 작은아버지는 처음에 꽂은 순서대로 하나씩 침을 뽑기 시작했다. 발등에 꽂힌 침을 뽑아 침통 속에 넣으려는 순간, 어머니의 손이 조금 움직였다.

아버지는 깜짝 놀란 얼굴로 어머니 곁에 바짝 다가가 앉았다. 그때 작은아버지가 말없이 손을 흔들었다. 아버지는 어쩔 수 없이 어머니에게서 조금 떨어져 앉았다. 이번에는 어머니의 몸이 조금 움직였고 입이 약간 벌어졌다. 작은아버지는 어머니의 심장께를 손바닥으로 천천히 쓸어내렸다. 어머니의 벌어진 입에서 탄식 같은 숨이 터져 나왔다. 천천히 눈을 뜨고 느릿느릿 방 안을 둘러보았다. 아버지와 할머니, 작은아버지를 알아본 어머니는, 천만뜻밖에도 고개를 가로저으며 눈을 감아 버렸다. 어머니의 눈에서 눈물이 흘렀다.

입원은 하지 않더라도 조리를 잘하셔야 합니다. 의식을 회복하긴 하셨지만 거동하시기는 쉽지 않을 겁니다.

밖은 완전히 밝아 있었다. 작은아버지는 접어 놓은 우산을 펼쳐 쓰고 조용히 빗속을 걸어 나갔다. 어머니는 눈을 감고 소리 죽여 울고 있었다. 어머니의 울음은 길고 긴 장마처럼 오래도록 그치지 않았다.

아버지는 우리에게 짐을 꾸리라고 말했다. 나는 전처럼 서두르지 않고 미련 없이 집을 떠날 준비를 했다. 아버지는 언제나 살던 곳에서 멀리 떨어지지 않은 곳에 집을 얻었다. 나는 새로 이사한 집에 도착해서 소지품과 옷가지, 책들을 풀지 않았다. 아버지가 짐을 꾸리라고 말하면 언제라도 싸놓은 짐을 그대로 가져갈 생각이었다. 내 차지가 된 작은언니의 책상, 언니가 두고 간 소설책과 교과서, 못난이 인형과 모아 둔 일기장, 겉옷과 속옷 들 중에서 당장 필요한 교과서와 입을 옷만 꺼내 놓았다. 모든 소지품들이 노끈으로 묶여 있거나 라면 상자 속에 담겨 있었다. 나는 언제라도 떠날 준비를 하고 있었다.

이사를 할 때마다 매번 아버지는 좀 더 싸고 작은 집을 찾아 다녔고 집을 얻고 남은 돈은 몇 달간의 생활비로 썼다. 이사한 지 한 달 만에 다시 이사할 때도 있었다. 습기 때문에 얼굴이 누렇게 뜨는 지하실 방으로 이사한 지 한 달 만에 다시 옮긴 곳은 달랑 방 한 칸뿐이었다. 장롱을 제외한 모든 살림살이는 주인집 지하실 창고에 처박혔다. 여덟 명의 가족들이 다닥다닥 붙어 모로 누워 자야만 하는 좁은 방에서 아버지는 여전히 성경을 읽고 왕국회관에 나갔다.

누울 자리가 없어 인수는 장롱 속에 들어가 허리를 구부린 채 잠들었다. 아버지는 습관적으로 고모에게 편지를 쓰고 나는 차비를 아끼기 위해 걸어서 우체국에 갔다. 아버지는 돈과 함께 초청장을 기다렸다. 아버지는 당장 미국으로 떠날 사람처럼 기대에 들떠 있었고, 그곳에서라면 어머니가 예전의 모습으로 돌아올 수 있을 거라 믿었다. 고모에게서 돈이 오면 아버지는 쌀을 사고 우리에게 밀린 공납금을 줬다.

할머니는 하루에도 몇 번씩 보따리를 쌌다가 풀고 큰언니는 어렵게 들어간 직장을 한 달 만에 집어치우고 말았다. 아버지에게 얼마간의 돈을 받으면 큰언니는 멀리 떨어져 있는 진 미용실에 가서 머리를 자르고 파마를 했다.

숨어 있는 방을 찾아 떠도는 동안 나는 고등학생이 되었다. 친구들보다 늦게 가슴에 멍울이 생겼고 초경을 치렀다. 그 모든 것이 내겐 수치였다.

떠도는 방

아버지는 어머니와 함께 봉천동 셋방으로 떠나면서 당부하듯 내게 말했다. 미국에서 곧 초청장이 올 거다. 그때까지만 참고 견디거라. 내가 없더라도 회관엔 빠지지 말고 나가고. 아버지는 마치 출장을 가는 사람처럼 심상한 얼굴로 말했다. 아버지보다 한발 앞서 할머니가 문화촌으로 되돌아갔다. 할머니는 좋든 싫든 한곳에 머물지 못했다. 낡고 무거운 자개농과 고리짝 때문에 할머니의 귀향은 고단해 보였다.

쌍둥이 동생은 먹고 잘 수 있을 만한 일자리를 찾았다. 중학교도 졸업하지 않은 그 애들을 받아 준 곳은 신문 보급소였다. 새벽에 신문을 돌리고 등교했다가 오후에는 보급소 마루에서 숙제를 하고 잠도 잤다. 언니들과 나는 보증금이 없는 사글셋방을 얻었다. 어쨌든 나는 아버지로부터 벗어날 수 있어 좋았다. 아버지의 숨소리와 기침 소리, 발소리에 가슴 졸이지 않아도 된다는 사실이 기뻤다.

방은 작은 옷장 하나와 화장대, 책상이 들어가면 더 이상 공간이 남지 않을 만큼 작았다. 며칠 지나지 않아 큰언니와 집주인인 경진 엄마는 친해졌다. 경진 엄마는 큰언니보다 겨우 한 살이 많았다. 큰언니는 경진 엄마 방에서 커피를 마시거나 텔레비전을 보고 늦도록 수다를 떨었다. 가끔 우리는 경진네와 함께 밥을 먹었다.

경진의 동생인 세 살배기 경민은 나와 언니들에게 언제나 방긋방긋 웃었고 누가 안아 줘도 울지 않는 순둥이였다. 우리가 아이들을 귀여워했기 때문에 경진 엄마는 큰언니에게 경민을 맡기고 시장을 가거나 경진만 데리고 친정이나 시댁에 다녀왔

다. 택시 운전을 하는 경진 아빠가 비번일 때는 사정이 달라졌
다. 우리는 방과 방 사이에 있는 화장실에 갈 때마다 슬금슬금
눈치를 살펴야 했다.

인문계 고등학교를 졸업한 막내 언니를 취직시켜 준 건 바로
경진 아빠였다. 막내 언니는 학원을 다니면서 부기와 주산, 타
자를 배웠다. 막내 언니가 3년 동안 학교에서 배운 것들은 취
직을 위해서는 하나도 도움이 안 되는 것들뿐이었다. 경진 아
빠의 사촌이 일하는 이삿짐 센터에 취직한 큰언니는 한 달을
견디지 못하고 그만두었고 막내 언니는 무표정한 얼굴로 출근
을 했다. 막내 언니가 일하는 곳은 경진 아빠의 오촌 당숙이 경
영하는 봉제 공장이었다.

퇴근해 돌아온 막내 언니의 머리칼에는 허연 실밥이 달라붙
어 있거나, 말끔하게 다림질해 입고 간 옷에는 천 조각이 붙어
있기도 했다. 하루라도 빨리 취직해서 돈을 벌고 싶어하던 막
내 언니는 묵묵히 출퇴근을 했지만, 한 번도 직장 생활에 대해
말하지 않았다.

빨리 졸업하고 싶어. 나보다 학력고사 점수가 훨씬 낮은 아
이들도 대학에 들어갔지만, 난 대학에 갈 수도 없고 특별히 가
고 싶다는 생각도 없어. 난 그저 자그마한 회사의 경리가 되고
싶어. 한 달에 한 번 월급을 타면 사고 싶은 것 맘껏 사고, 팝콘
과 콜라를 사 들고 어두운 극장 뒷자리에 앉아서 밤늦게까지
영화를 보고 싶어. 내가 바라는 건 그게 전부야.

막내 언니는 월말에 꼬박꼬박 월급봉투를 받아 오지도 못했고 사고 싶은 것들을 맘껏 사지도 못했다. 일요일에는 일주일 내내 벼르던 영화를 보는 대신 밀린 빨래를 하거나 밥도 굶은 채 하루 종일 잠만 잤다.

책상 때문에 다리를 펴고 잘 수가 없다. 밥상을 펴놓고 공부하고 저 책상은 밖으로 치우는 게 좋겠어.

큰언니는 방바닥에 누워서 발끝으로 책상 다리를 툭툭 치며 말했다.

인주가 밥상에서 공부하는 것보다 우리가 조금 불편한 게 나아. 책이랑 서랍 속에 들어 있는 소지품도 많고.

막내 언니가 대꾸했다.

인선이 너, 돈 좀 벌어 온다고 내가 무슨 말만 꺼내면 토를 달고 그러더라.

큰언니가 발딱 일어나 앉으며 소리쳤다.

그런 언니는, 상업 학교를 졸업했으면서 왜 집에서 놀고만 있는 거야?

목소리 낮춰. 경진이네서 듣겠다.

언니가 먼저 소리 질렀잖아.

하여튼 입 다물어. 내가 이 나이에 어딜 취직하니? 몇 푼 벌자고 사내들 틈바구니에서 기름때를 묻혀야겠니?

그럼 시집이라도 가.

큰언니는 발딱 일어나 옷장 문을 열어젖뜨렸다. 안쪽에 차곡

차곡 쌓여 있던 옷가지들이 우르르 바닥으로 쏟아졌다. 큰언니
는 함부로 옷들을 밟고 걸어와서 책상 서랍을 뒤져 가위를 꺼
냈다. 미처 말릴 틈도 없이 감색 투피스가 가위에 잘려 나갔다.

나도 정말 지긋지긋하다. 이놈의 집구석이 좋아서 내가 이러
고 사는 줄 아니?

큰언니는 고개를 풀썩 꺾고 흐느꼈다.

큰언니는 자신의 감정을 억제하지 못하고 자신이 아끼는 물
건을 부수거나 찢고는 금방 후회하곤 했다. 처음에는 아버지
때문이었지만 이제는 스스로도 무서워 세상 밖으로 나가기가
두려운 것인지 몰랐다.

며칠 동안 난감한 얼굴로 머뭇거리던 경진 엄마가 어렵게 입
을 열었다.

아이들 삼촌이 제대를 했는데, 있을 만한 곳이 마땅치 않아
서…… 어쩌지, 방을 빼줘야겠는데.

경진 엄마는 난처한 얼굴로 우리를 돌아보았다.

……미안해서 어쩌지.

경진 엄마는 계속 미안하다는 말을 되풀이했다.

방을 얻을 만한 시간도 부족했지만 더 난감한 것은 돈이었
다. 경진 엄마는 우리에게 보증금도 받지 않고 월세도 올려 받
지 않았다. 아무리 싼 방이라도 보증금을 받지 않는 주인은 없
었다.

우리가 방을 얻지 못하고 있자 경진 엄마가 더 당황하고 미

안해했다.

애들 삼촌한테 당분간 친구 집에 가 있으라고 할 테니까 걱정 말고 천천히 구해.

나는 책가방 속에서 꾸깃꾸깃해진 지폐를 꺼내 큰언니에게 내밀었다.

이 돈이라도 보태.

나는 막내 언니가 준 공납금을 며칠 동안 내지 않고 책가방 속에 넣고 다녔다.

왜 여태 안 내고 가지고 있니?

막내 언니가 물었다.

우선 이 돈이라도 보태서 방을 얻자.

큰언니는 지폐를 보자 반색을 했다.

미쳤어, 언니? 인주도 나처럼 등교 정지를 당해야 시원하겠어?

막내 언니는 돈을 채뜨려서 다시 내 책가방 속에 넣고 다짐하듯 말했다.

너 내일 학교에 도착하면 곧바로 서무실부터 가라. 알았지?

나는 말없이 고개만 끄덕였다. 내겐 학교보다 방이 더 절실했다. 언제 거리로 내쫓길지도 모르는데 밀린 공납금을 내야 옳은가? 나는 겨우 나보다 세 살 더 많은 막내 언니의 월급을 축내는 것이 부끄러웠다. 곧 졸업한다고 해도 타자와 부기, 주산 따위를 전혀 할 줄 모르는 내가 무슨 일을 해서 돈을 벌까?

차라리 공납금으로 주산 학원에 등록하는 게 훨씬 낫다고 생각했다.

나는 수업 시간에 머리가 아프다는 핑계를 대고 양호실에 자주 갔다. 양호 선생님이 자리를 비울 때는 약 상자를 열고 몰래 진통제를 훔쳐 냈다. 나는 양호실에서 훔쳐 온 약을 밤에 자기 전에 한 알씩 먹었다. 진통제를 먹지 않은 날은 다리가 욱신욱신 쑤셔서 쉽게 잠들지 못했다.

반 아이들이 교실을 비운 체육 시간이나 조회 시간에는 주번 아이 대신 교실에 남아서 책상 서랍을 뒤졌다. 《성문 종합 영어》나 《에센스 영한사전》 따위가 눈에 띄면 재빨리 내 책가방 속에 집어넣었다. 사전이나 참고서를 도둑맞은 아이들은 나를 의심하지 않았다. 차츰 대범하게 참고서를 훔쳐 냈고 학교가 파하면 근처 헌 책방에 가서 소설책이나 돈으로 바꿨다.

학교에서 돌아와 보니 우리 방은 텅 비어 있었다. 빈방을 걸레로 닦고 있던 경진 엄마가 허리를 펴고 일어났다.

방을 구했어. 방금 짐을 옮겼는데……. 자, 나랑 함께 가자.

경진 엄마는 손을 씻고 경민을 들쳐 업었다.

요 아랫집이야. 방이 좀 작긴 하지만 주인 아줌마가 좋은 분이셔.

붉은 벽돌담이 둘러진 2층집 앞에 경진 엄마가 멈춰 섰다.

이쪽으로 들어가면 돼. 난 그만 갈게.

나는 경진 엄마가 일러 준 뒷문으로 들어갔다. 발에 물컹한

게 밟혀 고개를 숙여 보니 닭똥이었다. 닭똥이 널린 뒷마당에는 누런 깃털이 수북했다. 커다란 닭장 속에서 모이를 쪼고 있던 열 마리도 넘는 닭들이 갑자기 날개를 퍼덕이며 우르르 한쪽 구석으로 몰려갔다.

나는 닭똥을 피해 어기적거리며 걸어서 안쪽으로 들어갔다. 벽돌과 연장, 장판 조각이 널린 근처에 옷장과 화장대, 부엌살림이 보였다. 벽돌로 벽을 쌓아 올리고 지붕에 루핑을 씌운 방에 쭈그려 앉아 있던 큰언니가 힘없이 말했다.

차라리 죽어 버리고 싶어.

나는 대꾸하지 않고 방을 둘러보았다. 도배조차 하지 않아서 벽돌이 고스란히 드러난 벽과 싸구려 비닐 장판이 깔린 방은 언니들과 내가 살기엔 터무니없이 좁아 보였다.

내 책상은?

나는 주위를 둘러보며 물었다.

버렸어. 지금 니 책상이 중요하니? 남의 집 헛간에서 살아야 하는 처지에 그깟 책상이 문제야?

큰언니는 버럭 소리를 지르곤 울음을 터뜨렸다.

비좁은 방 안에 들어온 물건은 화장대 하나뿐이었다. 옷장은 방문 앞쪽에 세워져 있었다. 화장대 외엔 짐을 들여놓지 않았는데도 세 사람이 눕기엔 방이 너무 좁았다.

이른 아침 뒤꼍에서 세수를 하고 방에 들어온 큰언니는 얼마 남아 있지 않은 화장품들을 보며 한숨을 폭 내쉬었다.

엄마가 쓰러지지 않았더라면…… 우리들이 이렇게 살지는 않을 텐데.

큰언니는 금방이라도 울 듯한 얼굴로 말했다.

제발, 청승 좀 그만 떨어. 언니 나이가 몇 살인데 아직도 엄마 타령이야. 답답하게 방 안에만 있지 말고 차라리 파출부 일이라도 나가.

큰언니는 막내 언니의 뺨을 후려치고 방바닥에 주저앉아 울음을 터뜨렸다.

큰언니는 이튿날 아침까지 돌아오지 않았다. 나는 저녁까지 기다리다 오빠에게 전화를 걸었다. 오빠는 큰언니의 친구들 연락처를 물었다. 나는 큰언니에게 친구가 있는지 알지 못했다. 아버지의 간섭이 뜸해진 뒤부터 큰언니는 회관에조차 나가지 않고 거의 집에만 틀어박혀 지냈다. 오빠는 걱정하지 말고 기다리라는 말을 남기고 전화를 끊었다.

큰언니가 돌아온 것은 집을 나간 지 3일째 되는 날이다. 오빠는 큰언니를 절에서 찾아왔다. 그곳은 오래전 오빠가 3년 동안 머물러 있었던 곳이었다. 큰언니가 절에 간 것도 상상 밖의 일이지만 언니가 있을 만한 곳을 단번에 알아낸 오빠도 의외였다. 머리나 깎고 이곳에 들어앉으면 속 편할 텐데. 오빠는, 아버지 몰래 할머니가 마련해 준 돈을 가지고 절에 올 때마다 큰언니가 했던 말을 기억해 내고 막차를 탔다고 했다.

넌 비구니가 될 만큼 의지가 강하지 못해. 그건 내가 잘 안

다. 다음번엔 절대로 찾아가지 않을 테니까 함부로 집 나가지

마라.

저벅저벅 발소리를 내며 오빠가 돌아갔다.

막내 언니는 봉제 공장을 그만두고 구두 회사에 취직했다. 언니의 회사는 명동에 있었다. 지나가던 사람들은 커다란 유리창 밖에 멈춰 서서 가게 안에 진열된 구두를 구경했다. 언니가 일하는 곳은 2층이었다. 1층은 색깔과 디자인이 다른 구두가 진열돼 있고 2층은 사무실이었다. 언니는 다른 잡무 없이 경리 일만 해내면 되었다. 언니가 학원에서 익힌 주산은 이제 필요 없었다. 전자 계산기가 있기 때문이었다. 언니는 그것이 속상하다고 했다.

막내 언니는 일요일에도 근무를 했다. 일요일에 구두를 사러 오는 사람들이 많기 때문이었다. 나는 일요일 낮에 가끔 언니가 일하는 명동으로 찾아갔다. 언니는 나를 2층으로 올라오게 하고 음료수나 과자를 사다 주었다. 사무실엔 사람들이 별로 없었다. 언니는 일요일에는 경리들만 출근을 한다고 했다. 사무실에서 언니와 함께 일하는 여자는 가죽 구두를 신고 있었다. 여자의 발뒤꿈치에는 일회용 반창고가 붙어 있었다. 언뜻 보아도 여자가 신은 구두는 새것임을 알 수 있었다. 언니는 뒤축이 닳아 없어진 낡은 비닐 구두를 신고 있었다. 언니는 1년 내내 똑같은 구두를 신고 출근을 했다. 구두 회사에 다니는 언니는 쓰레기통에 처박아도 아깝지 않을 형편없는 구두를 신고

다녔다.

나는 일요일 아침 시내에서 아버지를 만나 사진관으로 갔다. 오랫동안 보지 못했던 어머니, 인호와 함께였다. 인호는 내가 못 본 사이에 키가 훌쩍 자랐고 코밑에 거뭇거뭇 수염이 돋아나 있었다. 우리는 영문도 모른 채 딱딱한 의자에 차례로 앉아, 눈을 깜박이지 말라는 사진사의 말에 어깨에 잔뜩 힘을 주고 눈을 동그랗게 떴다. 우리가 의자에서 일어나자 이번에는 아버지가 의자에 앉았다. 찰칵, 필름 돌아가는 소리가 들렸다. 아버지는 소파에 앉아 있던 어머니를 일으켜 아버지와 우리가 앉았던 의자에 앉혔다. 검은 보자기를 뒤집어쓴 사진사가 자, 여길 똑바로 보시고, 눈 깜박이지 말고, 하나, 둘, 셋 하고 외치자, 유치원생처럼 얌전히 앉아 있던 어머니가 갑자기 와르르 웃음을 터뜨렸다.

아버지는 사진관 근처에 있는 중국집으로 우리를 데려갔다. 아버지는 자장면 네 그릇과 탕수육 하나를 주문했다.

너희들 고생하는 거 내가 잘 안다. 조금만 참거라. 이제 곧 미국으로 간다. 니 엄마도 거기에만 가면 예전처럼 건강해질 수 있다.

아버지는 좋은 일을 앞둔 사람처럼 들떠 있었다.

여권이 곧 나올 거다. 우리 넷만 떠난다.

아버지는 인호와 내게 조금씩 돈을 나누어 주었다. 나는 인호와 헤어져 집으로 돌아오면서 약국에 들러 진통제를 샀다.

아스피린을 먹지 않으면 잠들지 못했다. 정확하게 어디가 아픈지는 나도 잘 몰랐다. 내가 알고 있는 사실은 머리와 다리가 번갈아 가며 아프다는 사실이었다.

여권을 손에 쥔 아버지는 내일이라도 당장 미국으로 떠날 사람처럼 잔뜩 기대에 부풀어 있었다. 여권 사진을 찍으러 갔을 때와는 달리 어머니는 신체검사를 받으러 병원에 가지 않으려 했다. 아버지는 억지로 어머니를 택시에 태웠고 우리는 병원에 가서 신체검사를 받았다. 신체검사를 통과하는 데 어머니의 굽은 허리나 더듬거리는 말은 아무 문제가 되지 않았다. 중요한 것은 우리들 중 아무도 전염병을 가지고 있지 않다는 것이었다. 아버지는 비자를 받기 위해 대사관에 가서 인터뷰를 했다. 아버지의 유창한 영어 회화 실력은 문제가 안 되었다. 중요한 건 아버지가 가지고 있는 재산이 하나도 없다는 사실이었다. 아버지는 거듭 인터뷰에서 떨어졌다.

늙고 지쳐 보이는 아버지는 좁고 추운 방에 앉아 편지를 썼다. 온기가 느껴지지 않는 방에 누워 있던 어머니는 가끔 일어나 벽에 등을 기대고 앉아 여보, 하고 분명한 발음으로 아버지를 불렀다. 아버지는 쥐고 있던 볼펜을 놓고 천천히 어머니에게 다가갔다. 그러나 아버지가 볼 수 있는 것은 어머니의 흐릿한 눈동자와 피곤해 보이는 얼굴뿐이었다.

아버지는 겨울 내내 두꺼운 담요를 뒤집어쓰고 고모에게 편지를 썼다. 우체국에 가서 편지를 부쳐 줄 사람이 곁에 없기 때문에 추운 겨울 아침 낡은 양복바지를 입고 밖으로 나갔다.

고등학교 3학년 겨울 방학이 시작되기도 전에 나는 일자리를 얻었다. 드문 일이긴 하지만 여고를 졸업한 직원이 필요한 회사에서 학교로 연락을 해왔다. 나는 졸업을 앞둔 학생들 중 가장 처음 취직을 한 것이었다. 내가 일할 곳은 개인 인테리어 사무실이었다.

소장이라 불리는 남자가 있고 직원은 나 하나뿐이었다. 내가 할 일은 전화를 받아 메모를 하고 재떨이를 비우고, 손님이 오면 커피나 녹차를 가져다주는 일이었다. 소장은 친절했고 나는 무료했다.

월급날이 되면 나는 고등어자반과 콩나물, 백설기 한 덩어리를 사 들고 봉천동 비탈길을 올라 작은 방에 갔다. 나는 어머니에게 생선을 사다 드릴 수 있어서 행복했다. 어머니는 볼이 미어지도록 밥을 입속에 담고 있으면서도 밥알이 수북이 담긴 수저를 또다시 입으로 가져갔다. 나는 숭늉이 든 대접을 손에 들고 어머니가 입 안의 것을 모조리 삼킬 때까지 기다렸다. 어머니는 씹고 삼키는 것에만 열중할 뿐 내 존재까지 까맣게 잊고 있는 듯했다. 어머니는 아무것도 두려워하지 않았다. 어머니가 무서워하는 것은 오로지 미국이라는 단어뿐이었다.

나의 왼손에 대해 적대감을 드러내는 소장을 떠나 생선 가게에 일자리를 얻었다. 저녁에 집으로 돌아가면 내게서 생선 비린내가 난다며 언니들은 코를 싸쥐었다. 일을 마치고 돌아갈 때면 가게 주인이 팔다 남은 생선을 비닐봉지에 싸주었다. 처음 몇 번은 큰 횡재를 한 듯 좋아하던 큰언니는 보름이 지나자 더 이상 좋아하지 않았고 또다시 보름이 지난 뒤에는 절대로 남은 생선을 가져오지 말라고 애원하다시피 말했다.

어머니는 매번 맛있게 고등어를 먹었다. 할 줄 아는 요리 방법이 많지 않아서 굵은 소금에 절인 것을 그냥 굽거나 무를 넣고 졸이거나 했다. 아버지는 비린 것을 좋아하지 않아서 고등어에 젓가락도 가져가지 않았다. 나는 일주일에 한 번은 작은 방에 찾아가 그 좁은 공간을 온통 비린내로 절게 만들었다.

친구들은 대학생이 되었거나 재수를 하거나 아직 아무것도 결정하지 못한 채 집에서 빈둥거렸다. 나는 아침부터 저녁까지 생선을 씻고 배를 갈라 내장을 꺼내고 먹기 좋은 크기로 토막을 냈다. 내가 바라는 것은 그리 많지 않았다. 월급을 받아 어머니에게 고기와 과일을 사드리고, 인선 언니에게는 튼튼하고 예쁜 구두를 사주고 싶었다.

어느 날 아침, 가게로 전화가 걸려 왔다. 전화를 받은 주인 아주머니가 내게 송수화기를 내밀었다. 큰언니였다. 언니는 우느라 제대로 말도 하지 못했다. 나는 울지도 않았고 놀라지도 않았다. 어머니가 돌아가셨다는 말을 듣고도 눈물이 나오지 않았다. 가게 주인이 어서 가보라고 재촉했다. 나는 고등어를 자르던 커다란 칼을 도마 위에 올려놓고 밖으로 나왔다. 천천히 버스 정류장을 향해 걸어갔다. 실내에 있기에는 너무 화창한 봄 날이었다.

어머니는 없었다. 감긴 눈이 너무 편안해 보여서 어머니처럼 보이지 않았다. 아버지는 마치 꿈을 꾸고 있는 사람처럼 몽롱한 눈빛으로 응급실 구석에 쭈그려 앉아 있었다. 흰 시트가 덮이고, 어머니는 누군가에 의해 알 수 없는 곳으로 떠밀려 가고 있었다. 어머니를 쫓아가려는 나를 오빠가 막았다. 나는 길고 차가운 복도에 멈춰 서서 멀어져 가는 어머니의 주검을 바라보았다. 나는 조금 더 어머니를 위해 비린 생선을 굽고 싶었다. 이제는 어머니를 위해 생선을 손질하고 토막 내는 일은 절대 없을 것이다. 어쩌면 아주 오랫동안 비린 음식을 먹지 않을지도 모른다는 생각이 들었다.

기다리던 비자가 나왔다. 아버지는 드디어 인터뷰에 합격했다. 고모가 돈을 보내온 덕분이었다. 아버지는 떠나지 않았다. 아버지는 오빠에게 방이 네 칸쯤 되는 전셋집을 구해 보라고 했다.

우리는 다시 집으로 돌아갈 준비를 했다.

할머니의 평화

할머니의 빈소(殯所)는 정월 초하루 거리처럼 텅 비어 있다.

열린 현관문 안으로 단정히 놓인 구두와 운동화 몇 켤레가 보일 뿐, 문상객의 발길도 없고 곡소리도 들리지 않는다.

두건을 쓰고 검은색 양복 소매에 상장을 두른 오빠가 고개를 떨어뜨리고 앉아 있다가 발소리를 듣고 벌떡 일어선다.

진하게 풍기는 향 냄새가 아니었다면 나는 할머니가 돌아가셨다는 사실을 믿지 못했을 것 같다.

새언니가 밀어 놓고 간 소복을 집어 들고 조카들 방으로 들어가려다 홀긋 마루에 홀로 앉아 있는 아버지를 본다. 눈에 띄게 늘어난 흰머리와 듬성듬성 빠진 정수리 부분의 머리칼, 추레한 양복을 입은 아버지는 나이보다 10년은 더 늙어 보인다. 지난봄 할머니가 수술하던 날 아버지를 잠깐 뵌 뒤 오늘 친정에 도착해서도 나는 말없이 고개만 숙여 인사한다.

아버지는 무슨 생각을 하고 계실까? 아버지의 눈빛만으로는 속내를 짐작하기 어렵다. 아버지뿐 아니라 할머니를 알고 있는 누구라도 할머니의 죽음을 슬퍼하거나 서운해하지는 않을 것이다. 그것은 할머니의 나이가 올해로 아흔둘이기 때문만은 아니다. 죽음 앞에선 슬픔이라는 감정이 단지 나이의 많고 적음으로 조절될 수 있는 것이 아니다.

증손자까지 보았은께로 호상이다. 너무 상심 마라잉. 내일 아침 일찌감치 조상님께 인사드리고 첫 비행기로 올라가그라.

전화 수화기를 손에 쥔 채로 고개를 떨구자 곁에 있던 시어머니가 내 어깨를 다독거리며 위로했다. 놀랍게도 내 눈에서 눈물이 흘러내리고 있었다.

아침 일찍 차례를 지내고 동네에 있는 선산에 성묘한 후 서둘러 택시를 타고 공항으로 갔다. 남편이 탑승 수속을 하러 간 사이 나는 차가운 벽에 등을 기대고 서서 들척지근한 맛이 혀에 감기는 커피를 두 잔이나 마셨다. 서둘러 귀경하려는 사람들 틈에 끼여 비행기 트랩을 올랐고, 스튜어디스의 얼굴을 빤히 쳐다보며 누구보다도 열심히 비상용 구명 조끼 착용 방법 설명을 들었다. 기내 서비스로 나오는 음료수를 두 잔씩이나 마시고 조간신문까지 찬찬히 읽었다.

이륙하고 착륙하는 시간까지 모두 합해도 한 시간이 채 안 되는 비행 시간, 고속버스로 한나절이 걸려야 도착할 수 있던 거리를 잠깐 사이에 되돌아오고 나니 싱겁다는 생각마저 들었다. 비행기에서 내려 짐을 찾고 택시를 잡아 타는 동안에도 눈앞에는 할머니의 대살진 모습이 자꾸만 어른거렸다.

썩을 년, 내가 죽었다니까 속으로 박수를 치면서 한달음에 달려온 걸 내가 모를 줄 아냐? 친정에 도착하면 돌아가셨다는 할머니가 가늘게 눈을 치뜨고 서서 내 손목을 아프게 비틀 것만 같았다. 그럴 리 없어. 할머니는 돌아가셨어.

나는 외투만 벗고 입고 있던 옷 위에 흰 치마를 두르고 저고리를 꿰입은 후 살그머니 방문을 열고 밖으로 나온다. 아버지는 작은 상을 앞에 두고 소주를 마시고 있다. 잔을 비우고 젓가락으로 동태전을 집어 입으로 가져가려던 아버지가 나를 흘끔 쳐다보더니 아무 말 없이 고개를 돌린다. 발소리를 죽여 살금살금 새언니가 일하고 있는 부엌으로 간다.

아가씨, 추우니까 저고리 위에 내 스웨터 걸쳐 입어요.

밥솥에 쌀을 안치던 새언니가 젖은 손을 행주에 문지르고 내 손을 잡아끈다.

괜찮아요.

보일러를 꺼서 잘못하면 감기 걸려요.

한겨울에 보일러를 꺼놓은 데다 현관문까지 활짝 열어 놓아서 거실은 썰렁하다.

새언니가 서랍장을 열고 스웨터를 꺼낸다. 나는 스웨터를 받아 들고 망연히 방 안을 둘러본다. 네 식구가 누워 자기엔 그리

넉넉하지 않은 방. 손때 묻은 장롱과 구식 화장대와 서랍장, 밤이면 초침 소리가 유난히 시끄럽게 들리는 커다란 벽시계.

특별히 가구가 늘어나지도 않았는데 방은 전보다 훨씬 작아 보인다. 지방 출장이 잦은 오빠는 2, 3일이나 길게는 일주일가량 집을 비우곤 했다. 오빠가 출장을 가고 나면 새언니는 나를 불러 안방에서 함께 자자고 말했다. 아파트로 이사한 후 세 개의 방을 아홉 명의 식구들이 나눠 사용했다. 오빠와 새언니와 조카들이 안방을 쓰고 할머니와 인호가 건넌방을, 인경 언니와 인선 언니와 내가 작은방을 사용했다. 비좁은 공간에서 언니들과 몸을 맞대고 잠드는 일은 여간 고역이 아니었다. 안방은 다른 방에 비하면 넓고 통풍도 잘되는 편이었다. 여름이 되면 새언니는 창문은 활짝 열고 잠들기 전에 방문은 잠갔다.

습관이 되어서요…….

새언니는 혼잣말처럼 중얼거리고 조카들 옆에 모로 누웠다.

웬일인지, 작은방에서 잘 때보다 마음이 불안했다.

할머니는 한밤중에 안방 문을 두들겨 댔다. 문을 잠그고 자지 말라는 신호였다. 집이 좁고 식구가 많은 이유도 있었겠지만, 할머니는 인호와 함께 쓰는 방에서 자지 않고 꼭 안방 문 앞에 요를 깔았다.

언제부턴가 할머니는 틀니를 잘 간수하지 않고 머리맡에 두고 잤다. 나는 밤에 화장실에 가려고 나왔다가 할머니가 틀니를 넣어 둔 유리컵을 밟고 기겁한 적도 있었다.

182

나는 새언니의 스웨터를 입고 할머니의 영정을 모셔 놓은 방으로 건너간다.

느이 큰언니랑 형부는 오늘 새벽에 출발했다더라. 서너 시간은 지나야 도착할 게다. 고모는 내일 아침에나 서울에 닿는다고 해서 여기로 오실 것 없이 직접 장지(葬地)로 가시라고 했다. 내일 아침 일찍 출상(出喪)한다.

쭈그려 앉아 사진 속 쪽 찐 머리의 할머니를 보고 있는 나에게 오빠가 가라앉은 목소리로 말한다.

돌아가시는 날까지 자손들 고생시키는 어른은 우리 할머니밖에 없을…….

시끄럽다. 암말 마라.

오빠가 내 말을 자른다. 오빠 옆에 무릎을 꿇고 앉아 있던 인호는 다리가 저린지 벽에 등을 기대고 다리를 길게 편다. 간간이 아버지의 헛기침 소리가 들릴 뿐 사방은 조용하다 못해 적막하다.

민이랑 원이는 어디 갔어요?

조카들이 보이지 않아 집 안이 더욱 썰렁하게 느껴지는 건지도 모른다.

지 엄마 심부름 갔을 게다. 어제부터 민이, 원이가 심부름하느라 정신이 없다.

오빠의 얼굴에 언뜻 미소가 스친다.

언니들은요?

새 향에 불을 붙이려고 몸을 일으킨 오빠의 몸이 잠시 굳어진다.

이번엔 심상치 않다고 말을 했는데도 기어이 여행을 갔다. 할머니 복이 이것밖에 안 되는 걸 어쩌겠니. 삼우제 때나 산소에 가봐야지.

결혼하지 않은 두 언니들은 명절 때가 되면 가끔 여행을 갔다. 언니들도 나처럼 할머니가 돌아가실 거라고는 상상조차 못했을 것이다. 할머니는 건강했지만, 늘 어딘가 아프다면서 약을 지으러 병원에 가거나 침을 맞으러 작은아버지에게 갔다.

할머니가 어디 한두 번 그랬어야 믿든지 하지요.

나는 피식 웃음이 나오는 걸 재빨리 수습한다. 고모는 지금쯤 비행기 안에서 애태우고 있을 게 분명하다. 미국 하와이에서 인천까지는 한달음에 달려올 거리가 아니다. 고모는 서울에 자주 왔다. 번번이 할머니의 성화에 못 이겨, 혹시나 하는 생각에 조바심을 치며 왔다가 한바탕 눈물만 쏟고 돌아갔다. 다시는 할머니가 죽는다고 엄살을 부려도 오지 않겠노라고 단단히 벼르고 떠났지만, 할머니의 전화 한 통이면 다시 속절없이 비행기표를 예약하는 고모였다. 고모는 지난봄에도 할머니 때문에 친정에 왔다가 이틀 만에 돌아갔다. 다른 게 있었다면 이번에는 고모가 할머니가 입원해 있던 병실에서 하룻밤을 꼬박 새우고 부스스한 얼굴로 떠났다는 사실이다.

노인네는 당장 내일을 알 수 없는 거야. 지난봄에 수술하고 난 뒤부터 부쩍 약해지셨잖니? 돌아가시기 한 달 전부터는 식사도 제대로 못하고 바깥 걸음도 일절 못하시고. 느이 새언니는 그때부터 일 치를 준비를 하는 눈치더라.

시댁에 가기 전날 친정에 들렀을 때 새언니에게서 할머니가 앓고 있다는 얘기를 들었다. 나는 으레 그러려니 생각하고 할머니가 누워 있는 방문을 열지 않았다. 다른 때 같았으면 아파트 현관에 쭈그려 앉아서 누구보다 먼저 오가는 손님을 맞을 할머니였는데 현관문을 열고 들어가도 할머니의 얼굴이 보이지 않아 이상한 생각이 들었다.

저녁밥을 먹으려는데 방에서 가느다란 신음 소리가 들려왔다. 새언니와 오빠가 들어가라고 눈짓을 했지만 나는 선뜻 내키지 않아 한참을 머뭇거리고 있었다. 주머니에서 만 원짜리 지폐 한 장을 꺼내 들고 방문을 삐죽 열고 안을 들여다보았다. 고약한 냄새가 코를 찔렀다. 짧은 머리칼은 염색을 하지 않아서 시린 눈처럼 하얗고 틀니를 빼놓아 푹 꺼진 볼과 쪼글쪼글 말린 작은 입, 고랑처럼 깊이 팬 주름이 뒤덮인 얼굴, 무게를 느낄 수 없을 만큼 뼈만 앙상한 작은 몸은 낯설어서 할머니처럼 보이지 않았다. 할머니는 힘없이 팔을 들어 나를 불렀다. 평소라면, 뭘 그렇게 쳐다보고 섰어, 어서 썩 꺼지지 못해, 이년아! 하고 빽 소리를 질렀을 할머니가, 꺼져 들어가는 눈빛으로 나를 손짓했다. 나는 그 자리에 못 박힌 듯 한참을 서 있다가, 코를 싸쥐고 방 안으로 들어가 꾸깃꾸깃한 지폐를 축축하게 젖어 있는 할머니의 손바닥에 쥐여 주고 도망치듯 방에서 나와 버렸다.

인수놈은 살았는지 죽었는지. 싸가지 없는 놈!

오빠가 신음하듯 내뱉자 벽에 기댄 채 눈을 감고 있던 동생 인호가 양복 안주머니를 뒤져 담배를 꺼내 들고 밖으로 나간다. 일곱 형제 중 막내로 인호와 쌍둥이인 인수의 이름은 집안에 큰일이 생기거나 명절이 돌아오면 한 번씩 입에 올려질 뿐 평소에는 거의 잊혀진 존재나 다름없다.

우리 형제 모두 인수를 욕할 자격 없어요.

오빠는 아버지를 닮았다. 성격이 유별난 할머니에게 단 한 번도 모진 소리를 하지 않던 오빠는 아버지가 그랬던 것처럼 인수에게 벌컥벌컥 화를 내고 함부로 대했다.

나이가 스물여섯이면 장가를 가고도 남는다. 지금쯤 어디 쪽방에 처박혀서 내 원망을 하고 있을 거다. 그놈은 평생 그럴 놈이야.

오빠의 목소리가 노여움으로 부르르 떨린다.

그렇게 단정 지어서 말하지 마요. 인수를 그런 식으로 말하는 건 아버지나 할머니만으로도 충분하니까.

아버지의 잔기침 소리가 들려온다. 더 이상 아무 말 않겠다는 듯 오빠는 입을 다물고 눈까지 감아 버린다. 열린 현관문 안으로 들어오는 찬 바람만 썰렁하다.

새언니가 저녁 준비 다 됐다고 불러 느릿느릿 방을 나와 보니 아버지는 불콰해진 얼굴로 술상 앞에 앉은 채 꾸벅꾸벅 졸고 있다. 아버지를 깨울까 그냥 둘까 망설이다가, 겨울에 입기엔 너무 얇고 낡은 양복을 입은 아버지의 한쪽 팔을 흔든다. 놀라 눈을 뜬 아버지는 멍한 얼굴로 나를 쳐다보다가 천천히 일어나 무겁게 발걸음을 뗀다.

언제 이렇게 음식을 장만했어요?

식탁에는 쇠고기를 넣고 맵게 끓인 육개장과 전과 나물이 푸짐하게 차려져 있다. 새언니는 아버지의 밥 주발에 밥을 수북이 퍼 담는다.

설 쇠려고 장만한 건데…… 할머니가 마지막으로 드시고 떠날 음식이 됐네요.

새언니는 슬쩍 아버지의 눈치를 살핀다. 아버지는 고개를 들지 않고 어흠어흠 헛기침만 할 뿐 이렇다 저렇다 말이 없다.

아버지는 쫓기는 사람처럼 급히 밥 주발을 비운다. 새언니가 다시 채워 준 밥을 달게 먹고 자리에서 일어난 아버지는 어깨를 구부리고 헛기침을 하며 거실로 나간다.

이렇게 식사를 잘하시는 어른인데…… 세 끼 식사는 어떻게 챙기시는지. 아버지 입고 계신 양복 좀 봐라. 한여름 양복이다. 재혼하신 지 몇 년 만에 아주 할아버지가 되신 것 같다. 내가 그렇게 말려도 듣질 않으시더니. 좋은 조건 마다하시고 왜 사서 고생을 하시냔 말이다.

조용히 해요, 아버님 듣겠어요.

새언니가 오빠를 향해 눈을 흘긴다.

굽은 어깨와 축 처진 얼굴살, 듬성듬성 빠져나간 머리털, 계절에 걸맞지 않은 양복 모두가 아버지의 자신 없는 삶을 낱낱이 보여 주는 듯하다. 내가 아버지로부터 자유롭지 못해 괴로웠듯이 아버지 역시 할머니에게서 한 발자국도 벗어나지 못한 채 힘들게 살아오지는 않았을까? 아버지는 우리들에게 자상한 아버지가 아니었고, 할머니는 아버지에게 인자한 어머니가 아니었다. 할머니가 살아생전에 아버지에게 웃는 얼굴로 이야기하는 모습을 나는 한 번도 보지 못했다. 할머니는 얼음처럼 차갑고 냉정한 사람이었다.

아버지는 어머니가 뇌출혈로 쓰러진 것이 할머니 탓이라고 생각했다. 어린 인수를 지독히 미워한 이유도 인수를 낳고 어머니가 쓰러졌기 때문이다. 어머니는 영혼을 잃어버리고 병든 몸으로 20년을 살다 돌아가셨다. 할머니는 그런 어머니를 늘 처먹기만 하는 식충이라고 했다.

어머니는 어린아이였다. 나는 건강했던 어머니를 기억하지 못했다. 어머니는 지능이 떨어지고 구박만 받는, 다른 식구들이 남긴 밥을 먹고 낡아서 버리기에도 아깝지 않은 옷을 입는 존재였다. 더듬거리는 말 때문에 어머니는 가족들과 대화를 하지 못했다. 불편한 몸 때문에 바깥출입도 하지 못하고 가족들을 챙겨 주지 못하는 어머니는 오래된 장롱처럼 언제나 방 안에만 처박혀 있었다. 한집에서 살고 있지만 마음을 주고받지 못하는 어머니. 나는 자라면서 세상의 어머니들이 나의 어머니와 같지 않다는 사실을 알게 되었다. 밥을 짓고, 빨래를 하고, 자식들과 함께 얘기를 나누고, 거리를 돌아다니는 건강한 어머니들의 모습은 너무나 생소해서 부러움조차 느낄 수 없었다.

나는 한 번도 어머니가 할머니처럼 꾸미고 있는 모습을 보지 못했다. 어머니는 늘 아버지가 입던 해진 러닝과 팬티를 주워 입었고 시장통의 아줌마나 입는 통이 큰 바지를 대충 꿰입고 살았다.

할머니의 방에는 누렇게 색이 바랜 고리짝 두 개와 발가우리한 빛깔의 자개농이 있었다. 할머니는 하루에도 몇 차례씩 고리짝과 자개농을 열고 심심파적으로 옷을 꺼냈다가 다시 넣는 일을 소일로 삼았다. 누구라도 구경하는 것만은 군소리하지 않았지만, 손을 뻗어 만지작거리거나 할머니가 없는 틈을 타 방문을 열고 들어가서 기웃거리다 들키기라도 하면 그날은 하루 종일 집 안이 조용하지 못했다.

쌍둥이 동생들은 할머니가 그 속에 분명히 맛있는 과자나 사탕 따위를 숨겨 두고 아무도 없을 때 몰래 혼자 먹을 거라고 말했지만, 나는 단 한 번도 할머니가 그곳에서 과자나 사탕을 꺼내 먹는 걸 보지 못했다. 할머니가 옷가지를 모두 방바닥에 꺼내 놓고 다시 정성껏 개어 놓을 때도 먹을 것 따위는 없었다.

언젠가 방 안에서 음식이 썩는 고약한 냄새가 났을 때, 오빠와 새언니가 온 방 안을 발칵 뒤집어 놓은 다음에야 겨우 그 냄새의 정체를 알아낼 수 있었다. 다름 아닌 할머니의 고리짝 안

에서 썩어 문드러진 홍시 몇 개와 옷가지마다 들러붙은 엿가
락, 끈적끈적한 사탕 따위를 찾아내고 기겁한 일이 있는데 그
것은 10년도 훨씬 전의 일이었다.

할머니는 잠깐 동네 마실을 다녀올 때에도 정성 들여 옷을
차려입었다. 여름이면 집에서도 빳빳하게 풀을 먹인 삼베옷에
머리는 단정하게 쪽을 찌고 날씨와 기분에 따라 한복을 바꿔
입었다.

할머니는 돌아가시기 전까지 돋보기 없이 바늘귀에 실을 꿰
었고 젊은 사람처럼 귀도 밝았다. 팔순을 넘기고 아흔을 넘긴
나이에도 꼿꼿한 허리를 자랑으로 알았고 강파른 다리로 동네
노인정뿐 아니라 혼자 기차를 타고 고향에 다녀오기도 했다.
할머니의 근력은 식구들뿐만 아니라 주위 사람들도 혀를 내두
를 정도였다. 내가 좋아서 이러고 댕기는 중 아냐? 나는 이 속
에 천불이 든 사람이여. 한시라도 가만히 있으면 지레 죽을 것
같아서, 분을 삭이느라 돌아댕기는 줄이나 알아.

할머니는 누구에게랄 것도 없이 그렇게 말하고 집을 나가곤
했다. 할머니가 집 밖으로 돌아다니는 것을 말리는 사람은 아
무도 없었다. 할머니가 집에만 있으면 오히려 불안하고 왠지
모르게 불편한 것이 사실이었다. 문제는 며칠씩 집을 비운 할
머니가 돌아올 때마다 누군가의 험담을 달고 오는 거였다. 할
머니는 나와 인호를 앞에 두고 작은어머니와 작은아버지 험담
을 거침없이 해댔다. 내가 느이 작은집에서 몇 년을 식모살이

한 줄 아느냐? 작은어메가 직장 다닌다고 밖으로 싸돌아댕기니 내가 앉아서 빈둥거릴 수도 없지. 청소며 빨래에 밥까지 해 바치며 살았다. 진주란 년도 내가 다 키운 거나 다름없다. 그런 공도 모르고 싸가지 없는 년이. 이젠 지 서방이 돈 잘 번다 이거지. 그게 다 누구 덕분인데. 이 늙은 몸뗑이로 쎄 빠지게 일 해 줬더니 이제 와서 지년이 날 모시고 살았다고? 내가 한 번이라도 느그 작은어메란 년한테 밥을 얻어먹고서 이런 소리를 한다면 천벌을 받을 거다.

집 판 것을 시작으로, 벌인 사업마다 번번이 실패로 돌아가자 아버지는 봉천동 산동네에 방을 얻어 떠났다. 할머니는 고리짝과 자개농을 트럭에 싣고 작은집으로 갔다. 나와 언니들은 비워 둔 채 놀리고 있던 어느 집 창고에 들어가 살았다.

할머니는 언니들과 함께 머물고 있는 창고에 이따금씩 먹을 것을 싸 들고 찾아왔다. 이게 다 느이 잘난 아비 덕이다. 며칠 전에 느이 아비 사는 델 갔다 왔다. 을마나 굶었는지 밥을 해줬더니 입구녕이 터지도록 밥을 밀어 넣더라. 사지 육신 멀쩡한 사람이 뭘 못해서 입에 풀칠을 못하누. 듣기 싫으니까 제발 그만 하세요. 인경 언니가 볼 부은 얼굴로 말했다. 썩을 년, 그래도 지 아비라고 역성을 하고 자빠졌네. 너도 집구석에만 처박혀 있지 말고 나가서 돈벌이를 해, 이년아! 고등핵교까지 마친 년이 허구한 날 방구석에만 퍼질러 있지 말고.

할머니는 작은집이나 아버지의 사글셋방, 오빠의 신혼집과 우리가 살고 있는 창고를 오가며 소식을 전하는 전령이었다. 할머니가 물고 오는 소식들은 하나같이 어둡고 부정적인 말뿐이었지만, 어쨌든 그나마 할머니로 인해 가족들의 소식을 들을 수 있었다.

느이 작은아비 어미가 진주란 년을 신주 단지 위하듯 싸고도는데 증말 꼴같잖아서 보고 앉아 있을 수가 없더라. 지 새끼 안 이쁜 부모가 이 세상에 어디 있겄냐? 허나 새끼는 그렇게 키워선 안 되는 법이다. 진주 그년이 버르장머리 없는 것도 따지고 보면 다 즈이 아비 어미 탓이다. 그래서 고년이 그렇게 나한테 싸가지 없게 구는겨.

진주는 작은어머니가 나이 마흔을 넘겨 얻은 딸이다. 임신이 안 돼 아예 단념하고 여자 아이를 입양했는데 뜻밖에도 아이가 들어서고 순산해 딸을 낳았다.

할머니는 진주가 귀엽지 않아요? 내가 일부러 퉁겨 물으면 할머니는 목덜미까지 벌겋게 붉히며 대답했다. 할미를 지 발가락에 낀 때만치도 생각지 않는 년이 이쁘긴, 선영이란 년은 어떤 줄 아느냐? 내가 지 친할미가 아닌 걸 어떻게 알았는지 내 말이라면 귀퉁배기로도 듣는 시늉을 않더라.

나는 할머니가 늙지도 병들지도 않고 영원히 죽지도 않는 불사조일지 모른다고 생각했다. 어머니는 하루가 다르게 허리가 꺾여 땅을 바라보며 걷는데, 할머니의 허리는 너무도 꼿꼿했다. 할머니는 날씨가 조금 차가워진다 싶으면 정육점에 달려가

소 꼬리를 사다 고아 먹고, 감기만 걸려도 집 안을 떠들썩하게 만들었다.

어쩔 수 없이 할머니도 늙는구나 생각하게 된 것은 다시 가족들이 모여 살게 된 지 얼마 지나지 않아서였다. 어머니가 돌아가시자, 미국에 살고 있는 고모가 마련해 준 집에서 5년 만에 식구들이 모여 살게 되었다. 오빠가 가장이 되었고 아버지는 묵묵히 《깨어라!》, 《파수대》 따위의 여호와의 증인들이 보는 얇은 책자만 볼 따름이었다. 아버지는 전처럼 우리들에게 회관에 나가자고 강요하거나 윽박지르지는 않았지만 명절이나 어머니의 기일만 돌아오면 어김없이 오빠와 한바탕 난리를 치렀다.

할머니는 여전히 풀 먹인 옷을 입고 머리를 염색하고 마실을 다녔다. 아침에는 손자며느리보다 일찍 일어나서 미리 쌀을 안치고 잔소리를 해댔다. 할머니는 조금도 늙지 않는 것 같았다. 들어 주는 사람이 없어도 할머니는 끝도 없이 누군가의 험담이나 지나간 시절의 이야기를 늘어놓았다.

내가 열세 살 꽃다운 나이에 시집을 와서 그런 고생이 없었다. 시엄씨는 끼니때마다 밥그릇도 아닌 바가지에 찬밥 한 숟그락 달랑 덜어 주고, 나는 식구들 밥 먹는 동안 부뚜막에서 김치 쪼가리 하나로 허기진 뱃속을 채웠느니라. 징글징글한 시집살이였지. 시엄씨는 나를 종년처럼 부려 먹고 쌍둥이 시누이들은 늘 내가 일하는 곁에서 얼쩡거리고 있다가 행여 내가 잠시 쉬려는 눈치만 보여도 쪼르르 시엄씨한테 가서 일러바치는 여수짓을 했느니라. 서방이라는 작자는 일 년에 한 번 코빼기 보기도 힘드니 그게 무슨 남편이라고 할 수 있겠느냐? 느이 할아버지는 죽을 때까지 공부밖에 모르는 양반이었다. 그 당시 서울로 일본으로 돌아다니면서 공부를 했는데 집에 돌아와서도 책에만 코를 빠뜨리고 앉아서 나는 쳐다도 안 봤느니라. 그때 느이 아부지조차 없었더라면 그 지긋지긋한 시집살이 견디지 못했을 게다. 할아부지나 느이 아부지나 머리는 똑똑해서 공부 하나는 특출나게 했지만 그러면 뭐 한다더냐? 사람이란 우선 먹고 사는 게 최고지. 그러니까 이날 이때까지 우리 집안이 펴질 못하고 있는 줄이나 알아라. 느이 고모가 아니었으면 벌써 길거리로 나앉았을 거다. 그래도 고마운 줄을 모르고…….

나는 어느 날 우연히 할머니의 비밀 아닌 비밀을 알게 된 뒤, 할머니도 늙는구나 하는 생각에 묘한 안도감을 느꼈다. 할머니는 화장실에 들어갈 때면 언제나 문단속을 철저히 하는 버릇이 있었다. 할머니가 식사 후에 문을 걸어 잠그고 정성껏 양치질을 한다는 것은 나도 이미 알고 있었다. 하지만 그런 사소한 행동을 사춘기 소녀처럼 비밀스럽게 치르는 걸 뜨악하게 여기기는 했지만 그저 유별난 할머니의 성격 탓이려니 생각했다.

화장실 문이 삐죽 열려 있었다. 걸레질을 한 뒤 손을 씻으려고 화장실 문을 별 생각 없이 열었다가 너무 놀라고 당황해서 들고 있던 걸레를 욕실 바닥에 떨어뜨리고 말았다. 썩을 년! 뭘 그렇게 쳐다보고 서 있어? 어서 썩 꺼지지 못해? 할머니는 칫솔질하던 손을 번쩍 든 채 수치심으로 벌게진 얼굴을 부들부들 떨면서 악을 썼고, 나는 얼이 나간 얼굴로 뒷걸음질 쳤다.

또 무슨 일이 있느냐는 듯한 눈빛으로 바라보는 새언니에게 손사래를 치며 식탁 의자에 걸터앉아 그제야 터져 나오는 웃음을 손등으로 틀어막았다. 평소처럼 정갈한 치마와 저고리를 입고 머리까지 단정히 쪽 찌고 있었지만 할머니의 얼굴은 마귀할멈처럼 보였다. 세면대 거울에 비친 할머니의 입은 어두운 동굴 속처럼 음산하고 괴기스러웠다.

젊은 사람처럼 고른 치아를 자랑하던 할머니는 지금까지 우리를 감쪽같이 속여 왔던 것이다. 쪼글쪼글 안으로 말려 들어간 입술을 달싹거리면서 할머니는 부지런히 칫솔질을 하고 있었다. 할머니는 흰 치아가 고르게 붙은 작은 물건을 치약이 묻은 칫솔로 정성껏 닦고 있었다. 할머니가 앞뒤로 구석구석 닦고 있던 수상쩍은 물건은 다름 아닌 틀니였다.

인경 언니와 형부는 파김치처럼 축 늘어져 집에 도착했다. 조카 미영은 잠이 덜 깬 얼굴로 칭얼거리고, 형부는 열네 시간이 걸렸다는 말을 서너 번씩이나 반복하고 나서야 아버지에게 꾸벅 인사를 한다.

고생했네.

오빠가 형부의 등을 토닥토닥 두드리며 말한다.

할머니께 인사드려야지. 미영 엄마도 어서 옷 갈아입고 할머니께 인사드려라.

인경 언니는 미영을 안은 새언니를 좇아 안방으로 건너가면서 내게 손짓한다.

너도 일로 들어와!

나는 끈이 느슨해져서 자꾸만 밑으로 내려와 발에 밟히는 흰 치마를 끌어올리며 방으로 들어간다.

세상에, 천년만년 살 것 같던 양반이…….

인경 언니는 새언니가 내민 소복을 앞에 두고 길게 한숨을 내쉰다.

어서 옷이나 갈아입어요. 미영이는 애들 방에다 재울게요.

미영이 눈을 뜨고 방 안을 두리번거린다. 새언니는 미영의 작은 엉덩이를 토닥거리며 빙긋 웃는다.

미영이 깼어? 외숙모야. 미영이 오빠들이랑 놀래?

미영은 제 엄마와 외숙모를 둘레둘레 쳐다보다가 고개를 끄덕인다.

나, 이 옷 안 입어요.

인경 언니는 굳은 얼굴로 소복을 밀어 놓는다.

왜요?

새언니가 놀란 얼굴로 묻는다.

언니도 알잖아요. 나는 엄마가 돌아가셨을 때도 이 옷 안 입었잖아요.

아버님 때문에요?

아버지 때문만은 아니에요. 그냥 내 마음이 그래요.

새언니는 근심에 찬 얼굴로 방바닥에 펼쳐 놓은 소복을 만지작거린다.

아버님도 전 같지 않으세요. 옛날 같았으면 흰옷을 입네, 절을 하네, 한바탕 소란이 벌어지고도 남았을 텐데 일절 말씀도 없으시고, 오빠한테 그저 니가 알아서 해라, 그러셨어요.

그랬어요? 이제 그럴 기운조차 없어졌나 보네요.

그러니까 어서 갈아입어요.

새언니가 재촉한다.

……그래도 안 입을래요. 내가 여호와의 증인은 아니지만 마음이 안 내켜요. 그리고 이런 옷쯤 안 입는다고 무슨 큰 잘못을 저지르는 것도 아니잖아요.

새언니는 길게 한숨을 내쉬고 방을 나간다.

안 입는 게 잘못이 아니라면 입는다고 나쁠 것도 없잖아. 사소한 걸로 부딪치는 거, 언니는 지겹지도 않아?

나는 벌떡 일어나 눈을 치뜬 채 소리치고 밖으로 나와 방문을 쿵 닫는다.

인경 언니는 가끔 종교 문제로 형부와 다툼을 벌였다. 교회나 성당은 말리지 않겠지만 여호와의 증인만큼은 절대 안 된다는 형부에게 언니는 누구에게나 종교를 선택할 자유는 있는 거라고 맞섰다. 인경 언니는 독실한 신자가 아니었다. 여호와의 증인 자매들이 찾아와서 새로 나온 《파수대》나 《깨어라!》를 가져다주면 답례로 함께 점심을 먹고 수다를 떠는 정도였다.

인경 언니의 말대로 우리 형제에게는 종교의 자유가 없었다. 언니는 지금도 그토록 지긋지긋해하던 아버지의 종교에서 자유롭지 못했다. 강압적으로 내몰렸을 때는 달아나고 싶었지만 이제 손을 뻗어 강제하는 아버지가 곁에 없자 갑자기 허전하고 불안한지도 모른다.

문소리가 지나치게 컸다고 생각했는데 아무런 반응이 없다. 나는 아버지를 흘긋 본다. 아버지는 겨드랑이에 두 손을 끼고 앉아 두 눈을 감은 채 미동도 않는다. 나는 작은 상에 맥주 두 병과 안주를 챙겨서 아버지 앞에 슬쩍 밀어 놓는다.

소주를 다오.

아버지는 여전히 눈을 감은 채 말한다.

아버님은 맥주 안 드시잖아요, 아가씨.

새언니가 소주 한 병을 상 위에 올려놓고 맥주병을 다시 가져간다.

쟤가 미영이냐?

원이의 로봇 필통을 들고 방에서 나오는 미영을 보고 아버지가 묻는다.

미영아, 할아버지께 인사해야지.

나는 미영을 손짓해 부른다. 아이는 인사할 생각도 않고 그 자리에 멈춰 선 채로 아버지를 바라본다.

할아부지, 술 먹었어?

멀뚱멀뚱 서 있던 아이는 이윽고 내게로 걸어와서 작은 목소리로 묻는다.

으응, 할아버지 슬퍼서 술 드시는 거야.

나는 미영의 자그마한 어깨를 토닥거리며 전혀 슬프지 않은 목소리로 말한다.

아버지는 고개를 돌리고 말없이 술잔에 가득 소주를 채운다.

이모, 할머니 죽었어?

아이는 겁에 질린 목소리로 묻는다.

할머니가 아니라 증조할머니, 미영이의 엄마의 할머니가 돌아가신 거야.

나도 알아. 이모도 우리 엄마처럼 엄마가 없지?

아이는 내 품을 벗어나서 민이와 원이의 방으로 달려간다.

많이 컸구나.

나는 슬쩍 일어나 작은방으로 건너간다.

상장을 두르고 두건을 쓴 형부는 어깨를 구부리고 앉아 있고 언니는 할머니의 영정 앞에 퍼질러 앉아 목을 놓아 운다.

살아생전 자식들이나 손주들한테 조금만 따뜻했더라면…….우리 할머니처럼 스스로 복을 차버린 양반은 세상에 둘도 없을 거야.

인경 언니는 눈물을 닦고 코를 푼 뒤 울먹인다.

왜 쓸데없는 말을 하느냐? 돌아가신 분 험담은 입에 담는 거 아니다.

오빠가 나무란다.

누구나 죽고 나면 그만인데, 노인네가 뭐 하러 아등바등 침은 맞으러 다니느냔 말이야.

시끄럽데도. 우리도 잘해 드린 것 없다.

더 이상 어떻게 해드려야 잘하는 거유? 손자며느리가 팔 년씩이나 모시고 살았으면 됐지. 더구나 할머니가 보통 노인네였우? 노인네 열 명을 모시고 살아도 우리 할머니 한 분 모시고 사는 것보다는 덜 힘들다고 할 텐데.

인경 언니는 힐끔 밖을 내다본다.

니가 모시고 살지 않았으니까 잔말 마라.

오빠는 통명스럽게 말하고 밖으로 나간다.

뭐 우리는 편하게만 살았우?

인경 언니가 오빠를 따라 밖으로 나가면서 볼 부은 목소리로 대꾸한다.

언니가 식탁 의자에 앉아 미영을 부른다. 형부가 민이, 원이 방으로 가서 미영을 데려와 의자에 앉힌다.

언니, 작은아버지한테 연락은 했어요?

그럼 안 했겠어요? 오빠는 할머니 돌아가셔도 연락 안 하겠다고 큰소리쳤었지만, 막상 일 닥치고 나니까 아버지하고 작은아버지께 제일 먼저 연락드리던데요.

언제 오신대요?

내일 장지로 직접 오신댔어요. 고모님도요.

언니는 더 이상 아무 말 않고 밥을 먹는다. 할머니와 가장 마찰이 많았던 사람은 인경 언니였다. 할머니는 서른두 살까지 결혼을 하지 않았던 인경 언니가 못마땅해 얼굴을 마주치기만 하면 잔소리를 했다.

자정이 지나서 친척 몇이 문상을 온다. 마루에 교자상을 펴고 술상을 차렸지만 그네들은 아버지와 형식적인 인사 몇 마디를 나눈 뒤 훌훌 자리를 털고 일어난다. 다시 썰렁해진 마루에서 아버지 혼자 술을 마신다.

문상을 다녀간 친척들은 아버지에게는 마주하기 싫은 채권자일 뿐이다. 아버지는 이름 석 자만 알고 있는 사이라도 돈을 빌렸고 번번이 갚지 못했다. 가까운 사이일수록 빌린 돈의 액수가 컸기 때문에 우리들은 명절이나 혼사가 있어도 외삼촌이나 이모, 작은아버지를 찾아가지 못했다. 가깝거나 먼 친인척들을 만날 기회는 누군가의 죽음이 있지 않고는 드물었다. 그네들이 냉정한 까닭은 아버지가 빚을 갚을 능력이 전혀 없다는 사실을 알기 때문이었다.

할머니가 아버지와 작은아버지 사이에 끼여 이쪽저쪽을 오가며 싫은 소리를 한 것도 따지고 보면 결코 작지 않은 채무 관계 때문이었다. 할머니는 넉넉한 형편임에도 형이 빌려 간 돈 때문에 발길을 끊은 작은아들이 야속하고, 자수성가해서 자리 잡은 동생의 알토란 같은 재산을 빌려 가서 이자 한 푼 주지 못하는 무능하고 게으른 큰아들이 못마땅했다. 작은아들네 살 때는 큰아들네가 미덥지 못해 기웃거리고 큰아들네에 몸을 붙이고 있을 때는 싫은 소리를 입에 달고 다니면서 작은아들네를 드나들었다.

할머니는 손자에게 몸을 의탁하고 사는 것이 마음 편한 눈치였다. 자식이건 손자건 모두 못마땅해하면서도 오직 오빠만은 끔찍이 위하는 것도 어딜 가나 천덕꾸러기인 자신의 처지를 알고 있기 때문이었다. 나는 오빠가 우리들처럼 드러내 놓고 할머니를 못마땅해하거나 큰소리치는 걸 보지 못했다. 그건 새언니도 마찬가지였다. 할머니가 손자와 함께 살면서도 큰소리를 칠 수 있었던 건 고모 때문이었다. 미국에 살고 있는 고모는 이제 아버지에게 돈을 보내지 않고 할머니를 모시고 사는 오빠에게 생활비를 보내고 작은 아파트를 사주었다.

오빠와 새언니는 할머니를 마치 어린아이나 위험한 물건을 대하듯 살살 어르고 조심스럽게 대했다. 그런 오빠가 불같이 화를 내고 식탁 위에 놓인 반찬 그릇들을 모조리 내동댕이친 일이 있었다. 올봄의 일이었다.

새언니의 전화를 받고 나는 토요일 오후에 할머니가 입원한 병원으로 문병을 갔다. 작은아버지를 찾아가서 부항(附缸)을 뜨고 온 할머니가 이튿날 부항 뜬 자리가 가렵고 아프다고 해서 새언니는 물파스를 발라 드렸다고 했다. 물파스만으로 가려움증이 가라앉지 않자 할머니는 약국에 가서 약을 사다 먹고 연고도 발랐다. 이번에는 부항 뜬 자리가 가려움증에서 통증으로 변했고 기어이 짓무르기까지 해서 결국 입원했다는 것이다.

엘리베이터에서 내려 병실을 찾아 두리번거리는데 남편이 먼저 오빠를 발견하고 나를 손짓해 불렀다. 복도를 등지고 서서 담배를 피우고 있던 오빠가 뒤돌아 우리를 쳐다보았다. 오빠의 얼굴은 수척해 보였다. 중키에 실그러진 어깨, 광대뼈가 툭 불거진 얼굴, 꺼칠한 피부, 세상살이에 달관한 듯 체념한 눈빛, 어깨에 걸머진 짐 때문에 앞으로 한 걸음도 움직일 수 없는 피곤한 얼굴이었다.

고생이 많으신데 도움도 못 드리고, 죄송합니다, 형님!

남편이 오빠의 손을 쥐고 흔들었다.

고생은 무슨…… 오느라 힘들었겠네. 병실에 언니 있다. 들어가 봐라, 인주야.

나는 손잡이를 돌려 문을 열었다. 반찬 냄새가 코를 찔렀다. 방금 식사를 마쳤는지, 환자의 보호자인 듯한 사내가 식기를 챙겨 들고 일어났다. 세 개씩 마주 보고 있는 병상은 구석진 자리만 비어 있고 다른 침대에는 모두 환자들이 앉거나 누워 있었다.

새언니는 겨울 스웨터를 입고 보호자용 의자에 앉아 있었다.

어서 와요, 막내 아가씨.

새언니는 피곤한 얼굴로 내 손을 잡았다. 할머니는 좀 어때요?

주무세요.

　푸른색 세로 줄무늬가 있는 환자용 바지를 입은 할머니는 젖
가슴을 환히 내놓은 채 두 팔을 벌리고 가르랑가르랑 코를 골
며 잠들어 있었다. 축 늘어진 젖가슴 아래로 마치 뜨거운 국물
을 쏟아 놓은 것처럼 고름이 잡힌 상처가 번져 있었다.
　팔과 어깨에도 상처가 어지럽게 짓물러 있었다. 텅 빈 입을
반쯤 벌리고 규칙적으로 숨을 내쉬고 있는 할머니의 쪼글쪼글
한 몸은 무게가 느껴지지 않을 듯 작고 앙상했다.
　밤에 뭘 하시고 낮에 주무신데요?
　짧게 잘린 할머니의 흰머리가 낯설고 어색하게 느껴졌다. 젖
가슴을 무방비 상태로 풀어헤치고, 어두운 동굴 속 같은 입을
크게 벌리고 코까지 골며 자고 있는 흰머리의 노인이 할머니라
는 게 믿어지지 않았다.
　낮잠이라곤 주무시지 않더니 입원하고부터는 낮에 주무시고
밤에 잠이 안 온다고 야단이세요.
　할머니는 잠결에 입을 옴죽거리며 입맛을 다셨다. 나는 발치
에 뭉쳐 있는 하늘색 담요를 끌어당겨 할머니의 몸을 덮어 주
었다.
　덮어 드리면 다시 밀쳐 버려요. 속에서 천불이 난다고 옷까
지 벗으셨잖아요.
　할머니의 맞은편 병상에 누워 있는 노인은 손자인 듯한 사내
가 깎아 주는 사과를 받아 들고 조금씩 베어 먹고 있었고, 왼쪽
침대에는 엉덩이 밑에 산모용 패드를 깔고 누운 중년 여자가

남편인 듯한 사내와 두런두런 얘기하고 있었다.

엊저녁에 이 병실에서 초상이 났어요. 일흔이 넘은 노인이니까 호상이죠. 근데 할머니가 뭐라고 하시는 줄 알아요? 재수 없다고 병실을 바꿔 달래요.

할머니가 끙 소리를 내며 몸을 뒤척였다.

할머니, 막내 아가씨 왔어요. 그만 일어나세요.

할머니는 누런 눈곱이 낀 작은 눈을 부스스 떴다.

아이구우, 인주야. 할미가 이제 다 죽게 생겼다.

할머니는 뼈만 앙상한 팔을 뻗어 내 손을 잡고서 몸을 일으켰다.

아가씨가 주스 사왔는데 드릴까요, 할머니?

할머니는 내 손을 놓고 팔을 휘휘 내저었다.

뭐 하러 그런 걸 사와, 나는 시방 암것도 못 먹는데. 다음번에는 그냥 돈으로 가져와.

빈 컵에 주스를 따르려던 새언니는 민망스러운 얼굴로 주스병을 내려놓았다. 나는 환자복 밑으로 드러난 할머니의 작은 발가락을 쏘아보다가 지폐 두 장을 꺼내 할머니의 손에 쥐여주고 새언니와 함께 병실을 나왔다.

오빠는 필터까지 타 들어간 담배를 입에 물고 남편과 얘기하고 있었다. 나는 커피 자동판매기가 있는 쪽으로 걸어갔다. 새언니는 회색 벽을 따라 붙어 있는 파란색 플라스틱 의자에 몸을 웅크리고 앉았다.

추워요?

동전을 넣고 뽑아낸 종이컵에 담긴 커피를 건네면서 내가 물었다.

스팀이 나오는데도 밤에는 추워요.

새언니는 미적지근한 커피를 후루룩 마시고 보풀이 잔뜩 일어난 스웨터를 손가락으로 잡아당기며 말했다.

치료를 받으면 괜찮아진대요?

수술을 해야 한대요. 썩은 곳을 절단해야지, 안 그러면 생명에 지장이 있대요. 의사 말로는 할머니 연세가 워낙 많으니까 그게 걱정이라고 하는데…….

수술은 언제 하는데요?

당분간은 약물 치료를 하면서 경과를 봐야 하나 봐요. 수술 전에 몇 가지 검사도 받아야 하고. 아흔둘 된 노인이라니까 아무도 안 믿어요.

작은아버지한테 연락했어요?

작은아버님 얘기는 꺼내지도 마요.

왜요?

입원을 하든 수술을 받든 상관없다면서 다시는 작은댁으로 보내지 말라고 오빠한테 소리를 지르는데…… 기가 콱 막혀서……. 언제 우리가 할머니를 작은댁으로 보냈어요? 그렇게 가시지 말라고 사정해도 할머니 고집을 누가 꺾어요?

기미가 잔뜩 낀 푸석푸석한 얼굴을 손바닥으로 쓸어내리며 새언니가 한숨을 내쉬었다.

오빠는 할머니가 돌아가신대도 작은아버지께 연락 안 한다고 단단히 벼르고 있어요.

화장기 하나 없이 까칠한 얼굴에 무릎이 툭 튀어나온 바지와 보풀이 인 스웨터를 입고 어깨를 웅크리고 앉아 있는 새언니가 청승맞아 보여 나는 목이 잠겼다.

어제 낮에 아버님이 다녀가셨어요. 새어머니가 많이 편찮으신가 봐요. 아버님 입성이 말씀이 아니더라고요. 다림질도 안 해서 꾸깃꾸깃하고 더러운 와이셔츠에 양복이며 구두는 생전 손질도 안 하고 입고 다니시는 것 같아요. 아버님 생각만 하면 속이 상해 죽겠어요.

나는 빈 종이컵을 손가락으로 꾹꾹 눌러 납작하게 만들면서 새언니의 애기를 들었다.

갑자기 병실 문이 열리고 누군가 소리쳤다.

아줌마, 빨리 좀 들어와 보세요, 어서!

새언니와 나는 동시에 의자에서 일어났다. 우리보다 한 발 먼저 오빠가 황급히 병실로 들어갔다.

세상에, 할머니!

나는 코를 싸쥐고 절망적으로 외쳤다. 병실에 있던 환자와 보호자들이 일제히 코와 입을 틀어막고 찡그린 얼굴로 우리들을 향해 눈을 치떴다. 정작 비스듬히 몸을 일으키고 앉은 할머니의 눈동자는 태연하기 그지없었다.

대변을 보고 싶으시면 말씀을 하시지 어쩌자고…….

오빠가 서둘러 환자용 바지를 벗겨 내고 두루마리 화장지를 뜯어내 오물이 묻은 할머니의 아랫도리를 닦아 냈다. 할머니는 부끄러움도 모르고 젖버듬히 기대앉아 오빠가 하는 대로 몸을 내맡겼다. 올케는 젖은 수건을 가져다 할머니의 엉덩이를 찬찬히 닦아 낸 뒤 더러워진 바지와 침대 시트를 뭉쳐 가지고 밖으로 나갔다.

나는 병실 문을 활짝 열어젖뜨리고 새언니를 쫓아 화장실로 갔다.

할머니 혹시 노망나신 거 아니에요?

수도꼭지를 틀어 놓고 더러워진 바지를 빨고 있던 새언니가 손을 멈추고 고개를 들었다.

아닐 거예요. 할머니 목소리를 들어 봐요. 전하고 똑같아요. 편찮은 분이 독이 잔뜩 올라 있다고요. 내 생각에는 아무래도 할머니가 일부러 저러시는 것 같아요.

새언니는 바라보기만 해도 구역질이 치미는 오물투성이 시트를 고무장갑도 끼지 않은 손으로 빨았다.

언니가 꼼짝 못하고 지키고 있어야겠네요.

이 정도는 아무것도 아니에요. 아가씨도 할머니 성격 잘 알잖아요. 조금만 편찮으셔도 식구들 잠 못 자게 하시는데, 우리들이야 뭐 그러려니 하지만 생판 모르는 남들이 어디 그냥 잠 자코 참으려고 하겠어요?

새언니는 오물을 털어 낸 바지에 비누질을 했다.

또 무슨 일이 있었어요?

말도 마세요. 글쎄 한밤중에 일어나셔서 아파 죽겠다고 울고 소리 지르고, 사람이 아파서 죽어 가는데 잠만 퍼져 잔다면서 난리도 그런 난리가 없었어요. 의사가 병실을 독실로 옮기라는 걸 오빠가 사정사정해서 그대로 있게는 했는데 옆의 환자들 때문에 마음이 안 놓여요. 그 뒤론 밤에 수면제를 놓아요. 할머니 몰래요.

조금만 몸이 불편해도 한밤중에 두억시니 같은 얼굴로 마루에 버티고 앉아서 갖은 욕설과 악담을 끝없이 늘어놓던 할머니의 모습이 떠올랐다.

나는 어쩔 수 없이 새언니와 번갈아 병실을 지키기로 했다. 할머니 곁에서 밤을 새우는 일이 그다지 마음에 내키지는 않았지만, 새언니가 하루 종일 병원에만 매달려 있자면 집안일을 하나도 할 수 없을 게 뻔했다. 병원에서 밤을 지새우고 집에 돌아가는 날에는 하루 종일 집안일도 미뤄 놓고 곯아떨어지기 일쑤였다.

나는 틈만 나면 할머니에게 화장실에 가고 싶은지 물었다. 내가 용변만은 반드시 화장실에 가서 봐야 한다고 신칙(申飭)하면 할머니는 샐쭉 돌아앉아 내가 그런 것도 모르는 늙은이냐는 표정을 하고 대꾸조차 하지 않았다. 밤마다 억지로 나를 따라 화장실에 다녀오던 할머니가 그날은 자청해서 소변을 보고 잠자리에 들었고 가르랑가르랑 낮게 코까지 골며 잠이 들었다. 나는 할머니가 잠든 걸 확인하곤 주사기를 들고 온 간호사를 그냥 돌려보냈다. 병실에 불이 꺼지고 환자뿐 아니라 보호자들도 보조 의자에 쭈그리고 누워 깊은 잠이 들었다. 병실에는 예닐곱 사람이 뿜어내는 숨소리와 간간이 밭은기침 소리만 들릴 뿐 사방이 고자누룩한 적막에 휩싸여 있었다.

나는 살그머니 문을 열고 밖으로 나왔다. 아무리 피곤해도 비좁은 보호자용 침대에 누우면 잠이 오지 않았다. 점퍼 주머니에 손을 찔러 넣고 싸늘한 복도를 걸어 나왔다. 층계 맞은편의 간호사들이 근무하는 곳에만 불이 환하게 밝혀져 있을 뿐 복도도 어둑어둑했다.

내가 뚜벅뚜벅 발소리를 내며 다가가자 앳된 얼굴의 간호사가 재빨리 텔레비전 볼륨을 낮추고 무슨 일이 있느냐고 물었다. 나이가 들어 보이는 다른 간호사는 과자를 주워 먹으며 화면에 눈을 박고 있었다. 나이 어려 보이는 간호사에게 고개를 숙여 인사를 하고 말없이 그 자리를 지나쳐 갔다. 쫓기듯 지나가는 등 뒤로 까르르 두 여자의 웃음이 쏟아졌다. 걸음을 멈추고 뒤돌아보았다. 두 여자의 뒤통수가 보였다. 텔레비전 화면에 낯익은 개그맨의 얼굴이 보였다. 그녀들은 시들부들한 얼굴로 대살진 할머니의 몸에 주삿바늘을 꽂던 간호사처럼 보이지 않았다.

화장실 천장에 매달린 형광등이 몇 차례 끄먹거리다가 환하게 켜졌다. 변기 손잡이를 내리자 거침없이 물이 솟구쳤다. 피곤과 짜증, 알 수 없는 적의로 뒤범벅된, 나이조차 가늠하기 힘든 얼굴이 세면대 앞에 붙은 거울 속에 적나라하게 드러나 보였다. 수도꼭지를 비틀어 흘러내리는 차가운 물에 손과 얼굴을 찬찬히 씻었다. 등줄기까지 선득선득해지면서 하르르 풀려 있던 의식의 줄기들이 화들짝 깨어나는 듯했다. 수도꼭지를 잠그려고 뻗었던 손이 굳은 듯 멈추었다. 어디선가 퉁탕거리는 발소리가 어지럽게 들려오고 이어 여자의 날카로운 비명이 침묵 속에 싸여 있던 어둠을 깨뜨렸다. 나는 흐르는 물을 잠그지도 않고 굳은 듯 그 자리에 못 박혀 있었다.

……이 썩을 년들, 다리몽댕이를 부러뜨려도 시원찮을 나쁜 년들아!

찢어지는 듯한 목소리가 쩌렁쩌렁 울렸다. 분명 할머니의 고함 소리였다.

왜 이러세요, 이것 좀 놓고 말씀하세요.

겁에 질린 여자의 목소리.

얼굴과 목덜미에서 뚝뚝 떨어져 내리는 게 물방울이 아니라 진땀같이 느껴졌다. 수도꼭지를 잠그고 진동한동 서둘러 나오다 미끄러져 바닥에 주저앉고 말았다.

못 놓는다, 죽어도 못 놔, 이년아! 내가 니년들을 가만 놔둘 성싶으냐?

간호사의 손목을 움켜쥔 할머니는 눈을 시퍼렇게 치뜨고 감때사납게 날뛰고 있었다.

제발 이 손 좀 놓으란 말이에요. 대체 내가 뭘 잘못했다고 이러시는 거예요?

할머니에게 붙잡혀 참새처럼 바동대는 여자는 조금 전 텔레비전을 보며 활짝 웃던 바로 그 간호사였다. 놀라움과 두려움으로 푸들푸들 몸을 떨고 있는 간호사 곁에선 고참 간호사 역시 발만 동동 구를 뿐 어찌할 바를 모르긴 마찬가지였다.

니년들이 밤마다 나 죽으라고 주사 놓는 거 다 안다. 어서 바른대로 말해라. 누가 시켰느냐? 내가 죽으면 니년들이 책임질 테냐? 의사놈은 어디 갔어? 살겠다고 병원에 왔지 생사람 죽이라고 돈 쳐들여서 입원했다더냐? 이 잡아먹어도 시원찮을 년놈들아!

갑자기 벌어진 소란으로 잠이 깬 환자와 보호자들은 실내화를 끌며 밖으로 나와 호기심과 짜증이 뒤섞인 얼굴로 말릴 생각도 않고 빙 둘러서서 구경을 하고 있었다. 문둥병을 앓는 사람처럼 고약하게 짓물러 터진 몸을 훈장처럼 내놓은 할머니는 구경꾼이 모이자 더 크게 고함을 질렀다.

그런 게 아니에요. 할머니, 그런 게 아니래도요.

간호사는 울먹였다.

뭣이 아녀?

할머니는 악귀처럼 잡고 늘어진 가느다란 간호사의 손목을 씨근벌떡거리며 무서운 힘으로 잡아 비틀어 댔다.

제발…… 사, 살려 주세요.

간호사는 파르르 경련을 일으키며 몸을 떨었다.

나는 독기를 입 안 가득 물고 맹수가 먹이를 채듯 간호사의 손목을 비틀고 있는 할머니의 강파른 팔뚝을 힘껏 잡아당겼다. 사람들의 시선이 일제히 나에게 날아와 박혔다. 할머니는 기운차게 나를 밀쳐 내고 악에 받친 얼굴로 간호사의 머리채를 낚아챘다. 그때 어지러운 발소리를 내며 흰 가운을 입은 남자 두 명이 층계를 올라왔다.

두 남자에 의해 병실로 옮겨져 진정제를 맞은 할머니는 경기를 끝낸 프로 레슬러처럼 가쁜 숨을 몰아쉬며 곧 잠이 들었다. 의사는 할머니의 머리맡에 고개를 숙인 채 서 있는 내게 무슨 말인가 하려다 그만두고, 피로와 짜증이 뒤엉킨 얼굴로 하품을 쩍쩍 해대며 빈 주사기를 들고 병실을 나가 버렸다.

저러다 자손들 여럿 다치지 않을까 몰라. 살 만큼 살았으면 곱게 떠나 주는 것도 큰 부조건만…… 아무래도 길게 속 썩일 노인네 같아.

할머니 맞은편에 누운 노인이 길게 혀를 찼다. 사람들은 쉽게 잠들지 못하는 눈치였다. 두런두런 이야기 소리와 혼자 구시렁거리는 말소리가 어둠 속에서 끊어질 듯 다시 이어졌다.

할머니는 간밤에 무슨 일이 있었냐는 듯 천연덕스럽게 아침밥을 먹었다. 내가 아침밥을 먹는 동안 할머니 옆자리에 있는 중년 여자는 지난밤에 있었던 사건을 실제보다 더 생생하게 새언니에게 중계방송했다. 새언니를 향해 동정과 힐난의 눈빛을 동시에 던지며 장황하게 마지막까지 설명을 마친 여자가 이렇게 말했다.

웬만하면 독실로 옮기지 그래요?

아침 일찍 회진을 온 담당 의사는 입원실을 옮기라는 말은 하지 않았다.

이건 의사로서도 정말 믿기지 않는 일입니다. 새언니와 나는 동시에 의사를 쳐다보았다.

피부가 외부에서 침투된 이물질로 인해 손상됐다 뿐이지, 간이나 심장, 폐, 호흡기까지 완벽한 상탭니다. 워낙 고령의 노인이라 걱정했는데, 예정대로 수술합시다.

의사는 할머니의 윗옷을 들치고 짓무른 상처를 손으로 짚으면서 말했다.

그럼 언제쯤…….

새언니가 물었다.

수술할 환자가 많이 밀려 있긴 한데, 일단 이번 주 금요일로 스케줄을 잡도록 하죠. 퇴원하는 날까지 다른 환자들에게 피해가 가지 않도록 아주머니가 특별히 신경 좀 써주셔야겠습니다. 입원실을 옮기고 싶어도 지금은 빈 곳이 하나도 없으니까요.

어디 불편한 데 없으시죠? 담당 의사는 할머니에게 한마디 물은 뒤 다른 환자에게 갔다.

내가 엊저녁에 한소리 했더니 그것들이 똥줄이 타서 수술을

214

해준다고 하는 거여. 진즉에 그럴 것이지 빌어 처먹을 것들이 요롱게 사람을 골탕 먹이고 지랄이여.

할머니는 밑으로 축 처진 젖가슴을 한쪽 손으로 받쳐 들고 짓물러 터진 상처에 침을 듬뿍 바르고 조심스럽게 긁으며 해죽 웃었다.

나는 새언니를 남겨 두고 병원을 빠져나왔다. 밤을 꼬박 새우고 난 뒤라 자꾸만 눈꺼풀이 내려앉고 오슬오슬 한기도 느껴졌다. 걸어가면서도 눈앞에 할머니의 황폐한 몸과 고함 소리와 비명 소리가 밟히는 것 같았다. 사실 할머니의 병상을 지키려고 마음먹었던 이유는 이번이 마지막일지도 모른다는 생각이 들었기 때문이었다. 자신감이 넘쳐 보이던 의사의 말대로라면 수술은 거의 성공에 가까운 것임에 틀림없다.

나는 지하철 매표소 앞에서 한동안 멍한 얼굴로 서 있었다. 아무 생각 없이 집으로 돌아가는 전철에 몸을 싣고 눈을 감아 버리고 싶었다. 집으로 돌아가서 실컷 자고 싶었다. 한산한 역 구내를 둘러보다가 승차권을 샀다. 집표기 구멍 속에 표를 집어넣고 옆으로 길게 뻗어 있는 싸늘한 촉감의 막대를 밀고 들어갔다. 한산하던 전철 안은 신도림역을 지나자 사람들로 발 디딜 틈이 없었다.

나는 무거운 눈꺼풀을 감고 등을 기대고 앉아 안내 방송에 귀를 기울였다. 무언가에 쫓기듯 초조하고 불안하던 마음이 서울역에서 지하철을 바꿔 타고 난 뒤 오히려 담담해졌다. 작은

어머니의 찬바람 도는 싸늘한 얼굴과 그런 작은어머니의 표정을 살피며 쩔쩔매던 작은아버지의 거북한 몸짓, 고약한 빚쟁이 외에 아무 관계도 아니라는 사실을 집 안 분위기 전체로 말해 주던 작은집에 발걸음한다는 생각만으로도 가슴이 떨리고 숨이 콱콱 막혀 왔다.

내가 마지막으로 작은집에 찾아간 것은 8년 전쯤이었다. 그 이전이나 이후로도 나와 형제들은 그곳에 찾아가거나 일부러 소식을 알리는 일이 드물었다. 대학에 입학해서 한 학기를 마치고 휴학했을 무렵 배꼽 조금 아래쪽에 콩알만 한 혹이 생겨 병원에 갔었다. 의사는 다짜고짜 배를 가르고 그것을 꺼내야 한다고 했다. 수술하지 않으면 호미로 막을 일을 가래로 막게 된다며 당장 입원하라고 했다. 그때 병원에 함께 갔던 오빠가 완고한 얼굴로 고개를 내둘렀다. 처녀 몸에 함부로 칼자국을 낼 수 없다는 거였다. 그냥 두면 큰일 난다는 의사의 말에 아무 대꾸 없이 오빠는 나를 데리고 병원을 나오며 무겁게 입을 열었다. 작은아버지께 찾아가 봐라. 작은아버지라는 말은 입에도 담지 않던 오빠였다.

내 윗옷을 들치고 작은아버지는 딱딱하게 굳은 작은 혹을 몇 차례 손가락으로 톡톡 두들겨 댔다. 작은아버지는 대수롭지 않다는 표정을 지으면서 배 위에 뜸 단지를 올려놓고 불을 붙였다. 방 안 가득 들어찬 차가운 기운과 뱃속에 박혀 있는 수상쩍은 혹 때문에 나는 바짝 긴장하고 있었다. 말 한마디 건네지 않고 묵묵히 해야 할 일만 하는, 굳은 얼굴로 배를 어루만지는 작은아버지의 커다란 손이 얼음장처럼 차갑게 느껴졌다.

전화를 걸까 하다가 나는 내친김에 그냥 아파트 단지 안으로 들어갔다. 작은아버지는 집에 없을지도 모른다. 격일로만 환자를 보는 작은아버지는 여기저기로 강의를 나가는 날이 많다고 들었다. 기억을 더듬어 아파트 동과 호수를 생각해 냈다. 엘리베이터에서 내려 현관문 앞에서 잠깐 숨을 고르고 심호흡을 했다. 작은아버지가 집에 없으면 미련 없이 택시를 타고 돌아가야겠다고 생각하며 벨을 눌렀다.

누구요?

낮게 가라앉은 목소리는 작은아버지였다. 작은아버지의 목소리가 들리자 나도 모르게 가늘게 몸이 떨렸다.

저예요, 작은아버지.

입 밖으로 튀어나온 작은아버지라는 호칭이 생경스러웠다.

누구?

이번에는 경계하는 듯한 날카로움이 느껴지는 목소리였다. 현관문이 삐죽 열리고 코안경을 낀 작은아버지가 몸은 그대로 둔 채 얼굴만 밖으로 내밀었다.

저예요, 인주.

나는 억지로 얼굴에 웃음을 만들었다.

니가 여기 웬일이냐?

작은아버지의 얼굴은 딱딱하게 굳어 있었다.

지나가는 길에 들렀어요. 들어가도 되죠, 작은아버지?

나는 그대로 서 있다가는 작은아버지가 문을 열고 들어오라는 말을 하지 않을 것 같아 현관문을 채뜨려 열고 안으로 들어갔다.

그, 그래. 들어오너라. 잠깐만 기다리거라. 나 옷 좀 갈아입고 나오마.

속이 훤히 비치는 파자마 바람으로 서 있던 작은아버지는 황급히 방으로 들어갔다.

나는 반들반들 윤이 나는 거실 바닥에 깔린 보드라운 감촉의 양탄자를 밟고 서서 주위를 둘러보았다. 일제 텔레비전과 오디오 옆의 장식장 속에는 수석(壽石)들이 수반과 좌대에 가지런히 놓여 있었다. 거실 한 귀퉁이를 차지하고 있는 대형 수족관 속에는 살찐 비단잉어와 열대어가 느릿느릿 게으르게 헤엄치고 있었다. 폭신폭신한 가죽 소파에 앉으면 저절로 눈이 감길 것 같았다. 벤자민과 행운목 따위가 놓인 베란다 유리문 밖으로 엷게 퍼지고 있는 봄 햇살이 이물스러웠다.

서재에 있거라. 마실 것 좀 내오마.

옷을 갈아입고 나온 작은아버지가 부엌으로 건너가며 한결 부드러워진 목소리로 말했다.

방 안은 묵은 책들이 책꽂이마다 빽빽하게 채워져 있었다. 대부분 제목이 한자로 적힌 전문 서적들이었다. 커다란 나무책상 위에는 몇 권의 책이 펼쳐져 있고 조금 전까지 책장을 넘겼던 흔적이 남아 있었다.

앉거라.

작은아버지는 오렌지 주스와 자몽을 쟁반에 받쳐 들고 왔다.

진주랑 작은어머니는 어디 갔어요?

나는 책꽂이 앞 비어 있는 공간에 놓여 있는 가족사진을 보며 물었다.

나갔다.

작은아버지는 다시금 경계하는 목소리로 짧게 대꾸했다. 나는 더 이상 묻지 않고 자몽 껍질을 벗기고 있는 작은아버지의 얼굴을 유심히 바라보았다. 벗겨진 이마와 오뚝한 콧날, 차갑고 날카로운 눈빛, 냉랭한 말투가 아버지와 많이 닮았다. 현관문을 들어서는 순간 떠오른 생각은 아버지와 작은아버지가 지독하게 서로 닮았다는 사실이었다.

웬일이냐?

작은아버지는 불시에 찾아온 나라는 존재가 몹시 불안하고 짐스러운 듯 안색이 평화롭지 못했다.

할머니 이번 주 금요일에 수술 받아요.

작은아버지는 헛기침을 했다.

그래서? 그 말 하려고 여기까지 왔냐?

작은아버지는 숙이고 있던 고개를 추켜올리며 물었다.

수술 받고 나면 작은아버지가 할머니를 모셔 가주세요. 몇 년만이라도 좋아요.

그렇게는 할 수 없다. 나도 할 만큼 한 사람이다. 느이 작은 어머니도 마찬가지고.

작은아버지는 시선을 창가로 던졌다.

작은어머니랑 나는 느이보다 더 큰 피해자다. 선영이가 집을 나가 버린 게 다 누구 때문인 줄 아느냐? 진주만큼 선영이도 소중한 내 자식이다. 할머니가 아니었으면 선영이는 집을 뛰쳐 나갈 애가 아니다. 할머니가 진주라도 예뻐했으면 내 말을 않겠다. 사사건건 간섭하고 트집 잡고 아무도 안 볼 때는 머리를 쥐어박질 않나, 할머니는 진주가 인정 없고 쌀쌀맞다고 말한다만 생각해 봐라, 어느 누가 그런 할머니를 좋아하고 따르겠느냐?

나는 선영이 집을 나갔다는 사실은 모르고 있었다.

이제 그러고 싶어도 그럴 수 없게 됐다. 우리 식구 다음 달에 출국한다.

기운 없는 목소리와 달리 작은아버지의 얼굴은 승자처럼 당당해 보였다.

미국으로 떠난다. 비자도 나왔고. 이 집만 처분하면 바로 떠날 거다.

나도 느이 올케나 오빠가 고생하는 거 다 안다. 느이 오빠나 올케만큼 무던한 사람이 없다는 것도 알고. 하지만 난 어머니라는 말만 들어도 가슴이 벌떡벌떡 뛴다. 진주를 위해서도 어머니와 가까이 살고 싶은 생각이 없다. 하나뿐인 딸자식만큼은 어려움 없이 키우고 싶다. 너도 자식을 낳아 보면 알 거다.

작은아버지는 말을 끊고 나를 바라보았다.

날 이기적이라고 생각해도 어쩔 수 없다. 나도 지금까지 할 만큼은 하고 살아왔다. 따지고 보면 느이 아버지와 나는 이미 남남이나 마찬가지다. 차라리 남이라면 훨씬 이해하기 쉬웠을지도 모른다.

나는 자리에서 일어났다.

금요일에 가마.

작은아버지는 쫓기듯 나가는 내 등 뒤에 대고 말했다.

아버지는 할머니가 수술 받는 날 아침 일찍 병원에 오셨다. 아버지는 때 낀 와이셔츠 위에 색이 짙은 겨울 양복을 입고 불안정한 눈빛으로 창가에 서 있었다. 구깃구깃한 손수건으로 이마에 흘러내리는 땀을 닦으며 쿨룩쿨룩 기침을 하는 아버지는 지치고 늙어 보였다. 목까지 올라오는 비둘기색 셔츠 위에 체크 무늬 홈스펀을 입은 작은아버지는 코안경 대신 금테 안경을 끼고 아버지와 비껴 서 있었다.

한두 시간 후에 깨어나실 거예요.

걸대에 링거 병을 걸고 할머니의 팔뚝에 주삿바늘을 꽂으며 간호사가 말했다.

아버지는 고개를 숙인 채 기침을 쏟아 놓으며 마취에서 깨어나지 않은 할머니에게 다가갔다.

난, 그만 돌아가 봐야겠다. 병원비 도와주지 못해서 미안하다고 오빠한테 전해라. 고모한테도 안부 전하고.

아버지는 어깨를 웅크린 채 슬쩍 작은아버지를 돌아본 뒤 힘없는 발걸음으로 병실을 나갔다.

할머니는 건강한 모습으로 퇴원했다. 작은아버지는 예정보다 빨리 서둘러 출국했다. 오빠가 할머니께 그 소식을 전했지만 믿으려 하지 않았다. 할머니는 실없는 소릴랑 하지도 말라는 얼굴로 오빠에게 이렇게 말했다. 안 간다. 다시는 안 가. 그 집구석이라면 나도 이제 징글징글한 사람이다.

할머니의 병 아닌 병은 호된 고초를 겪고 난 뒤에도 조금도 사그라지지 않았다. 퇴원한 지 두어 달도 되지 않아 할머니는 다시 침을 맞아야겠다는 말을 입에 달고 살았고 기어이 작은집으로 갔다. 새언니나 오빠가 아무리 알아듣도록 설명을 해도 할머니는 작은아버지가 미국으로 이민 갔다는 사실을 믿지 않았다. 알 수 없는 것은 수술을 받은 뒤로 오히려 할머니의 건강이 전보다 더 좋아졌다는 것이다.

새언니의 생일날 케이크와 꽃을 사 들고 친정에 갔다가 나는 새언니와 승강이를 벌이고 있는 할머니와 마주쳤다. 내가 막 현관 문고리를 잡으려던 찰나, 갑자기 문이 열리고 겨자색 한복을 곱게 차려입은 할머니가 씨근벌떡거리며 툭 튀어나왔다.

할머니, 제발 그냥 집에 계세요. 작은아버님은 벌써 미국으로 이민 가고 없다고 몇 번이나 말씀드렸잖아요.

새언니가 따라 나오며 말했다.

니가 웬일이냐, 여긴?

할머니는 나를 향해 눈을 샐쭉하게 뜨며 뜨악한 표정으로 물었다.

아가씨, 할머니 좀 말려요.

새언니가 할머니의 한쪽 팔을 붙잡고 소리쳤다.

이거 놔! 이년들이 왜 이렇게 난리를 떨고 지랄을 해쌓아?

할머니는 필사적으로 팔을 뿌리치며 고함을 질러 댔다.

할머니, 어딜 가려고 그러세요?

나는 할머니의 팔을 붙들고 물었다.

어딜 가면? 내 발로 내가 간다는데 어느 년이 말려?

할머니는 눈을 치뜨며 나를 사납게 노려보았다.

침 맞으러 작은집에 가신대요, 글쎄.

왜? 시방 내가 못 갈 데라도 가냐? 내가 요즘 다리가 쑤시고 어깨가 결려서 잠도 제대로 못 잔다. 한데 어느 한 년이라도 그걸 알기나 하냐? 침 좀 맞고 약이나 한 첩 지어다 먹으면 좀 나을까 해서 갔다 오겠다는데 왜 이렇게 생난리를 치고 지랄들이냐 말이여!

할머니는 내 손을 힘껏 뿌리치고, 한바탕 팔을 허공에 휘둘러 댔다.

차라리 한번 가셔서 할머니 눈으로 직접 확인하고 오세요. 그런다고 이미 떠난 사람이 돌아와 있을 리도 없을 테니까요.

할머니는 싸늘한 눈빛으로 나를 쏘아보며 말했다.

너 이년, 어디서 함부로 주둥이를 놀리냐? 이젠 니년까지 한 통속이 돼가지고 날 놀리냐?

그때 열린 문 안에서 무언가 우르르 흩어져 박살이 나는 소리가 들리고 이어 잔뜩 쉰 오빠의 목소리가 들려왔다.

그냥 놔둬! 그 노인네 하고 싶은 대로 하게 그냥 내버려 둬!

할머니는 찬바람이 휙 돌도록 냉정하게 돌아서서 층계를 내려가 버렸고 새언니를 쫓아 나는 안으로 뛰어 들어갔다. 나는 현관 입구에 선 채 절망에 가득 찬 오빠의 얼굴을 낱낱이 보았다. 식탁 위에 놓여 있던 밥그릇과 반찬 그릇, 물컵 따위가 바닥으로 굴러 떨어져 어지럽게 나뒹굴고 시뻘건 김치와 나물이 흰 벽지를 더럽혀 놓았다. 식탁 위에는 미역 줄거리가 함부로 널려 있고 국물이 바닥으로 뚝뚝 떨어져 내렸다. 깨진 식탁 유리 위에 놓인 오빠의 손에서 피가 뚝뚝 흘렀다. 오빠는 깨진 유리 위에 고개를 처박고 소리를 죽여 가며 낮게 울부짖었다.

동이 트려면 아직 먼 시간이다.

새언니는 펄펄 끓고 있는 국 냄비를 열고 긴 국자로 그릇마다 뜨거운 국물을 퍼 담아 상 위에 놓는다. 나는 쪼그려 앉아 새우잠을 자고 있는 아버지의 어깨를 흔든다. 아버지는 술이 덜 깬 얼굴로 벌떡 일어나 앉는다.

아버지는 하룻밤 사이에 더 늙어 버린 것 같다. 이젠 어딜 가도 할아버지라는 호칭이 자연스럽게 느껴지는 얼굴. 아버지는 순리대로 서서히 늙지 못하고 한순간에 폭삭 늙어 버렸다.

국물이라도 한 그릇 먹어야 오늘 하루 견딜 수 있어요. 어서 한술 떠요.

새언니는 내 국그릇 속에 밥 한 덩어리를 말아 준다.

나는 숟가락을 들고 국물을 입으로 가져가다 말고 밥을 달게 먹고 있는 아버지를 물끄러미 바라본다. 오래전 어느 날인가, 저녁 밥상을 받은 아버지는 호기로운 얼굴로 자식들을 바라보았을 것이다. 따뜻한 밥과 국이 식구들의 입속으로 들어가는 모습을 미소 띤 얼굴로 바라보았으리라. 그날 저녁 식사 때 한바탕 웃음이 지나가고 따뜻한 불빛이 켜져 있는 마루를 우리들 중 하나가 퉁탕거리며 뛰어다녔을 테고, 어머니는 그런 아이의 볼기짝을 철썩 때려 줬을지도 모른다. 모두가 고요히 잠들 즈음 아버지는 어머니를 안고 터무니없이 거창하게 앞날을 상상하면서 또 한 번 웃었을는지도 모른다.

기억하지 못하지만 어머니가 건강했을 때, 아버지가 다른 집 가장들처럼 직장에 다니면서 다달이 월급을 타오던 시절에 할머니는 성미 고약한 시어미였을지언정 오로지 자신의 몸 하나만을 애면글면 챙기고 위하지는 않았다. 오랫동안 직업 군인이었던 탓에 세상 물정에는 눈이 어두웠지만, 동네에서 유일하게 대학을 졸업하고 은행원이 된 아버지는 동네 사람들에게는 부러움의 대상이고 할머니에게는 자랑이었다. 사람들이 돈을 빌리러 오면 아버지는 언제나 흔쾌히 빌려 주었다.

어머니는 야무지고 똑똑하게 살림을 꾸렸고 일곱 명의 아이를 낳았다. 어머니는 시어머니에게 순종적이지 않았고 자신의 주장을 곧잘 내세웠다. 할머니는 그런 큰며느리가 밉기도 해서 집안일을 하는 식모 아이까지 내쫓아 버렸다. 새로 들어오는 식모 아이마다 할머니의 등쌀에 한 달을 버티지 못하고 나가기 일쑤였다. 큰아들을 낳고 밑으로 딸만 넷을 낳았지만 아버지는 딸과 아들을 차별하지 않았다. 아버지는 아들을 낳기 위해 자식을 낳지 않았다. 어머니는 아들 쌍둥이를 낳았다. 할머니는 기다리던 손자를 둘씩 얻어 기뻤지만 기쁨은 고생으로 이어졌다. 어머니가 뇌출혈로 쓰러져 완전히 딴사람이 되었다. 손을 많이 타는 두 명의 어린 손자뿐 아니라 탱자나무 열매처럼 주렁주렁 매달린 아이들이 모두 일곱이나 되었다. 맏손자가 그때 겨우 중학교 2학년이었다.

아버지는 일곱 명의 아이를 할머니에게 맡기고 오로지 어머니에게 매달렸다. 살아날 가망이 없다는 어머니를 끌고 서울에 있는 대학 병원으로 갔다. 어머니는 기적처럼 살아났다. 비록 말을 제대로 하지 못하고 정신마저 온전하지 않았지만 살아나 준 것만으로도 기뻤다. 아버지는 집을 팔고 은행에 사표를 냈다. 서울에 집을 얻어 오로지 어머니만을 돌보았다. 아버지는 어머니가 돌아가실 때까지 20년을 수절하며 살았다.

할머니는 일곱 명의 아이들을 고모가 보내 주는 돈으로 키웠다. 차라리 어머니가 살아나지 않았다면 할머니는 가난과 힘에 부치는 일에서 벗어날 수 있었을지도 모른다.

영구차가 도착했다. 밖은 깜깜하다. 오빠는 작은방 병풍을 걷어 내고 매제들과 흰 광목으로 친친 감겨 있는 관을 들어 올린다. 동생이 할머니의 영정을 들고 앞쪽에 선다. 입술이 터져서 까맣게 말라붙은 새언니가 울음을 터뜨린다. 광대뼈가 불거져 나와 더욱 말라 보이는 오빠의 얼굴도 펑 젖어 있다. 동생은 찬 바람을 어깨에 맞으며 문이 열린 영구차를 향해 걷는다.

떠나기 앞서 견전제(遣奠祭)를 지내고, 영구차는 새벽 어둠 속을 뚫고 장지를 향해 출발한다. 길은 막힘없이 뚫려 있다. 살집이 좋은 운전사는 하품을 빼물며 차를 몬다.

차가 고속도로를 달리자 띄엄띄엄 자리를 차지하고 앉은 가족들이 하나 둘씩 고개를 떨구고 졸기 시작한다. 오빠와 인호는 밑에 널이 실려 가운데 쪽이 툭 튀어나와 있고 손잡이가 없는 길쭉한 의자에 앉아서 고개를 떨어뜨리고 끄덕끄덕 존다. 언니는 미영을 품에 꼭 껴안고 잠들었고 아버지는 맨 뒷자리에 앉아 어둠이 조금씩 걷히는 창밖을 바라보고 있다. 새언니는 헝클어진 머리를 내 어깨에 기대고 잠들어 있다. 형부와 남편은 의자 등받이에 몸을 축 늘어뜨리고 잠이 들었다. 장지까지는 막히지 않아도 서너 시간은 걸리는 거리다. 나는 그 시간이 조금 더 길었으면 좋겠다는 생각이 들었다.

오빠는 어머니가 돌아가시고 가족들이 함께 모여 살게 된 뒤 아버지가 돌보지 않던 제사를 모셔 오고 삼 대조 제사를 정성껏 지냈다. 제사를 지내고 선산에 가서 묘를 돌보고 명절 때마다 성묘를 다니는, 어찌 보면 당연하게 여겨질 법한 일도 오빠에게는 극복해야 할 산을 넘은 다음에야 가능했다.

장지에 도착했을 때는 이미 날이 환하게 밝았다. 하늘은 눈이라도 흩뿌릴 듯 흐려 있다. 진눈깨비가 흩날리는 벌판 한가운데에 내려서자 매서운 칼바람이 얼굴을 후려치고 지나간다. 논둑을 가로질러 걷다가 고개를 들어 보니 인부들이 얼어붙은 땅을 파고 있는 야트막한 산이 보인다. 새언니와 나는 짐을 나눠 들고 쉬엄쉬엄 걸어 올라간다.

드문드문 솟아오른 봉분 사이로 모닥불이 피어오른다. 검은색 양복 위에 긴 가죽 점퍼를 입은 작은아버지 곁에 서 있던 고모가 우리를 발견하고 손을 흔든다.

무덤에서 멀찍이 떨어진 곳에서는 낯선 여자들이 석유풍로를 가져다 놓고 커다란 솥에 무언가를 끓이고 있다.

당숙모께서 고생이 많습니다.

석유풍로 옆에 모여 있던 여자들 중 가장 뚱뚱하고 고집스러워 보이는 여자에게 오빠가 인사한다.

고생은 조카가 하지 뭐.

당숙모는 커다란 솥뚜껑을 열고 긴 국자로 국물을 휘휘 내젓고 김이 모락모락 피어오르는 국물을 떠서 간을 맞춘다.

키가 작고 마른 사내가 담배를 피워 물고 인부들을 향해 잔소리를 늘어놓는다. 그가 이곳 선산을 지키며 살고 있는 당숙이다.

인부들이 꽁꽁 언 땅을 파내는 동안 당숙모는 이웃 아낙들을 부리며 식사 준비를 서두른다.

널이 들어가기에 넉넉할 만큼 땅을 판 뒤 서둘러 하관을 한다. 아버지는 먼산바라기를 하고 있고 고모는 소복 위에 두툼한 외투를 덧입고도 추운지 두 손을 비비대며 와들와들 몸을 떤다. 작은아버지는 뒷짐을 지고 서서 인부들의 손놀림을 무표정한 얼굴로 보고 있다. 작은어머니와 진주는 보이지 않는다.

오빠는 행여 널이 흔들릴까 조바심을 치며 인부들을 조심시키고 하관을 돕는다. 널이 바닥에 놓이자 오빠가 삽을 들어 아버지께 내민다. 아버지는 무덤 주위에 쌓여 있는 흙을 삽으로 조금 퍼서 관 위에 뿌린다.

눈 깜짝할 사이 인부들은 관 위에 흙을 덮고 봉분을 만들어 놓는다. 오빠는 인부들이 만든 봉분 위에 올라가서 정성껏 발로 흙을 다지고 무덤 앞에 한지를 펴고 그 위에 간단한 제수(祭需)를 올려놓는다. 오빠와 인호가 절을 한다.

아들이 둘씩이나 있는데 손자가 상주라니. 여호와의 증인이 느이 집안을 말아먹었다고 해도 틀린 말은 아닐 거다.

고모가 아버지와 작은아버지를 향해 눈을 흘기며 낮은 목소리로 말한다.

뜨거운 김이 모락모락 올라오는 커다란 무쇠솥 주변에 가족들이 국밥을 한 그릇씩 들고 웅기중기 둘러앉아 있다. 허기와 피로, 추위로 떨고 있던 가족들은 국그릇에 코를 박고 후루룩 소리를 내며 밥을 먹는다. 당숙모와 동네 아낙들은 돼지고기와 콩나물, 김치 따위를 넣고 끓인 국을 퍼주고 있다.

나는 국밥 그릇을 손에 들고 솥 가까이 다가가 앉아 뜨거운 국밥을 허겁지겁 퍼먹는다. 국물이 너무 뜨거워서 그만 입천장을 데고 만다. 입김을 후후 불어 가며 국밥을 남기지 않고 먹는다. 오래전 어머니의 주검 앞에서도 밥을 달게 먹었듯이, 할머니 무덤 앞에서 먹는 국밥은 눈물이 나도록 맛이 좋다. 아직 당신이 땅속에서 자리조차 잡지 못했는데 손녀가 이렇게 서둘러 뱃속부터 채우는 걸 아신다면, 할머니는 아마 기겁을 하고 쫓아 나올지도 모른다.

나는 국밥그릇을 손바닥으로 받쳐 들고 끄물거리는 하늘을 올려다본다. 허기가 가시자 감미로운 슬픔이 차오른다.

사그라지는 모닥불에 오빠가 땔감을 얹고 석유를 뿌린다. 성냥을 긋자 불길이 치솟아 오른다. 오빠는 한쪽에 쌓아 둔 누런 고리짝을 열고 옷가지를 불길 위에 던져 넣는다. 활활 타오르는 불길이 순식간에 옷가지를 삼킨다. 할머니가 특별히 아껴 잘 입지 않던 한복과 두루마기도 불길 속에 던져진다. 할머니가 덮고 자던 이불과 요, 베개가 불덩이가 되어 요란하게 너울댄다. 할머니의 흰 고무신을 불속에 던져 넣자 고무 타는 냄새가 진동한다. 오빠의 손길은 시종 차분하다.

처음부터 오빠의 의식(儀式)을 지켜보던 나는 웅크린 몸을 펴고 마치 춤추듯 타오르는 불꽃을 바라본다. 불꽃의 춤사위가 잦아들 때마다 오빠는 옷가지를 하나씩 던져 넣는다. 불길은 하늘을 향해 솟구쳐 올랐다 사그라진다. 마치 할머니의 혼이 불길 속에서 나를 손짓하는 듯하다. 맹렬히 치솟는 불길을 좇아 나는 한 발 한 발 천천히 앞으로 걸어간다.

나는 팔을 뻗어 고리짝 밑바닥에 반듯하게 접혀 있는 할머니의 모시 적삼을 집어 들어 활활 타고 있는 불길 속에 던져 넣는다. 할머니의 손짓도 검은 재가 되어 허공으로 흩어져 버린다.

끄물거리던 하늘이 눈발을 뿌리기 시작한다. 뿌연 하늘을 올려다보던 당숙이 떠날 채비를 한다. 작은아버지와 고모는 벌써 산을 내려가고 있다. 그 뒤를 따라 하나 둘 산을 등지기 시작한다. 오빠는 꼼짝하지 않고 타 들어가는 이불을 보고 있다. 간간이 흩어져 내리던 눈발이 어느새 굵어지면서 지칠 줄 모르고 타오르는 불길 위에 소리 없이 천천히 떨어져 내린다.

모델 하우스

아이는 아라비아 숫자가 적힌 종이 카드를 손에 쥐고 잠이 들었다. 여간해서는 낮잠을 자지 않는 아이다. 방 안 여기저기에는 아이가 가지고 놀던 숫자 카드가 어지럽게 널려 있다. 잠든 아이를 안아 요 위에 눕히고 손에 쥐어져 있는 카드를 빼내려 하자 잠결에도 아이는 손을 꼭 쥔 채 모로 돌아누워 버린다. 잠든 아이의 얼굴에는 상처가 깊이 패어 있다. 관자놀이와 양 볼은 찢어져 아물지 않은 상처와 보랏빛 멍자국들로 어지럽다.

여자는 부엌으로 나와 주전자에 물을 받아 가스불 위에 올리고 찬장에서 머그잔을 꺼낸다. 머그잔에 커피를 두 스푼 덜고 크림을 덜어 내려다 그만 식탁 위에 조금 쏟고 만다. 쏟아진 크림이 먼지처럼 보인다. 재빨리 아침에 삶아서 말려 둔 행주를 꺼내 식탁을 꼼꼼히 닦고 개수대 주변에 튄 물방울까지 말끔히 닦아 낸다. 커피통과 크림통을 제자리에 두고 끓고 있는 물을 머그잔에 담아 식탁에 놓은 뒤 혼자 일하기에도 비좁은 부엌을 천천히 돌아본다. 모든 것이 제자리에 놓여 있다. 부엌에서 나와 방으로 간다. 여자는 날마다 아침저녁으로 방을 쓸고 닦고 정리한다. 아침에 눈떠서 저녁에 잠들 때까지 끊임없이 치우고 닦고 정돈한다. 여자의 손은 늘 축축하게 젖어 있다. 집 안 구석구석까지 완벽하게 청소를 한 뒤에도 젖은 걸레를 들고 먼지를 찾아 돌아다닌다. 집은 아무도 살고 있지 않은 모델 하우스 같다.

여자는 티 하나 없이 깨끗한 화장대 거울을 보고 서 있다. 여자가 보고 있는 것은 자신의 얼굴이 아니라 깨끗하게 닦여 있는 거울이다. 열어 놓은 베란다로 따뜻한 빛이 들어온다. 방에 달린 커다란 문을 열면 바로 베란다로 통한다. 여자는 그곳에서 세탁을 하고 젖은 옷들을 말린다. 지금 살고 있는 곳이 15층이기 때문에 아이가 깨어 있을 때는 베란다 창문을 꼭꼭 닫아 둔다. 베란다 문을 마음대로 열어 두지 못하기 때문에 해마다 여름이 오는 것이 두렵다.

슬리퍼를 꿰신고 베란다로 나가 창문을 활짝 연다. 바람이 향긋하다. 고개를 창밖으로 내밀고 아래를 본다. 현기증이 나서 머리를 든다. 그때 아이 우는 소리가 들린다. 이제 여섯 살이 되었지만 또래 아이들보다 키가 작고, 갓 첫돌이 지난 아기도 눈을 마주치며 부르는 엄마라는 단어조차 입 밖으로 내지 못하는 딸아이가 잠에서 깨어나 악을 쓰며 울고 있다. 아이는 아마도 엄마가 눈앞에 보일 때까지 두 손으로 제 뺨이며 관자놀이를 사정없이 두들겨 대거나 방바닥이며 벽에 머리를 짓찧을지도 모른다. 기어이 뺨이 찢어지고 피가 터질 때까지.

여자는 재빨리 아이에게로 달려가지 않고 천천히 슬리퍼를 벗고 베란다 난간에 매달린다. 상체는 창밖으로, 다리와 엉덩이는 베란다 쇠기둥에 걸쳐져 있다. 전화벨이 울린다. 좀처럼 끊어질 것 같지 않다. 여자는 전화벨 소리도 아이의 울음소리도 듣지 못한다.

바람 한 점 없는 맑은 날씨에, 더 이상 피어날 꽃조차 없는 완연한 봄이다.

여자 아이는 길바닥에 떨어진 꽃잎을 주워 모으고 있었다. 여자 아이 주위에서는 여자 아이가 가지고 있는 꽃잎보다 더 많은 아이들이 공놀이와 사방치기, 공기놀이를 하고 있었다. 그 속에는 여자 아이의 동생도 보였다. 여자 아이의 동생 정희는 땅바닥에 앉아서 사방치기하는 아이들을 물끄러미 바라보고 있었다. 낮부터 그렇게 앉아, 노는 아이들만 구경하고 있는데도 누구 하나 정희에게 사방치기를 하자는 아이는 없었다. 아이들은 모두 정희가 저희들과 함께 놀 수 없다는 것을 알고 있었다.

시간이 지날수록 여자 아이가 들고 있는 꽃잎들은 검붉은색으로 변해 갔다. 해가 뉘엿뉘엿 저물자 아이들은 하나 둘씩 집으로 돌아가고 몇몇만 남아 있었다. 언제부턴가 정희는 무릎에 고개를 떨구고 있었다. 누군가 여자 아이의 등 뒤로 다가왔다. 여자 아이의 아버지였다. 아버지는 손에 들고 있던 검은 봉지를 땅바닥에 팽개친 뒤 여자 아이가 손에 쥐고 있던 꽃잎을 빼앗아 땅바닥에 내던지고는 발로 사납게 짓이겼다.

정우 너, 남자 애들하고 어울렸니?

아버지는 대답도 들으려 하지 않고 여자 아이의 손을 아프게 잡아끌었다.

아버지에게 이끌려 집으로 가는 여자 아이 뒤로 정희가 검은 비닐봉지를 챙겨 들고 한쪽 다리를 절뚝이며 따라왔다.

여자 아이는 찬밥과 김치로 저녁을 먹고 아버지는 검은 비닐봉지 속에 든 소주를 꺼내 안주도 없이 마셨다. 아버지는 늘 술을 마시고 잠을 잤다. 밖에서 취해 들어오는 날도 아버지는 집에 남아 있는 소주를 찾아 마신 뒤에야 잠을 잘 수 있었다. 아버지는 깜깜한 새벽에 집을 나가 저녁에 돌아오지만 가끔은 며칠씩 집을 비울 때도 있었다. 지방으로 일을 갈 때는 보름이나 한 달 동안 돌아오지 않았다.

아버지가 집을 비우면 여자 아이는 아버지가 주고 간 얼마의 돈으로 반찬과 학용품을 샀다. 여자 아이는 청소와 빨래, 밥 짓는 일을 혼자서 잘했다. 동생 정희는 여자 아이가 학교에서 돌아올 때까지 집 밖으로 나가지 않고 언니를 기다렸다. 여자 아이는 낮부터 저녁 무렵까지 집 근처 공터에 나가 동네 아이들이 노는 걸 구경만 했다. 아이들과 어울려 고무줄 놀이와 사방치기를 하고 싶지만, 마음뿐이었다. 아버지는 여자 아이에게 동네 남자 아이들과 어울려 놀지 못하게 했다. 이제 겨우 초등학교 6학년인 여자 아이에게는 한 책상을 쓰는 남자 애도 경계의 대상이었다. 여자 아이에게는 남자 친구는 물론이고 여자 친구조차 없었다. 동생 정희가 여자 아이에게는 유일한 말벗이었다. 정희가 없었다면 여자 아이는 하루 종일 한마디도 하지 않고 살았을지 몰랐다.

여자 아이는 어머니의 얼굴을 또렷이 기억했다. 유난히 붉고 얇은 입술, 숱이 많은 긴 머리칼과 시원하게 뻗은 다리. 어머니는 여자 아이가 열두 살 때 집을 나가 돌아오지 않았다. 아버지는 한동안 일도 나가지 않고 어머니를 찾아다녔다. 아버지가 멀리 일을 나가는 까닭은 낯선 곳에서 어머니를 찾기 위해서였다. 오랫동안 집을 떠났다가 빈손으로 돌아온 아버지는 며칠씩 집 밖으로 나가지 않고 술을 마셨다. 그런 날이면 여자 아이와 정희는 집 안에서 꼼짝도 못하고 아버지의 낯빛을 살폈다. 정희가 잠든 뒤에도 여자 아이는 졸린 눈을 비비며 아버지가 잠들기만을 기다렸다. 술이 취하면 아버지는 말이 많아졌다. 아버지가 하는 말은 언제나 똑같았다. 죽는 날까지 정신적으로 육체적으로 순결해야 한다는 얘기를 귀에 못이 박이도록 반복했다. 아버지가 어떤 의미로 얘기하는지 전부 이해하지는 못하지만 학교나 동네의 남자 애들과 사귀어서는 안 된다는 것만은 잘 알고 있었다.

　가끔 여자 아이는 술에 취해 들어온 아버지에게 매를 맞았다. 특별한 이유는 없었다. 아버지는 사소한 일로 트집을 잡아 때린 뒤 며칠 동안은 술을 마시지 않았다. 여자 아이는 아버지를 미워하지 않았다. 집을 떠나 돌아오지 않는 어머니를 기다리는 아버지가 오히려 가엾다고 생각했다. 아버지를 미워하는 건 정희다. 정희는 아버지가 돌아오면 작은 몸을 옹크리고 앉아 말도 제대로 하지 않았다. 아버지는 때때로 정희가 제대로 걷지 못한다는 것조차 잊고 지낼 만큼 정희에게 무관심했다. 정희에게는 남자 애들을 무조건 멀리해야 한다는 말도 하지 않고 매를 들지도 않았다. 그러나 아버지를 바라보는 정희의 눈은 두려움과 적대감으로 가득했다. 세 살 무렵 열병을 앓고 난 뒤부터 정희는 한쪽 다리를 절기 시작했다.

　여자 아이가 열일곱 살이 되었을 때 아버지는 집으로 낯선 여자를 데리고 왔다. 그 여자는 아버지와 같은 방에서 잠을 잤고 여자 아이가 하던 빨래와 식사 준비를 대신했다. 아버지는 여자 아이와 정희에게 그 여자를 어머니라고 부르라 했다. 아버지는 더 이상 여자 아이의 어머니를 찾으러 멀리 떠나지 않았다. 아버지는 일찍 집에 돌아와 손과 발을 씻은 뒤 새어머니가 지은 저녁밥을 먹고 잠자리에 들었다. 아버지는 새어머니가 순결한 여자라고 말했다. 새어머니는 일요일 아침이면 교회에 나갔다. 아버지는 새어머니를 따라 교회에 가지는 않지만 전처럼 자주 술을 마시지는 않았다. 새어머니는 말수가 적은 여자였다. 지하에 방이 두 칸 달린 여자 아이의 집은 언제나 깨끗하게 정돈되어 있고 늘 퀴퀴하게 맡아지던 곰팡이 냄새도 사라졌다. 새어머니는 주인집 마당에 널어놓은 빨래를 해가 지기 전에 걷어 오는 것도 잊지 않았다.

여자 아이는 상업 고등학교에 입학했다. 아버지는 여자 아이가 고등학교를 마치고 은행에 취직하기를 바랐다. 학교에서 집으로 가는 길가에 있는 크고 깨끗한 건물 안에는 여자 아이가 아직 한 번도 들어가 보지 못한 은행이 있었다. 안이 훤히 들여다보이는 유리창은 말끔히 닦여 있고 단조롭지만 산뜻하게 꾸며 놓은 객장에는 늘 사람들로 붐볐다. 여자 아이는 흰 블라우스에 체크 무늬 조끼를 입은 여자 행원들이 몹시 부러웠다. 여행원들은 늘 창구 안에서 헤아릴 수 없이 많은 지폐를 세고 있었다. 여자 아이는 조심스럽게 자신의 손가락을 만져 봤다. 은행에 취직하면 자신도 그녀들처럼 빠르게 지폐를 셀 수 있을까 생각해 봤다. 여자 아이는 은행원이 된 자신의 모습을 상상하는 게 즐거웠다.

부기 선생님이 여자 아이에게 수업이 끝난 후 교실에 남으라고 말했다. 여자 아이는 급우들이 모두 돌아간 텅 빈 교실에 혼자 있었다. 선생님은 좀처럼 오지 않았다. 책가방을 들고 일어섰다. 주위가 너무 깜깜해서 더럭 겁이 났다. 교실 문을 열려고 손잡이를 쥐었을 때 갑자기 문이 열렸다. 부기 선생님이었다. 지금까지 기다리던 선생님이 나타났는데도 갑자기 목이 졸린 듯 숨이 턱 막히고 손발이 뻣뻣해졌다. 손에 들고 있던 책가방을 바닥에 떨어뜨렸다. 커다랗고 차가운 손이 입을 틀어막자 여자 아이는 자신이 마침내 돌아갈 수 없는 길로 들어섰다고 생각했다. 남자는 여자 아이 몸 위에 무겁고 위험한 바위처럼 오랫동안 버티고 있었다.

새어머니가 집을 나갔다. 기도원으로 떠난다는 쪽지를 남기고 떠난 새어머니는 일주일이 지나고 한 달이 지나도 돌아오지 않았다. 아버지는 기도원으로 새어머니를 찾아다녔지만 어느 곳에서도 새어머니를 만나지 못했다. 아버지는 다시 일을 나가지 않고 며칠씩 집을 비웠고 돌아올 때는 술에 잔뜩 취해 있었다. 아버지는 집을 나간 여자는 더 이상 순결하지 않다고 말했다. 아버지는 순결하지 않은 새어머니를 찾아 떠돌았다.

아버지는 결혼하기 전까지는 어떤 남자도 만나서는 안 되고 결혼해서는 죽을 때까지 남편을 떠나서는 안 된다고 말했다. 그것이 여자의 도리이고 행복이라고 했다. 아버지는 결혼하기 전에 남자의 품에 안긴 여자는 거리의 여자와 다를 바 없다고 말했다.

여자 아이는 새어머니가 떠난 뒤 다시 전처럼 빨래를 하고 밥을 짓고 틈만 나면 몸을 씻었다. 손목이 시리도록 빨래를 헹구고 방바닥에 먼지가 앉을 새도 없이 걸레질을 했다. 학교에서 돌아오면 가방도 풀지 않고 집안일에만 매달렸다. 성적이 뚝 떨어지고 학교생활은 엉망이 되었지만 무언가에 쫓기는 사람처럼 집 안을 치우고 몸을 씻었다. 졸업할 무렵 여자 아이는 더 이상 은행원이 될 수도, 되고 싶지도 않았다.

여자는 무엇도 될 수 없었다.

여자는 아이에게서 너무 멀리 떠나와 있다고 생각한다. 아이가 태어난 후 지금껏 한순간도 아이의 손을 놓지 않았다. 아이는 끊임없이 엄마로부터 달아나려 하거나 질릴 만큼 집착했다.

비디오테이프를 보거나 숫자 카드를 가지고 놀 때 아이는 몇 시간이 지나도록 여자의 존재를 까맣게 잊는다. 아이는 제가 좋아하는 놀이에 여자를 끼워 주지 않는다. 비디오에 빠져 있을 때 가만히 안아 주면 아이는 여자를 밀치고 텔레비전 가까이 바짝 다가가 앉는다. 방바닥에 펼쳐 놓은 숫자 카드를 밟고 지나가면 아이는 괴성을 지르고 제 뺨이며 머리통을 사정없이 두들겨 댄다.

아이는 숫자에 집착했다. 벽에 걸어 둔 달력은 어느새 방바닥에서 뒹굴었고 전화국에서 가져온 전화번호부책은 한 장 한 장 뜯겨져 나갔다.

여자는 서른다섯에 결혼했다. 남편은 여자가 경리를 보는 공장에 제품 원단을 납품하는 회사의 영업부장이었다. 남자는 다섯 살 위였고 한 번 결혼에 실패한 사람이었다. 그가 관심을 보이고 접근해 오자 망설이지 않고 결혼하기로 마음먹었다. 결혼을 결심한 이유는 태어나서 처음 함께 차를 마시고 밥을 먹은 남자가 그였기 때문이었다. 더구나 그는 다정하고 정중했으며 매너 있는 사람처럼 보였다.

아버지는 결혼을 반대했다. 아버지는 남자가 한 번 결혼했었다는 사실을 알지 못했다. 아버지는 아무런 이유도 대지 않고 그저 못마땅한 얼굴로 더 기다렸다가 좋은 사람이 나타나면 그때 결혼하라고 말했다. 아버지 때문에 주저하자 정희가 말했다. 아무리 오랜 시간이 흘러도 언니에게 청혼하는 사람은 나타나지 않을 거라고. 어서 아버지를 떠나 그 사람에게로 가라고. 떠나고 싶은 건 오히려 정희일 거라고 생각했다. 정희는 아버지의 반대에도 불구하고 상업 고등학교에 진학하지 않고 인문계 고등학교를 졸업했다. 정희가 대학에 진학하겠다고 하자 아버지는 코웃음을 쳤다. 정희는 보란 듯이 장학생으로 전문대학에 입학했다. 여자는 결혼해서 집을 떠나게 되면 아버지 곁에 혼자 남게 될 정희가 걱정스러웠다. 위태롭게 이어지고 있는 두 사람의 관계를 걱정하는 여자에게 정희는 단호하게 말한다. 떠나라고.

서른다섯 해를 사는 동안 여자는 처음으로 아버지를 거역하고 결혼을 했다. 아버지는 결혼식장에도 오지 않았다. 아버지 대신 남자의 먼 친척이라는, 낯모르는 사람의 팔짱을 끼고 식

장으로 들어가 주례 앞에 선 여자는 아버지에 대한 원망보다
자신이 과연 새하얀 웨딩드레스를 입을 자격이 있는지 곰곰 생
각했다.

　첫날밤, 남편은 잔뜩 겁에 질려 있는 여자를 급하고 거칠게
다뤘다. 남편은 채 2분도 되지 않아 사정을 했고 이내 곯아떨
어졌다. 남편은 자신의 신부와 첫날밤을 보내는 것을 가슴 설
레며 기다리지도, 기대하지도, 즐기려 하지도 않을 만큼 피곤
했던 것 같다. 남편이 잠들자 욕실로 들어가 문을 잠그고 오랫
동안 변기 위에 앉아 있었다. 너무 긴장을 했는지 아랫배가 아
파 왔다. 천천히 일어나 더운물을 틀어 놓고 샤워를 했다. 여자
는 처음으로 섹스를 했다. 채 2분을 넘기지 않은 짧은 섹스였
지만 여자는 살아서는 남편을 떠날 수 없다는 것을 깨닫고 전
율했다. 샤워기에서 쏟아져 나오는 더운물을 얼굴에 맞으며 여
자는 아주 오래전에 있었던 일을 떠올렸다. 어둠 속에서 겁에
질려 제대로 소리도 지르지 못했던 그때, 그날 이후로도 부기
선생님은 평소와 조금도 다름없이 학생들을 가르치고 동료 교
사들과 어울려 이야기를 나누고, 자애로운 얼굴로 학생들을 타
이르거나 머리를 쓰다듬어 주었다. 여자는 어쩌면 자신이 악몽
을 꾸었는지도 모른다는 생각을 했다.

　여자는 일주일에 한 번 시장에 가는 날에만 집 밖으로 나온
다. 생선과 과일, 달걀, 채소, 아이에게 줄 과자를 사고 한 달에

한 번 공과금을 내기 위해 은행에 간다. 매월 말경 남편이 통장으로 부쳐 주는 돈을 찾아 일부를 아버지의 통장으로 송금한다. 매달 꼬박꼬박 돈을 보내도 아버지는 한 번도 고맙다는 말을 하지 않는다. 여자가 보내 주는 돈 외에 달리 수입이 없는 아버지는 그나마 정희가 없으면 굶을 수밖에 없는 처지였다.

여자의 한 손에는 장바구니가 들려 있고 다른 손은 아이의 작은 손을 쥐고 있다. 아이의 손을 너무 꼭 쥔 탓에 아파트 단지 안에 있는 상가에 도착할 즈음이면 손은 땀으로 끈적거리고 미끄러웠다. 집을 나서는 순간부터 아이를 잃어버릴까 봐 두렵다. 밖으로 나오면 아이는 어느 곳으로 튈지 알 수 없는 공 같다.

얼마 전에 그녀는 슈퍼마켓에서 한 시간 동안이나 아이를 찾아 미친 여자처럼 뛰어다녔다. 지하의 슈퍼마켓을 나와 1층에 있는 문구점 앞을 지날 때 오락기 옆에 쭈그려 앉아 있는 아이를 발견했다. 아이는 백 원짜리 동전을 넣고 하는 조그만 게임기 앞에 혼자 앉아 있었다. 아이를 본 순간 너무도 기쁘고 한편으로는 맥이 빠지고 화가 났다. 아이의 뺨을 때린 건 처음이었다. 아이는 소리를 지르며 손바닥으로 제 뺨과 귀를 사정없이 두들겨 대다가 상가 바닥을 데굴데굴 구르고 머리를 쿵쿵 찧었다. 짐승처럼 으르렁대는 아이를 사력을 다해 잡아끌며 집으로 돌아왔다. 상가 안에 있던 얼마나 많은 사람들이 자신과 아이 주위에 모여들었는지 알지 못했다.

정희는 아이를 병원에 데리고 가야 한다고 말했다. 치료가 필요한 사람은 아이뿐만 아니라 여자도 마찬가지라고 했다. 아이를 이대로 두었다가는 영원히 정상적인 사람으로 살아가기 어려울 거라고. 정희는 자신이 열병을 앓았을 때 방치해 둔 부모를 원망하듯 여자를 비난한다. 나는 아버지보다 오히려 언니가 더 무섭고 두려워.

여자는 아이가 세 돌이 될 무렵부터 아파트 단지 안에 있는 상가와 은행을 출입하는 것 외에는 어디에도 가지 않았다. 이제 더는 남편도 아이의 아빠도 아닌 남자가 매달 송금해 주는 돈을 찾으러 은행에 가고, 식료품을 사러 상가에 갈 뿐이다.

아이는 세 돌이 되어 가도록 아빠라는 말조차 하지 않았고, 어느 날 남편은 퇴근 시간이 지나도록 돌아오지 않았다. 밤늦게 걸려 온 전화에 왠지 불길한 느낌이 들었다. 수화기 너머로, 이제 돌아가지 않을 거니까 기다리지 말라는 남편의 목소리가 들려왔다. 여자에게는 열다섯 평짜리 서민 아파트와 매달 그가 넣어 주는 생활비, 어쩌면 영원히 엄마라는 말을 들을 수 없을지도 모르는 딸아이가 남겨졌다.

신혼여행지에서 돌아왔을 때, 여자가 가장 먼저 한 일은 집 안 구석구석을 걸레로 닦아 내는 일이었다. 짐을 풀기도 전에 샤워를 하고 머리를 감고 무언가 빠뜨린 게 있는 것 같아, 그게 무언지 떠오르지 않아 내내 불안하고 찜찜했다. 여행지에 가져갔던 가방을 풀고 식사하고 이를 닦은 뒤에 방바닥에 요를 깔고 불을 끄고 누웠을 때에야 그게 무엇인지 생각이 났다. 조심스럽게 방을 나와 화장실로 갔다. 잠옷과 속옷을 벗고 거울 앞에 섰다. 불안하게 한 것은 자궁이었다. 어쩌면 벌써 생명의 싹을 틔우고 있을지도 모르는 자궁을 꺼내 세면기에 물을 받아 놓고 말갛게 씻어 내고 싶었다.

결혼한 지 열 달 후에 아이를 낳았다. 남편은 딸이 태어나자 기뻐했다. 아들이 아니라 딸이어서 그랬고—그는 이미 두 아들의 아버지였다—이제 다시 여자와 섹스할 수 있게 되어서 그랬다. 아이를 임신한 열 달 내내 남편과 한 번도 관계를 갖지 않았다. 아이가 백일이 될 때까지 참고 기다리던 남편은 화를 내고 소리를 지르며 아이를 안고 있는 여자를 떠밀어 버렸다. 여자는 아이를 안은 채 벽에 머리를 부딪치며 넘어졌다. 아이는 울지 않았고 눈도 마주치려 하지 않았다. 아이의 얼굴은 고요한 물속처럼 아무 표정도 없었다. 아이는 세 돌이 지나도록 우유병을 물고 놓으려 하지 않았다. 아이가 먹는 거라곤 1리터의 생우유가 고작이었다. 아이의 입에서 나오는 소리라곤 의미 없는 웅얼거림과 울음뿐이었다.

술에 취한 남편을 억지로 받아들일 때면 집을 떠난 어머니와 새어머니, 부기 선생님, 아버지, 딸아이의 얼굴이 차례로 몸속에 날아와 박혔다. 아버지는 말한다. 너는 집을 나간 네 친어머니나 새어머니와 마찬가지로 순결하지 않은 여자다. 그러니 너는 엄마나 아내가 될 자격도 없다.

　남편은 떠났지만 아이 곁을 떠날 수도, 아이가 떠나지도 않았다. 여자는 열다섯 평 공간 안에 아이와 함께 스스로 갇혀 버렸다.

　정희는 한 달 혹은 두 달에 한 번 찾아온다. 결혼해서 집을 나온 뒤로 7년째 정희는 아버지와 단둘이 살고 있다. 정희는 불편한 다리 때문에 여러 번 직장을 옮겨야 했고 여러 달 동안 실직한 적도 있다. 정희는 여자와 다르다. 불편한 다리를 의식하지 않고 사는 듯한 정희가 놀랍고 이상하다. 정희의 짙은 화장과 유행을 좇는 옷차림과 염색한 머리는 자연스럽고 자유로워 보인다. 무릎이 터진 청바지와 군데군데 염색한 머리를 못마땅하게 여기는 아버지가 노골적으로 정희의 나이와 불편한 다리를 들먹일 때마다 정희는 아버지의 무능과 술주정을 힐난했다. 두 사람은 서로의 약점을 주저 없이 비난하고 야유하면서도 함께 밥을 먹고 한집에서 오랫동안 살아왔고 앞으로도 그럴 것이다.

　여자는 정희가 찾아와 전해 주는 말로 아버지의 근황을 알고, 아버지가 앓고 있는 당뇨가 얼마나 심해졌는지 식사는 얼마나 하는지 짐작한다.

　아버지 눈이 보이지 않는다는 걸…… 한참 뒤에야 알았어. 아버지는 시치미를 떼고 있었던 거야. 정희는 비디오에 열중해 있는 아이를 물끄러미 바라보면서 말했다. 예전하고 달라진 게

있어야 알아채지. 냉장고에 넣어 둔 소주병을 꺼내서 컵까지
챙겨 들고 방으로 들어가고, 혼자서 라면도 끓여 먹고 방바닥
에 기어 다니는 바퀴벌레를 손바닥으로 탁 쳐서 잡아 죽이기까
지 했으니까. 나중에야, 그래서 바깥출입을 하지 않았던 거구
나 생각했지. 눈이 안 보여도 아버진 예전하고 조금도 달라지지
않았어. 똑같이 밥 먹고 술 마시고 소리 지르고 욕하고…….

정희는 어쩌면 아버지가 당뇨병의 합병증으로 실명했다는
사실을 오래전부터 알고 있었는지 모른다. 여자가 매달 보내
주는 돈으로 약을 사지 않고 몽땅 술을 사 먹는 걸 말리지 않았
으니까.

여자는 현관문을 요란하게 두드리는 소리를 듣고도 미동도
하지 않는다. 아이의 울음소리와 초인종 소리, 문 두드리는 소
리가 몸을 갈가리 찢어 놓는 것 같다. 문밖에서 여자를 부르는
소리가 들린다. 언니, 언니이…… 안에 있는 거지? 문 좀 열어.
제발…….

천천히 난간에 걸쳐 놓은 몸을 떼고 방을 가로질러 현관문을
연다. 새파랗게 질린 얼굴로 서 있는 정희가 보인다. 어떻게 된
거야, 대체? 전화해도 안 받고, 새미는 저렇게 울고 있는데 뭘
하고 있었던 거야? 정희는 현관에 목발을 세워 두고 무너지듯
2인용 식탁 의자에 앉는다. 언니, 새미 옷 갈아입혀. 아버지 돌
아가셨어. 나 지금 병원 영안실에서 오는 길이야. 퇴근해서 집

에 와보니까 이미 돌아가시고 난 뒤였어. 너무 무섭고 겁나서 언니한테 전화했는데 계속 받지 않고……. 일일구에 전화했어.

아이는 믿기지 않을 만큼 얌전하다.

찾아올 문상객도 없는데 3일장이 번거로워 이튿날 출상을 하고 여자의 집에서 가까운 절에 아버지의 위패를 모시기로 했다. 영안실에서 밤을 새우고 화장터에서 다시 집으로 돌아갈 때까지 아이는 여자의 손을 잡거나 등에 업혀 있었다. 여자의 뒤를 정희가 따라오고 있다. 집에 혼자 있기가 겁나. 당분간 언니하고 함께 있을래. 괜찮지? 정희는 방금 아버지의 상을 치른 딸처럼 보이지 않는다. 정희의 얼굴에는 슬픔은 없고 두려움뿐이다.

잠깐 숨을 돌리려고 내려놓자 아이는 재빨리 달아나 버린다. 아이의 이름을 부르며 쫓아가려 하자 정희가 여자의 손을 잡는다. 그냥 둬보자. 그래도 아이에게로 달려간다. 아이가 달려가고 있는 곳은 아파트 단지 안이다. 아이는 무언가를 잡으려는 듯 두 팔을 벌리고 뛴다. 식료품을 사거나 은행에 가기 위해 지나가던 익숙한 길을 달려 아파트 현관 입구에서 멈춰 선다. 정희는 양쪽 겨드랑이에 목발을 끼고 숨을 몰아쉬며 여자와 아이를 쫓아간다. 엘리베이터가 15층에 멈춰 설 때까지 아이는 열손가락을 오므렸다 펴기를 반복하며 웅얼거린다. 아이는 기분이 좋은지 잠깐 환한 미소를 짓는다.

여자는 자주 밖으로 나간다. 한 번에 일주일 치 찬거리를 사지 않는다. 두부 한 모나 콩나물 한 봉지를 사려고, 싱싱한 굴이나 바지락을 사기 위해 상가 슈퍼마켓으로 간다. 정희는 아침에 출근할 때 혹은 퇴근 무렵에 전화를 걸어 저녁 반찬으로 고등어자반이나 미나리무침이나 물미역이 먹고 싶다고 주문한다. 정희는 언제나 당당하게 요구한다. 여자의 외출은 대부분 정희에게 만들어 줄 음식 재료를 사기 위한 것이다. 냉장고에는 시들어 버린 채소나 유통 기한이 지나 버린 요구르트, 한쪽 구석에 처박혀 언제 식탁 위에 오를지 기약할 수 없는 생선들 대신 파릇파릇하고 향기로운 채소와 과일들로 채워진다. 늘어난 지출은 이제 더 이상 송금할 필요가 없어진 돈으로 메우면 된다.

정희는 퇴근해서 돌아오면 아이와 함께 논다. 아이는 정희에게 훨씬 관대하다. 정희가 집에 있는 시간에는 방 안을 떼굴떼굴 구르며 짐승처럼 제 몸을 할퀴는 짓은 하지 않는다. 아이는 식탁 위나 의자 위에 올라가 쿵쿵 뛰고 방 안을 정신없이 오가며 큰 소리로 웅얼거린다. 아이는 전보다 밥도 많이 먹고 밤에도 깨지 않고 잘 잔다.

휴일에는 여자와 아이, 정희가 도시락을 챙겨 집에서 가까운 공원으로 나들이를 간다. 정희는 야외 돗자리 위에 앉아 준비해 간 김밥과 음료수와 과일을 먹는다. 여자는 엉거주춤한 자세로 앉아 아이가 시야에서 벗어나려 할 때마다 튀듯이 일어나 달려간다. 새미는 자꾸 언니한테서 도망갈 기회만 엿보는 것 같아. 언니는 그런 새미를 잡아다 집에 가두고. 엄마 손 뿌리치는 새미 얼굴 본 적 있어? 적대감이 가득 차 있더라. 아이가 스스로 손을 잡는 경우는 제가 무언가 원할 때, 오줌이나 똥이 마려울 때, 목이 마르거나 무언가 먹고 싶을 때뿐이다. 새미한테 필요한 건 저를 가두기만 하는 엄마가 아니라 세상 속이라고. 새미를 승산 없는 언니 자신과의 싸움에 끼워 넣지 마. 언니는 세월이 흘러도 지치지 않고 잘 버티고 있지만 새미는 달라. 새미는 스스로 세상과 결별하고 사는 언니가 아니란 말이야.

공원에는 아이를 안거나 유모차에 태운 젊은 부부들이 다정하게 걷고 있다. 아이와 배드민턴을 치거나 줄넘기를 하는 가족도 보인다. 햇살이 너무 따갑다. 오랫동안 잊고 지낸 하늘도 낯설다. 붉은 장미는 눈을 시리게 하고 코끝을 자극한다. 결혼하고 아이를 낳은 후로 이렇게 오랜 시간 공원에 앉아 누군가와 애기해 본 적이 없었다. 때가 되어도 옹알이는커녕 엄마와 눈도 마주치려 하지 않고 하루 종일 비디오와 숫자 카드를 가지고 혼자 노는 아이를 지켜보면서, 의사 표현을 하지 못해 제 몸을 때리며 발작을 일으키는 아이를 키우는 동안 여자 곁에는 아무도 없었다. 외로움이나 고통은 너무 익숙해 오히려 편안하게 느껴진다.

정희, 너라면 저 애를 자유롭게 할 수 있을 거야. 넌 아주 오래전에도 그랬고 지금도 역시 그래. 부자유스러운 건 너의 다리가 아니라 내 마음인지도 몰라. 사실 난 가끔 새미가 말을 못하는 게 다행이라고 생각해. 아이가 내게 물어 올 수많은 말들, 그게 두려운지도 모르겠어. 넌 저 애를 엄마라는 감옥에서 풀어줘야 한다고 말했지. 난 어떤 상황에서도 명쾌하고 당당한 네가 부러워.

아이는 상담실 안에 있는 작은 놀이방에서 장난감을 가지고 놀고 있다. 의자에 비스듬히 앉아 있는 의사가 놀고 있는 아이를 유심히 보고 있다. 여자는 간호사가 밀어 놓고 간 설문지를 앞에 두고 앉아 미동도 하지 않는다. 몇 장의 종이는 아이의 발달 과정과 성격, 특이한 행동 등과 엄마의 성격과 아이를 다루는 태도나 생각 따위, 여자가 살아온 과거와 미래까지 묻고 있다. 여자는 지금 자신이 알지 못하는 것까지 고백해야만 한다. 부모의 과거와 현재, 성격을 알아야만 아이를 진단하고 치료할 수 있습니다. 의사는 정중하고 엄격한 목소리로 말한다. 치료는 의사와 부모, 아이가 함께 협력해야만 가능합니다. 볼펜을 쥐고 있는 손이 떨린다. 당신은 당신의 아이에게 어떤 부모라고 생각합니까? 질문 아래로 서너 줄의 여백이 남겨져 있다. 입술이 유난히 얇고 말이 없던 자신의 어머니를 떠올린다. 어머니에 대한 추억이 거의 없다. 어머니는 너무 일찍 사라지고 잊혀졌다. 여자가 열두 살, 정희가 다섯 살 무렵이었다. 어머니는 수도가에서 빨래를 하거나 부엌에서 쌀을 씻다가도 한참 동안 멍하니 문밖을 내다보곤 했다. 어머니는 햇볕에 바짝 마른 빨래를 차곡차곡 개키다가, 열무나 배추를 다듬다가, 손을 놓고 한숨을 길게 내쉬다가 갑자기 누군가를 만나러 갈 것처럼 옷을 갈아입고 화장을 했다.

여자의 기억으로 어머니는 세 번 집을 나갔고 세 번 다 아버지의 손에 붙들려 다시 돌아왔다. 그때마다 아버지는 어머니에게 손찌검을 했고 옷을 찢고 머리채를 흔들어 댔다. 어머니의 얼굴에는 온통 멍이 들고 머리칼은 함부로 잘려 나갔다. 거칠게 저항하던 어머니는 이튿날 아침이면 몸뻬 바지를 입고 머리에는 수건을 두르고 밥을 짓고 빨래를 했다. 목이 짧고 키가 작은 아버지에 비해 어머니는 키가 훌쩍 크고 이목구비가 반듯했다. 저런 여자는 일부종사하지 못할 팔자라고 동네 사람들이 수군거렸다.

단 한 번 어머니를 따라 외가에 갔었다. 여자가 살고 있는 집에서 그리 멀지 않았지만 어머니는 아주 큰맘을 먹고 나선 길이었다. 어머니를 반겨 주는 사람은 아무도 없었다. 외사촌이라고 어머니가 일러 준 아이들도 낯설었다. 어머니와 나이가 비슷해 보이는 여자가 어머니를 방으로 불러들였다. 여자는 댓돌 아래에 서서 마당에서 놀고 있는 외사촌들을 바라보고 있었다. 조용하던 방에서 남자의 고함 소리가 들려왔다. 이윽고 흐느끼는 어머니의 울음소리가 들렸다. 방문이 열리고 어머니를 방으로 불러들인 여자가 어머니를 부축하며 밖으로 나왔다. 아가씨, 고정하세요. 당분간은 힘들 거예요. 아가씨도 오빠 성격 잘 알잖아요. 당분간이 대체 언제까지죠? 아버지 돌아가신 지 벌써 육 년이에요. 그때 방문이 벌컥 열리고 키가 훤칠하고 이목구비가 어머니와 닮은 남자가 소리치며 안에서 나왔다. 육 년이 아니라 육십 년이 지나도 이 집에는 얼씬도 마라. 너는 이미 이 집과는 무관한 사람이야.

어머니는 외가에서 쫓겨 나온 그길로 여자를 집에 데려다 주곤 어디론가 사라졌다. 어머니는 일주일 후에 아버지 손에 이끌려 집으로 되돌아왔다. 아버지는 움직이지 못할 만큼 어머니를 흠씬 두들겨 패고 난 뒤에는 정성 들여 상처 난 몸에 약을 발라 주었다. 당신은 나를 떠나 살 수 없어. 예전에는 당신네 집 종놈으로 굴러먹었지만 지금은 당신의 남편이야. 행세깨나 하는 양반 집안에서 아내가 지아비에게 일부종사해야 한다는 것쯤은 가르쳤을 거 아냐.

아버지는 처녀였던 여자의 어머니가 택일을 받던 날, 혼자 잠든 주인집 아가씨의 방에 몰래 숨어 들어갔다. 처녀는 어둠 속에서 자신의 입을 틀어막은 사람이 자신의 집에서 일하는 총각이라는 걸 알아챘지만 어찌해 볼 도리가 없었다. 이튿날 아침, 처녀와 총각의 일로 집안이 발칵 뒤집혔다. 처녀를 겁탈한 장본인이 발설한 때문이었다. 처녀는 총각과 함께 집에서 쫓겨났다. 처녀의 아버지는 화병으로 세상을 떠났고 처녀의 어머니는 몸져누웠다.

어머니가 세 번째 집을 나갔다가 아버지 손에 끌려 돌아왔을 때, 어머니는 두어 달 동안 음식을 전혀 먹지 못하고 헛구역질만 했다. 어머니는 입으로 삼킨 것은 물조차 토해 내 얼굴은 백지장 같고 몸은 바짝 여위었는데 이상하게도 조금씩 배가 불러왔다. 몇 달 후 어머니는 달이 차지 않은 아기를 낳았다. 아기를 낳은 어머니는 좀처럼 바깥출입을 하지 않고 아기를 돌보며 지냈다. 아버지는 아기가 목을 가누고 옹알이를 시작하고 기고 설 때, 경중경중 걷고 말을 배울 때도 아기를 안아 주거나 얼러 주지 않았다. 아기가 세 살 되던 무렵 열병을 앓고 소아마비에 걸렸을 때도 한숨 한 번 내쉬지 않았다. 다섯 살 된 아기를 두고 어머니가 영영 집을 나가 돌아오지 않자 여자는 아기의 어머니가 되어야 했다.

특별히 이상이 있어서라고 생각하진 마십시오. 아이를 치료하기 위한 통과 의례라고 생각하면 좋겠군요. 더구나 댁의 아이는 아버지가 부재한 경우라, 양쪽 부모와 함께 살고 있는 다른 아이들에 비해 치료가 더딜 수도 있습니다. 백 프로 그렇다고 단언할 수는 없습니다만, 임상 경험으로 볼 때 대부분 그렇습니다. 어머니께서는 아이가 안심하고 생활할 수 있는 환경을 만들어 주시되, 갑자기 지나친 관심은 피하시고, 아이를 자극하는 행동은 삼가시기 바랍니다. 그럼 일주일에 두 번 화요일과 목요일 오후 두 시에 아이와 함께 오십시오. 아이는 오늘처럼 자연스럽게 놀이를 통해 치료를 유도하고 어머니는 신경 정신과 닥터와 상담을 할 겁니다. 다시 한 번 말씀드리지만 어머니께 뭐 특별한 이상이 있다는 진단이 나온 건 아닙니다. 이 점 안심하시고 돌아가십시오.

여자는 의사와 면담을 끝내고 놀이에 열중해 있는 아이에게 걸어간다. 아이는 여러 가지 장난감들 중 그림이 그려져 있는 카드를 가지고 놀고 있다. 아이는 아직 세발자전거도 타지 못하고 블록도 쌓지 못하고 동그라미나 세모, 네모를 그릴 줄도 모른다. 아이는 오로지 숫자에만 몰두해 있다. 엘리베이터 안에 붙어 있는 숫자판이나 달력, 전화기에 붙어 있는 숫자, 심지어 플라스틱 식기나 누군가 입고 있는 티셔츠에 새겨진 숫자까지 아이는 달려들어 만지고 누르고 입을 맞춘다.

아이는 집에 도착할 때까지 묵묵히 여자의 손을 잡고 있다.

아이는 예상 밖으로 새로운 생활에 잘 적응한다.

정희로 인해 아이와 단둘이서 먹고 자고 싸우고 아주 가끔 짧은 외출을 하며 지내던 일상은 바뀌었다. 아이는 정희에게 호의적인 편이다. 이따금 불시에 집에 초인종을 누르곤 하던 낯선 방문객들에게도(사은품을 주겠다면서 신문 구독을 요청하는 남자나 우유 보급소 여자, 학습지 영업 사원 등) 적대감을 표현하던 아이였다. 새로운 환경이나 사람은 아이를 공격적으로 만들었다. 늘 가지고 놀던 장난감과 닳도록 보았던 비디오테이

프, 익숙한 옷과 먹을 것, 언제나 그 자리에 있는 가구들만이
아이를 안정시켰다.

아이가 병원 치료를 받기 시작하면서부터 외출이 잦아졌고
그만큼 아이와 여자도 여러 사람들과 만나고 부딪칠 수밖에 없
다. 가끔 공격적으로 돌변한 아이는 여전히 여자를 당황스럽고
두렵게 한다. 사소한 일에도 순식간에 태도가 돌변해 버리는
아이를 끈질기게 위로하고 다독거려야 한다. 여자는 찬장을 뒤
져 오랫동안 사용하지 않았던 그릇들을 꺼내 깨끗이 닦고 칼과
도마와 식기들을 삶고 행주를 삶으며 지친 아이가 제풀에 꺾일
때까지 기다린다.

방바닥을 뒹굴며 악을 쓰던 아이가 잠잠해진다. 삶아서 말려
놓은 행주로 싱크대 주변에 튄 물기를 꼼꼼히 닦아 낸다. 등 뒤
에서 아이의 기척이 느껴진다. 아이가 손으로 여자의 종아리를
잡아끈다. 천천히 아이를 돌아본다. 얼굴이 온통 눈물과 콧물
로 얼룩져 있는 아이가 무언가를 말하려는 듯 입을 실룩거린
다. 그러나 아이의 입에서 새어 나온 건 알아들을 수 없는 작은
웅얼거림뿐이다.

아이의 새 신을 샀다.

아이의 발은 한 치수쯤 커 있다. 아이는 골라 놓은 신은 신으
려 하지 않고 제 손에 닿는 신발은 모두 바닥으로 던지며 가게
안을 뛰어다닌다. 신발 가게에 손님이 들어오자 얼른 신발값을

치르고 아이를 잡아끌며 밖으로 나온다.

특별히, 이상이 있어서는 아닙니다, 귓가에는 아이의 주치의인 소아 정신과 의사의 담담한 목소리가 맴돈다. 아이의 치료를 위해 병원에 갈 때마다 여자는 정신과 의사와 따로 상담을 한다. 대개 의사가 질문을 하면 여자는 짧게 대답한다. 인색한 답변에 의사는 조급해하지 않는다. 의사는 아이보다는 여자의 이야기를 듣고 싶어한다. 언니에게는 언니의 속마음을 털어놓을 누군가가 필요해. 그 대상이 의사든 이웃집 아주머니든 친구든 그건 상관없잖아. 언니는 너무 오랫동안 침묵하며 살아왔어. 그나마 나한테는 싸우고 미워하긴 했지만 늘 부대끼며 지낸 아버지가 있었어. 아버지가 돌아가시면 정말이지 속 시원할 거라고 생각했지, 이렇게 허전할 거라곤 상상도 못했으니까. 지금 언니 얼굴이 어떤지 알아? 거울 한번 봐……. 모래 먼지 풀풀 날리는 사막 한가운데를 몇 달이고 혼자 걷고 있는 것처럼 지치고 고달픈 사람의 얼굴이 보일 테니까. 여자는 지금 사막을 걷고 있다. 말 못하는 아이 하나를 등에 업고.

정희가 돌아올 시간에 맞춰 저녁 식사를 준비한다. 쌀뜨물을 받아 된장을 풀고 애호박과 감자, 두부를 넣어 찌개를 끓이고 작은 냄비에는 아이가 좋아하는 달걀찜을 한다. 김이 오르는 전기밥솥을 바라보면서 작게 중얼거린다. 이제 그만 네가 살던 곳으로 돌아가. 아버지 사십구일재도 지났잖아. 언젠가는 네가 떠날 거라는 걸 알아. 네가 그랬지. 아버지가 돌아가셔서 허전하다고. 넌 겉으로 아버지를 미워하고 대들었지만 난 속으로 그랬어. 아버지가 살아 계셨을 때는 나도 몰랐어. 널 보면 자꾸 아버지 생각이 나.

된장찌개가 너무 졸아들지 않도록 가스불을 줄인다. 퇴근 시간이 훨씬 지났는데 정희는 오지 않는다. 아이는 비디오를 보면서 꾸벅꾸벅 졸고 있다. 정희의 흔적이 집 안 구석구석에 있다. 방 한쪽 구석에는 옷가지가 들어 있는 가방이, 옷걸이에는 잠옷과 청바지와 셔츠가, 신발장에는 운동화 한 켤레가 그대로 있다. 전화 수화기가 있는 쪽으로 고개를 돌린다. 아버지 사십구일재 날, 정희와 함께 아버지 위패를 모셔 둔 절에 갔다. 아이는 그날따라 유난히 힘들게 했고 정희는 그런 여자를 답답한 듯 보고 있었다. 돌아오는 길에 정희가 말했다. 새미를 보면 언니를 보는 것 같아. 옛날 어렸을 적의 언니 말이야. 여자는 아직 의사에게 말하지 못한 어머니 이야기를 정희에게 들려주었다. 어머니를 따라 외가에 갔던 일과 그날 어디론가 사라졌던 어머니가 돌아와 몇 달 후 아기를 낳은 일까지.

된장찌개 뚜껑을 열고 물을 조금 붓고 식탁 위에 놓인 김치며 멸치볶음 접시 위에 뚜껑을 덮어 둔다. 아이는 방바닥에 엎드려 잠이 들었다. 여자는 비디오 전원을 끄고 베란다로 나가 창을 연다.

검은 물체 뿔테 안경

창가에 길게 늘어진 검붉은 색 커튼이 젖혀지자 어둠 속에 숨어 있던 누군가의 뒷모습이 보인다. 넓은 어깨와 편편한 등 아래로 살집이 잡힐 것 같은 굵은 허리와 흘러내릴 듯 처진 엉덩이와 고르지 못한 두 개의 다리가 방금 물속에서 나온 듯 바들바들 떨고 있다. 방 안은 도둑이 쓸고 간 것처럼 뒤죽박죽 어질러져 있다. 두 걸음도 떼지 못하고 넘어지고 만다. 방바닥에 널브러져 있는 옷가지와 엎어진 휴지통, 화장품 병 따위를 밟지 않으려고 조심조심 몸을 움직여 화장대까지 기어간다. 팔을 뻗어 화장대 위를 더듬는다. 쓰러진 화장품 병들과 분첩과 전화기가 손에 잡힌다. 서랍을 연다. 공과금 영수증과 드라이어가 보일 뿐 안경은 없다. 어디에 두었을까?

한쪽 손으로 침대를 짚고 몸을 일으킨다. 무릎이 시큰거리고 등에서 식은땀이 흘러내린다. 방문을 열고 벽을 더듬으며 밖으

로 나온다. 손에 잡히는 대로 전등 스위치를 켠다. 거실과 부엌
이 환하게 밝아진다. 거실 탁자 아래에 뒹굴고 있는 검은 물체
는 뿔테 안경이다. 아픈 다리를 생각하지 못하고 몸을 움직이
려다 풀썩 주저앉고 만다. 안경이 있는 곳까지 기어서 간다. 무
릎이 쑤시고 어깨가 결린다. 장애물 경주를 하듯 어렵게 안경
을 손에 쥔다. 웬일인지 안경은 한쪽 알이 비어 있다. 나머지
한쪽도 금이 가 있다. 깨지고 금이 간 안경을 천천히 귀에 건
다. 검은색 안경테는 헐거워져 있다. 금방이라도 벗겨질 것 같
은 망가진 안경을 끼고 더듬거리며 다시 방으로 간다. 금이 간
안경 너머로 보이는 화장대 거울은 뿌옇다. 중키에 짧은 파마
머리를 한 40대 중반의 여자가 보인다. 기미와 주근깨가 번진
각진 얼굴은 간밤에 잔뜩 술을 먹었는지 퉁퉁 붓고 콧잔등에는
상처까지 패어 있다. 거울을 보고 있던 그녀가 갑자기 경련을
하듯 화장대에 놓인 전화 송수화기를 집어 든다.
　「나리니? 나야, 키위.」
　송수화기 저편에서는 가느다란 숨소리만 들려온다.
　「지금 어디니? 전화 끊지 마라. 아직 대전에 있니?」
　입술을 움직일 때마다 턱뼈가 쑤시고 아프다.
　「제발 대답 좀 해.」
　딸깍, 전화가 끊어진다.
　수전증에 걸린 노인처럼 덜덜 손을 떨며 다시 열 개의 숫자
판을 누른다. 전화기가 꺼져 있다는 메시지가 들린다.

너, 나 죽는 꼴 보고 싶어서 그러니?

전화 수화기를 바닥에 집어 던지고 침대에 걸터앉아 손가락으로 양쪽 관자놀이를 누른다.

언젠가 네가 이야기방에 올린 시 기억하니? 네가 곁에 있어도 나는 네가 그립다는…… 지금 내가 너한테 들려주고 싶은 마음을 그 시가 이야기해 주는 것 같아. 지금 내가 괴로운 건 내 곁에 네가 없어서이고 내 사랑을 받아 주지 않는 너 때문이야. 너는 마흔다섯 살 나에게 찾아온 첫사랑이야. 너를 갖지 못한다면 차라리 죽음을 택하겠어. 너와 나 모두의 죽음.

냉장고를 여는 손놀림이 거칠다. 김치 냄새가 훅 끼쳐 오는 냉장고 안에서 작은 생수병을 꺼내 입에 대고 꿀떡꿀떡, 목을 타고 물이 흘러내리는 것도 모른 채 허겁지겁 들이마신다. 소주를 세 병쯤 마신 것까지는 기억이 나는데 그 후의 기억은 토막 난 생선의 머리와 몸통과 꼬리처럼 제각각 띄엄띄엄 떠오른다. 안경이 망가진 게 대전에서인지 집에 돌아와서인지도 가물가물하다. 어떻게 운전을 하고 집에 왔는지, 누가 옷을 벗겼는지, 취중에 자신이 옷을 벗었는지도 생각나지 않는다.

속옷 바람으로 침대에 눕는다. 누군가에게 두들겨 맞았는지 꼼짝할 기운도 없다. 술에 취해서 싸움이라도 한 걸까? 힘겹게 손가락을 움직여 본다. 손바닥으로 천천히 벗은 몸을 쓸어내린다. 탄력을 잃은 살가죽 위로 오소소 소름이 돋는다. 술에 취한 자신보다 더 빨개진 얼굴로 소리를 지르던 남편의 얼굴이 스쳐

지나간다. 자동차를 몰고 대전의 모임 장소에 도착했을 때 자신을 보자 뜨악한 표정을 짓던 친구들의 얼굴이 떠오른다. 술을 얼마나 마셨을까? 나리를 데리고 오라고 소리치자 친구 중 하나가 미친년이라고 욕을 했고 다른 친구 하나는 시끄럽게 굴지 말고 돌아가라고 말했다. 20여 명의 친구들이 모여 있던 단란주점은 그녀가 내던진 소주병 하나로 삽시간에 아수라장이 되었다. 깨지고 금이 간 안경을 끼고 자동차에서 내리는 그녀를 보자 남편은 대뜸 뺨을 갈겼다. 술과 안주 자국으로 범벅이 된 블라우스는 단추마저 서너 개가 떨어져 나가 있었다. 남편의 입에서 '이제 이혼하자, 우리'라는 말을 들었던 것도 같다. 욕설과 함께 저주 섞인 악담을 늘어놓던 남편이 일순 입을 다물었다. 고맙다는 그녀의 말을 듣고.

여섯이나 되는 동생들의 큰언니 노릇이 싫어 무작정 남자를 따라나서 온 곳이 서울이었다. 그녀의 뱃속에는 3개월 된 아기가 자라고 있었다. 그녀가 떠난 걸 알게 된 어머니가 쳐 죽일 년, 악독한 년, 빌어먹을 년이라고 욕을 해대는 모습이 눈에 선했다. 어머니와 동생들에게 그녀는 적지만 안정된 수입을 가져다주는 존재였다. 남자는 그녀의 집에서 석 달을 숨어 살았다. 도로에서 10분쯤 걸어 들어가면 골목이 나오고 다시 구불구불한 샛길을 또 한참 들어가야 칠이 벗겨진 조그만 나무대문이 보였다. 도망을 치다 막다른 골목에 몰린 남자는 그녀의 집 낮은 담을 뛰어넘었다. 어머니는 남자를 내보내라고 했지만 그녀는 쌀이며 고구마, 감자 따위를 넣어 놓는 광 속에 숨겨 주었다. 이틀을 광 속에서 숨어 있던 남자는 그녀의 남동생과 한방을 쓰며 석 달 동안 하숙생처럼 지냈다. 남자에게 방값과 밥값을 받는 조건으로 어머니도 마지못해 남자와의 동숙을 허락했다.

남자가 대학생이라는 사실을 그녀는 알지 못했다. 어머니와 남동생이 외할머니 제사를 지내려고 집을 비운 날 그녀는 한밤중에 불이 켜진 그의 방으로 건너갔다. 그녀의 손에는 낮에 쪄 둔 고구마 두 알이 담긴 접시가 들려 있었다. 다짜고짜 남자는 그녀를 이불 속으로 끌고 들어갔다. 문을 잠그는 것도 잊고 두 사람은 한마디 말조차 나누지 않은 채 서툴게 몸을 섞었다. 바지를 올리며 남자가 입을 열었다. 나랑 서울 가자.

그녀는 어머니와 동생들을 위해 공장에 다니는 것보다 차라리 남자와 도망치는 게 낫다고 생각했다. 어딜 가든 지금보다는 나은 삶이 기다리고 있을 것 같았다. 남자와 함께 밤 도망을 쳐 도착한 서울은 춥고 배가 고팠다. 두 사람은 서울역 근처의 싸구려 여인숙에서 하룻밤을 보냈다. 이튿날 아침이 되자 남자는 여인숙에 그녀를 홀로 남겨 두고 나갔다가 밤이 되어서야 돌아왔다. 다음날 아침 남자를 따라 창신동에 있는 단칸방에서 짐을 풀었다. 남자가 급히 얻은 사글셋방이었다.

남자는 청계천에 있는 화공약품 공장에 취직을 했다. 공장 일이 끝나면 남자는 노동자들과 술을 마시거나 종종 집으로 동료들을 데리고 왔다. 그녀의 배는 주위 사람들이 눈치 챌 만큼 불러 왔다. 남자는 집으로 찾아오는 동료들에게 언제나 친절하고 예의 바르게 행동했다. 술을 마셔도 취하는 건 언제나 그들이 먼저였다.

퉁퉁 부은 다리로 좁디좁은 부엌에 서서 삼겹살을 굽고 상추를 씻어 술상을 차려 주고 잠깐 어디에 가 있을까 망설이고 있었다. 여러 세대가 사는 집이라 대문 열리는 소리도, 요란한 구둣발 소리도 무심히 지나쳤다. 고기 냄새 빠지라고 밖으로 반쯤 열어 놓은 부엌문이 와지끈, 떨어져 나갈 만큼 거칠게 열리고 검은 점퍼 차림의 사내들이 들이닥쳤다. 신도 벗지 않고 방으로 올라간 사내들은 지체하지 않고 남자의 손목에 수갑을 채웠다. 함께 술을 마시고 있던 동료들도 모두 끌려 나갔다. 수갑이 채워진 채 밖으로 끌려 나가면서 남자가 흘긋 그녀를 돌아보았다. 방 한가운데에 놓였던 둥근 밥상이 엎어지고 상추며 된장 종지, 삼겹살이 담겼던 접시가 방바닥에 굴렀다. 그녀는 텅 빈 방 한가운데에 오도카니 앉아 남자가 끌려 나간 부엌문을 바라보았다.

해산날을 며칠 앞두고 찾아간 구치소에서 그녀는 남자가 공장에 위장 취업한 대학생이라는 걸 알았다. 학생 운동을 하다 수배 중이었다는 사실을 구치소에서 우연히 만난 그의 누이에게서 들었다. 누이는 끝까지 그녀의 부른 배를 외면하며 물었다. 홍규는 어차피 다시 학교로 갈 아인데 어떻게 할 작정이냐고. 그녀는 누이의 말에 대답을 할 수 없었다. 남자에 대한 배신감과 분노 때문에 똑바로 서 있기도 어려웠다. 남자가 도둑이거나 살인자라면 오히려 마음이 편할 것 같았다. 누이와 헤어져 집으로 돌아가면서 생각했다. 그가 속인 건 없었다. 남자가 대학생이 아니라고 말한 적은 없었다. 다만 대학생이라는 말을 하지 않았을 뿐이었다.

마흔다섯 살이 되도록 나는 감정 없는 동물처럼 무감각하게 살아왔어. 나한테도 배고픔이나 무서움 같은 단순한 감정 외에, 나 자신도 뭐라 표현할 수 없는, 이런 감정, 느낌…… 처음에는 신기하고 이상했어. 나도 누군가를 사랑할 수 있다는 사실이 기쁘기보다 가슴 한쪽이 철렁 내려앉는 듯 두렵기도 했어. 너를 사랑하고 있다는 걸 깨달은 건 일 년 전이었지. 네 이름으로 올라온 글을 보면 가슴이 두근거렸어. 나를 위해 쓴 글이 아니라는 걸 알면서도 나는 마치 내게 온 편지를 읽는 것처럼 가슴이 뛰었어. 내가 너를 위해 올렸던 글, 사실 나는 지금껏 누군가에게 편지 한 통 써본 적이 없다. 문장이 서툴러도 너는 이해하리라 믿어. 동호가 군에 간 뒤로 컴퓨터는 얼떨결에 내 차지가 되었어. 밤마다 너를 생각하면서 글을 썼다. 친구들이 욕해도 어쩔 수 없다. 네가 나를 받아만 준다면, 나 이제껏 살았던 것처럼 조용히 지낼게.

나리에게서 답장만 왔어도 그녀는 대전에서 있었던 송년 모임에는 가지 않았을 것이다. 아지트 친구들이 하나 둘 그녀와 나리의 사이를 알아채 저희들끼리 수군거리고, 방장은 그녀에게 전화를 걸어 언짢은 목소리로 충고했다. 미꾸라지 한 마리 때문에 방 전체가 이상하게 돌아가고 있으니 더 이상 나리를 괴롭히지 말라고 했다. 네가 상관할 일이 아니야. 그녀는 미안하다는 말 대신 버럭 소리를 질렀다. 그녀의 해괴한 행동이 아지트 회원들에게 공개되거나 가뜩이나 인터넷 모임에 과민한 반응을 보이는 회원들 남편이 알게 되는 날에는 방이 폐쇄될지 모른다며, 방장의 권한으로 강제 탈퇴시키겠다고 경고했다. 그녀는 이야기방에 글을 쓰지 않았지만 하루에도 수차례 컴퓨터 앞에 앉아 나리가 올린 글을 읽었다. 그녀는 남편이 퇴근해서 집에 온 것도 모르고 아들 방에 앉아 나리가 오래전에 올렸던 글까지 검색해서 읽었다. 당신, 이제 완전히 돌았어. 당신 같은 사람을 두고 인터넷 중독자라고 하는 거야. 집 안 꼴이 눈에 안 보이니? 냉장고는 텅텅 비었고 설거지를 안 해서 라면 끓일 냄비 하나 없잖아. 욕실에 걸린 건 수건인지 걸레인지 도무지 구별이 안 가. 동호가 군에 가서 적적하면 차라리 운동을 해. 동네 아줌마들하고 사우나라도 다니든지. 밖에서 일하고 들어온 남편한테 이런 추한 모습 보여야겠어?

컴퓨터를 켜고 끄는 것도 서툰 그녀가 처음 아들 방에 들어가 키보드를 두드릴 때만 해도 그는, 요즘은 주부들도 컴퓨터를 다룰 줄 알아야 한다며 등 뒤에 서서 인터넷 접속 요령을 가르쳐 주었다. 그녀가 늦은 시간까지 컴퓨터 앞에 앉아 있는 게 못마땅하면서도 내심 신기해하는 것 같았다. 밥하고 빨래하고 집 안을 쓸고 닦는 착하고 성실한 손, 미싱을 돌리고 가위로 옷감을 잘라 내고 실밥을 뜯어내던 부지런하고 정직한 손을 가진 그녀가 아이를 위해, 남편을 위해, 공장을 위해 하는 일이 아닌, 다른 것에 열중하고 있다는 사실이 우습게 느껴졌을지도 몰랐다. 인터넷으로 신문도 읽고 요리 사이트에 들어가서 새로운 음식도 배우고 그래. 괜히 이상한 사이트에 들어가서 채팅이니 그런 건 하지 말고. 선무당이 사람 잡는다고 요즘 주부들이 채팅하다가 애들이고 남편이고 다 내팽개치고 낯모르는 놈하고 놀아나다 이혼당하고 그런다더라. 당신이야 뭐 그럴 리 없겠지만 말이야.

그녀가 인터넷을 시작한 뒤로 그는 지금껏 하고 싶은 말을 참고 살아온 것처럼 길게 잔소리를 늘어놓았다. 일간 신문 정치부 기자와 한집에 살면서도 그녀는 한 번도 남편과 정치 이야기를 해본 적이 없었다. 남편이 서울 한복판에 있는 신문사 기자였지만 집 밖에서 남편을 만난 적이 없었다. 남편은 그녀를 부부 동반 모임에 데리고 가지 않았고 집으로 직장 동료를 데리고 온 적도 없었다.

남편이 숨겼는지 자동차 키는 보이지 않는다. 그녀는 깨지고 금이 간 안경을 끼고 외투를 걸친다. 1층까지 내려가는 동안 엘리베이터는 서너 번이나 멈춘다. 운동복 차림의 남자와 쓰레기 봉지를 든 여자, 학원 가방을 멘 고등학생이 탄다. 세 사람 모두 그녀의 얼굴에 찍힌 상처와 깨진 안경을 슬쩍슬쩍 훔쳐본다. 자동차는 주차장에 얌전히 세워져 있다. 아파트 단지 안으로 들어온 택시를 탄다. 상계동 무지개 아파트로 가주세요. 그녀는 택시 뒷좌석에 앉아 휴대 전화기의 버튼을 꾹꾹 누른다. 신호가 간다. 나리니? 나, 키위야. 끊지 마. 뚝. 전화가 끊긴다.

제, 발, 끊, 지, 마. 나, 이혼할 거야. 너도 네 남편 참기 힘들다고 말했잖아. 아이들 때문이라면 걱정하지 마. 내가 있잖아. 네 애들 대학 들어갈 때까지 내가 뒷바라지해 줄게. 나는 남편 없이 동호를 혼자 키웠어. 그이가 감옥에 있는 동안 나 혼자 동호 낳고 공장 다니면서. 그이는 감옥에서 나와 한 달 뒤에 입대하고 제대하고 다시 복학하고, 또 몇 년은 돈도 안 되는 직장에 나가고……. 사람들은 신문사 정치부 기자 사모님이라면 아무 걱정 없이 편하게 살아온 줄 알지만 나는 그 사람 부인이 아니라 엄마로 살았어. 너와 함께라면 다시 그 세월로 돌아간다고 해도 하나도 겁나지 않아. 더구나 너는 대학까지 나온 엘리트 아니니? 대체 두려울 게 뭐란 말이니?

택시는 무지개 아파트 정문 앞에 선다. 핸드백을 열고 지폐를 꺼내 운전사에게 건넨다. 잔돈을 받을 생각도 않고 서둘러 택시에서 내린다. 케이크 상자를 든 남자가 외투 깃을 세운 채 빠르게 그녀 앞을 지나쳐 아파트 단지 안으로 사라진다. 목도리를 두르고 털모자를 눌러쓴 남자 아이와 식료품이 잔뜩 담긴 비닐봉지를 가슴에 안은 젊은 여자가 그녀의 옆구리를 스치고 지나간다.

아파트 화단에는 잎 떨어진 나무만 줄지어 서 있고 지난여름 무성하던 꽃 한 송이 볼 수가 없다. 그녀는 나리가 살고 있는 30동 앞으로 걸어간다. 고개를 들고 어렵지 않게 나리의 집을 찾는다. 3층, 나리의 집에는 불이 켜져 있다. 반 정도 드리운 커튼이 시야를 방해하지는 않는다. 거실장 위에 놓인 텔레비전은 켜져 있고 소파에는 누군가 앉아 있다.

홈드레스를 입고 머리를 틀어 올린 여자, 작은 키를 감추려 턱없이 높은 힐을 신고 다니는 여자, 나리가 접시에 무언가를 담아 들고 소파로 가고 있다. 소파에 앉아 있는 사람이 일어나 화장실 쪽으로 간다. 그녀는 휴대 전화기를 꺼내 숫자판을 누른다. 신호가 간다. 나리가 소파에서 일어나는 게 보인다. 전화는 받지 않는다. 그녀는 입술을 깨문다. 신경이 온통 3층 나리 집에 쏠려 있어 추운 줄도 모른다. 이번에는 휴대 전화기가 아니라 집으로 전화를 건다. 누구든 받지 않을까? 신호음이 세 번 들리고 누군가 수화기를 든다. 여보세요? 민정의 목소리다. 나, 키위 아줌만데 엄마 바꿔 줄래. 나리의 딸애가 제 엄마를 부르는 소리가 들리고 잠깐 아무 소리도 없더니 딸깍, 전화는 끊어진다. 그녀는 당장이라도 304호로 달려가 현관 벨을 누르고 싶다. 3층 거실 창가에 길게 커튼이 늘어지는 게 보인다. 아이들을 방으로 보냈는지 거실 불도 꺼진다. 그녀는 휘청거리는 걸음으로 30동 현관 쪽으로 걸어간다.

그녀가 처음 나리를 안은 건 6개월 전 이곳 현관 앞에서였다. 홈드레스 차림에 높은 힐까지 신은 나리는 갑작스러운 그녀의 포옹에 깜짝 놀랐지만 호들갑을 떨거나 반항하지는 않았다. 그녀의 깊은 포옹에 놀라면서도 나리는 그녀의 창백한 안색을 걱정하는 듯했다. 그녀가 두 팔로 어깨를 안고 순식간에 입술을 덮치자 그때에야 나리는 놀라 몸을 비틀고 저항하다 뒤로 넘어지는 바람에 구두 굽이 부러져 버렸다. 너를 사랑해. 처음이야. 누군가를 사랑한다는 감정. 나리는 두려움에 찬 눈빛으로 그녀를 바라보다 한마디 말도 하지 않고 엘리베이터에 올라탔다. 다시는 오지 마. 엘리베이터 문이 닫힐 때 나리가 소리쳤다. 내가 대체 무엇을 잘못한 거니? 그녀는 날마다 컴퓨터 앞에 앉아 나리에게 메일을 보냈다. 나는 레즈비언이 아니야. 네가 지금 얼마나 끔찍한 짓을 하고 있는 줄 알고 있니? 내가 남편을 사랑하지 않는다 해도 여자를 좋아할 만큼 타락하지는 않았어. 다시는 내게 메일 보내지 마. 나리는 더 이상 그녀에게 답장을 쓰지 않았다.

이야기방에 올라온 방장의 글을 읽고 그녀는 나리가 자궁근종이 생겨 수술을 받았다는 사실을 알았다. 지방에 살고 있는 회원들은 오지 못했지만 서울과 경기 지역에 사는 친구들은 약

속 시간을 정해 함께 문병을 가기로 했다. 그녀는 일부러 약속
시간에 가지 않았다. 나리가 좋아하는 안개꽃과 빨간 장미를 나
리의 나이 수만큼 샀다. 6인용 병실은 환자와 가족들로 북적거
렸다. 그녀를 보자 나리는 고개를 돌려 버렸다. 그때 이야기방
친구 들국화가 토마토 주스를 들고 병실로 들어왔다. 어머, 키
위가 장미꽃을 사왔네. 키위 너 보기보다 세련됐다. 들국화와
나리가 이야기하는 사이 그녀는 슬며시 병실을 나왔다. 그녀는
나리가 입원한 일주일 내내 장미꽃과 안개꽃을 사들고 문병을
갔다. 전날 가져다준 꽃은 병실 어디에도 보이지 않았다.

「내 손으로 꽃을 산 건…… 처음이야.」

그녀가 병실을 나서는 순간 쓰레기통에 처박힐 장미와 안개
꽃 다발을 창가에 놓으며 말했다.

「냄새가 독하다. 치워 줘.」

창가 쪽 침대에 누운 나리는 그녀와 꽃을 보곤 고개를 돌려
버렸다.

「너를 처음 만났을 때 생각난다. 사람한테 향기가 느껴지기
는 처음이었어. 친구들이 곁에 없었더라면…… 그날 너를 안
아 보고 싶었어.」

「제발…… 그만 가줘. 부탁이야.」

나리가 애원하듯 소리쳤다.

「처음에 나는 나와 다른 빛깔인 네가 좋았어. 배우지 못하고
예쁘지도 않고, 함께 살고 있는 남자에게서조차 관심 밖인

내 자신이 초라했지. 이제까지 살아오면서 단 한 사람의 친구도 없었다면 넌 믿겠니?」

「금방 남편 올 거야. 돌아가.」

「넌 나와 많이 다르지. 그림을 그리는 여자는 상상이 안 됐어. 새하얀 피부에 길쭉한 손가락, 텔레비전 드라마에서나 보았던 이젤이니 하는 그림 도구들. 너를 만났을 때 맡았던 향기는 아마 물감 냄새였는지도 몰라. 초등학교 졸업이 고작인 내가 미대를 나온 너를 알게 된 건 순전히 나이가 같으면 회원이 될 수 있었던 인터넷 카페 덕이야. 아지트 회원에 가입할 때 난 남편의 껍질을 가지고 들어갔어. 모르는 사람들 앞에서 주눅 들기 싫었거든. 일간 신문 정치부 기자 사모님이라면 적어도 남에게 무시당하지는 않을 테니까. 그런데 너의 글을 읽으면서 나는 껍질 밖으로 나가고 싶어졌어. 그래서 날마다 나는 내 어린 시절 이야기를 써서 올렸던 거야. 그때 너, 내게 따뜻한 답장 써줬잖아?」

「후회하고 있어.」

병실 문이 열리고 감색 양복을 입은 건장한 남자가 바로 들어왔다.

「남편이야. 그만 가!」

그녀는 남자에게 가볍게 목례를 하고 병실을 나왔다.

처음부터 남편과의 섹스는 입맞춤이나 전희 없이 일방적이고 짧았다. 잠깐 배를 스치고 지나가는 이물스러운 느낌. 그가 창신동 사글셋방에서 사복경찰에게 잡혀가던 날, 그녀는 자신의 뱃속에 든 아기가 과연 그의 아이인지 의심스러웠다. 혼자서 아기를 낳고 손수 미역국을 끓여 먹었다. 방세는 고사하고 쌀까지 떨어져 꼼짝없이 굶어 죽게 된 그녀를 찾아온 건 그의 누이였다. 그녀는 그의 누이가 주고 간 돈이 떨어질 때까지 아기와 함께 방에서 나가지 않았다. 아기를 데리고 고향집으로 돌아가지 않은 건 누이의 말처럼 그에 대한 미련 때문이 아니었다. 갓난아기 딸린 그녀는 이미 어머니와 동생들에게 희망이 아니라 짐스러운 존재일 뿐이기 때문이었다.

그녀는 백일이 안 된 아기를 업고 미싱을 밟았다. 흠뻑 젖은 기저귀를 갈아 주지 않아 아기의 엉덩이와 사타구니는 벌겋게 짓무르고 헐었다. 틈틈이 화장실로 달려가 젖을 먹이고 기저귀를 갈아 주었다. 아기는 등에서 종일 잠을 자거나 옹알이를 했다. 순한 아이였다. 두 번 다시 남편에게 면회를 가지 않았다. 남편이 집으로 돌아왔을 때 아기는 세 살이 되어 있었다.

출옥하던 날 밤, 남편은 자고 있는 아기의 얼굴은 들여다보지도 않고 하루 종일 아기를 업고 미싱을 돌린 그녀를 거칠게 쓰러뜨렸다. 어둠 속이라 남편의 얼굴을 자세히 볼 수 없었다. 달려들 때의 기세와 달리 그는 거친 숨을 몰아쉬며 금세 곯아떨어져 버렸다. 한 달 뒤, 그는 강제 징집으로 입대를 했다. 더 이상 등에 매달려 있을 수 없게 커버린 아이는 한집에 세 들어 사

는 노인이 맡아 주었다. 그녀는 월급을 받으면 사글세를 내고
아이를 돌봐 주는 노인에게 돈을 지불하고 쌀을 사고 연탄이며
라면을 사들였다. 명절이 돼도 그녀는 고향집에 가지 않았다.
어머니와 동생들을 위해 미싱을 밟아야 할 그녀가 남자의 아이
를 키우기 위해 낮이고 밤이고 미싱을 밟는다는 걸 안다면 어
머니는 기함을 하고 쓰러질지 몰랐다.

제대해서 돌아온 그는 대학생이 되었다. 그의 누이가 걱정했
던 것과 달리 그는 얌전히 대학 생활을 했다. 학기 초에는 학과
엠티와 서클 엠티에 쫓아다니고 시험 때가 되면 도서관에서 공
부하고 가끔 친구들과 술을 마시고 돌아왔다. 그녀는 여전히
아기를 노인에게 맡기고 미싱을 밟았다. 그가 얌전히 졸업을
한다면 그의 부모님이 그녀와 아이를 받아 줄지도 모른다고 누
이가 말했다. 그녀는 그의 부모가 궁금하지 않았다. 그의 부모
는 생각보다 훨씬 일찍 그를 만나고 싶어했다. 그는 그녀와 아
이를 두고 혼자 집에 다녀왔다. 스물일곱이 된 그는 아직 부모
의 도움이 필요한 사람이었다. 그는 혼인 신고도 하지 않았으
니 얼마간의 돈을 줘서 고향으로 돌려보내라는 부모의 말을 그
녀에게 전하지 않았다. 아이는 길러 줄 테니 제발 홍규를 놓아
달라는 누이의 간청을 외면하며 그녀는 입술을 깨물었다. 나는
그를 잡지 않아요. 동호는 내 자식이니 어디에서 살든 상관하
지 마세요. 그는 떠나지 않았다. 그녀가 미싱을 밟아 번 돈으로
그는 대학을 졸업했다. 그는 학비를 대줘서 고맙다는 말을 하

지 않았고, 그녀는 떠나지 않아서 고맙다는 말을 하지 않았다.

「나는 너를 버릴 만큼 치사한 놈은 아니야!」

술 취해 집에 돌아온 그는 빗물과 곰팡이로 얼룩진 벽에 머리를 짓찧으며 고함쳤다.

「차라리 떠나. 당신이 나보다 세 살이나 어린 대학생이라는 걸 알았다면 나는 절대 당신을 따라 서울에 오지 않았을 거야. 어차피 동호와 둘이 살았던 시간 속에 당신은 없었어. 붙잡지 않을 테니 떠나 버려.」

그녀는 차라리 그가 미련 없이 짐을 싸기를 바랐다.

「당신은 철사처럼 뻣뻣한 여자야. 내가 머릿속에 그리던 여공은 소처럼 일만 하는 당신 같은 여자는 아니었어. 내가 떠나지 않는 건 당신 때문이 아니라 내 신념을 배반하고 싶지 않아서야.」

그는 대학을 졸업한 뒤 유학을 떠나라는 부모의 뜻을 무시했고, 그녀를 떠나지도 않았다.

동호 나이가 벌써 스물한 살, 내가 그를 처음 만났을 때 그의 나이와 같아. 동호는 제 아빠를 닮아 말수가 적고 조금 차가운 아이야. 두 사람이 함께 앉아 있으면 부자지간이 아니라 삼촌과 조카처럼 보여. 그 애는 시간이 날 때면 언제나 러닝 머신에 붙어 지냈어. 두 사람은 그런대로 잘 지내는 편이야. 문제는 나야. 동호가 어렸을 때 늘 남의 손에 맡겨 놓고 일을 다녔던 게

죄책감으로 남아 있으면서도 이상하게 끈끈한 정이 느껴지지 않아. 내 속으로 낳은 새끼인데 말이야. 동호 역시 내게 무심한 편이야. 나리 너는 남편과 싸우고 나면 오히려 아이들이 안쓰럽고 불쌍하게 느껴진다고 했지? 어쩌면 그게 자식 가진 어미의 본능인지 몰라. 하지만 나는 동호가 군에 갈 때 홀가분한 느낌이 들더라. 당분간 얼굴 보지 않아도 된다고 생각하니까 무거운 짐을 내려놓은 기분이었다. 그가 군에 갔을 때도 나는 막막하면서도 마음이 편했어. 사랑하는 사람이라면 곁에 두고 싶은 게 사람 마음일 텐데…….

누군가에게 제 마음을 열어 보인 건 아주 사소한 일로 시작되었다. 외아들인 동호가 입대했다고 이야기방에 짧은 글을 올렸는데 그날 저녁 한 통의 전자 우편이 왔다. 그림을 전공했다는 여자, 두 아이를 키우면서 웹 디자이너 시험을 준비한다는 나리에게서였다. 이야기방에 글을 올릴 때 그림이며 사진, 음악까지 끼워 넣을 줄 아는 여자는 많지 않았다. 친구들 생일이 되면 나리는 케이크가 그려진 그림과 축하 음악까지 올려 주는 다정한 여자였다. 나리는, 검지 두 개로 자판을 두드리는 그녀로서는 상상도 못하는 신기한 재주를 가지고 있었다.

처음에 그녀는 학벌과 직업과 사는 환경이 서로 다른 여자들이 나이가 같다는 공통점 한 가지로 친구가 될 수 있다는 사실을 믿을 수 없었다. 서울과 경기도, 전라도와 경상도라는 지리

적인 거리 외에 전업 주부와 교사, 보험 설계사, 호프집 사장이
라는 각기 다른 직업과 환경을 가진 마흔 중반의 여자들이 컴
퓨터라는 매개체로 허물없는 사이가 되려면 철저히 자신을 감
춰야 한다는 암묵적인 약속을 지켜야만 가능하다고 생각했다.

　서울 지역에 살고 있는 친구들의 모임에 나오라는 방장의 전
화를 받고 오랫동안 망설였다. 마흔 중반이 되도록 동창회는커
녕 부부 동반 모임조차 가보지 못한 그녀였다. 장롱 속에 모셔
두다시피 한 정장과 구두, 생일 선물로 남편에게 받은 중고차,
열두 번이나 떨어진 뒤 손에 쥔 운전면허증을 찬찬히 머릿속에
떠올렸다. 동네 미용실에 가서 머리를 자르고 염색을 했다. 진
하지 않게 화장을 하고, 아끼느라 한 번도 들고 나가지 않은 구
찌 핸드백을 들고 자동차 대신 지하철을 탔다. 7호선 어린이대
공원 역에 내려 약속 장소인 매표소 앞으로 갔다. 대여섯 명의
여자들이 저희들끼리 이야기를 나누며 환하게 웃고 있었다. 풍
선을 손에 들고 엄마를 따라 대공원 안으로 들어가는 아이들의
모습이 보였다. 평일이라 그런지 사람들은 많지 않았다. 약속
시간이 5분이나 지났는데 친구들은 보이지 않았다. 그녀는 한
참을 서 있었다. 발에 익숙하지 않은 높은 구두 때문에 걸음조
차 제대로 걷기 힘들었다. 오래 장롱 안에 넣어 두었던 모직 투
피스는 봄 햇살이 따뜻한 공원에서는 전혀 어울리지 않고 칙칙
해 보였다. 아픈 다리 때문에 바닥에 쪼그리고 앉았다. 따가운
햇살을 가리기 위해 핸드백을 이마에 가져다 댔다. 청바지 차

림에 단발머리를 한 여자가 그녀가 있는 쪽을 향해 손을 흔들며 걸어오는 게 보였다. 애들아, 늦어서 미안해. 대여섯 명쯤 모여 있던 여자들이 일제히 청바지를 입은 여자에게 손을 흔들었다. 키위도 온다고 했는데, 혹시 우리를 알아보지 못하는 건 아니니?

모두 여덟 명의 친구들이 표를 사서 어린이대공원 안으로 들어갔다. 생명보험 설계사라는 방장은 친구들에게 보험회사에서 고객 사은품으로 나온 립스틱을 하나씩 돌렸다. 이거 받고 우리 모두 의무적으로 생명보험 하나씩 들어야 하는 거 아니니? 청바지에 단화를 신은 들국화가 말했다. 나는 선물을 준비 못했는데 시간 나는 사람은 되도록 가벼운 차림으로 우리 집에 와라. 누드 그려 줄 테니까. 연두색 니트와 흰색 치마를 입은 여자가 활짝 웃으며 말했다. 유난히 높은 굽 때문에 여자는 오히려 키가 더 작아 보였다. 나리야, 내가 첫 번째로 찜한다. 내 생전에 벗고 찍은 사진 한 장 갖는 게 소원인데 사진도 아니고 그림이라면 황송할 뿐이지. 방장의 말에 친구들은 킬킬거리며 웃어 댔다. 하얀 얼굴에 작은 여자는 나리였다.

아이와 남편을 두고 혼자 나온 마흔 중반의 여자들은 쉴 새 없이 재잘거리며 한가롭게 동물들을 구경했다. 무겁고 느릿느릿한 걸음걸이, 거구의 몸을 움직일 때마다 길게 늘어진 코가 좌우로 출렁거리는 코끼리 앞에서 그녀는 걸음을 멈췄다. 코끼리 한 마리는 옆으로 쓰러져 누운 채 꼼짝하지 않고, 또 한 마리는 주먹보다 더 큰 똥덩어리 주변을 어슬렁거리고 있었다. 일곱 명의 여자들이 그 앞을 떠났지만 그녀는 한참 동안 꼼짝하지 않고 코끼리를 바라보았다. 특별히 돋보이는 것도 없이 무신경하기 짝이 없는 코끼리가 마치 자신 같다는 생각을 하며 흘러내린 안경을 밀어 올렸다.

키위는 정치부 기자 사모님 같지 않아. 옷차림도 수수하고, 인상도 소박하다. 누군가 그녀의 첫인상을 이야기하자 여자들은 너 나 할 것 없이 맞장구를 쳐댔다. 사람한테는 본래의 성향이 있는 거 아니니? 정치부 기자는 키위의 남편이지, 키위는 아니잖아. 사업가의 아내가 사업가는 아니고 의사의 아내가 의사는 아니듯이. 우리들 모두 각자의 모습을 보일 친구가 필요해서 이런 만남도 갖는 거고. 나리가 그녀의 굳은살 박인 손을 잡았다. 나는 너희들 앞에서는 누군가의 아내, 엄마라는 타이틀은 벗고 싶다.

나리의 손은 부드럽고 따뜻했다. 어린이대공원 후문 앞에서 핫도그를 하나씩 사 들고 레스토랑에서 밥을 먹고 카푸치노를 마셨다. 그녀는 집에 도착해서야 비로소 친구들과 서너 시간을 함께 보내면서 단 한마디도 이야기하지 않았다는 걸 깨달았다.

「누드를 그려 준다고 했지?」

샤워를 하고 욕실에서 나온 그녀는 수건으로 젖은 머리를 닦다 말고 송수화기를 집어 들었다.

「키위니? 언제든지 그려 줄 테니까 우리 집으로 와.」

나리의 음성 뒤로 아이들의 목소리가 들려왔다.

「내일 아침에 갈게.」

물방울이 떨어지는 젖은 머리로 지금 당장이라도 나리의 집으로 가고 싶었다.

나리의 집은 그림을 그리는 방을 제외하고는 그녀의 집처럼 평범해 보였다. 식탁 의자에 앉아 나리가 가져다준 커피를 마시고 나서 집 구경을 시켜 준다는 나리를 따라 아이들의 방과 거실을 둘러보고 그림 그리는 방으로 들어갔다. 베란다가 딸린 방 안에는 책장과 커다란 책상이 놓여 있고 이젤과 물감이며 붓 따위는 베란다 한쪽에 깔끔하게 정돈돼 있었다. 책상 위에 놓여 있는 컴퓨터는 꺼져 있고 신문이며 잡지 따위가 어지럽게 펼쳐져 있었다.

「너, 정말 누드모델이 될 생각으로 우리 집에 온 거야?」

정작 그림 그리는 방으로 가자 나리가 정색을 하며 물었다.

「응. 시작할까?」

그녀는 망설이지 않고 입고 있던 셔츠와 바지를 벗었다.

「정말 괜찮겠어?」

나리는 그림 도구에는 손도 안 대고 브래지어의 호크를 따는 그녀를 걱정스러운 눈빛으로 바라보기만 했다.

그녀는 벗어 놓은 바지와 셔츠 위에 브래지어와 팬티를 차곡차곡 개켜 놓고 빈 의자에 앉았다.

「딱 한 번, 대학 다닐 때 실기 시간이었어. 여자도 아니고 남자 누드를 그렸지. 어떤 친구들은 개인적으로 모델을 사서 그린다고도 하고 가족의 도움을 받아 그린다고도 했지만, 사실인지 아닌지는 모르겠어. 이 그림 그리면 너 줄게.」

나리는 이젤을 세우고 흰 도화지를 끼웠다. 연필을 쥔 나리의 손이 느릿느릿 움직이기 시작했다.

「그냥 편한 자세로 앉아 있어. 긴장하지 말고 편하게.」

햇빛 때문에 그녀가 눈을 찡그리자 나리가 일어나 블라인드를 쳤다.

「다리는 너무 벌리지 않는 게 좋겠다. 근데 춥지 않니?」

연필을 쥔 나리의 손이 가늘게 떨리고 있었다.

「괜찮아.」

빛이 사라지자 기미가 잔뜩 내려앉은 그녀의 눈자위는 어둡고 축축해 보였고 두꺼운 입술과 두 다리는 방심한 듯 점점 넓게 벌려졌다.

「우리 차 한 잔 더 마시고 하자.」

나리가 연필을 내려놓고 일어섰다.

「사실, 그림을 그리지 않은 지 오래됐어. 누드를 그리겠다는 말은 농담이었는데 네가 올 줄은 정말 몰랐어.」

나리는 부엌으로 나가 가스레인지 위에 찻주전자를 올려놓았다.

「커피 한 잔 더 할까, 다른 걸로 마실래?」

싱크대 위에 찻잔 두 개를 꺼내 놓으며 나리가 물었다.

「난 됐어. 너한테 온 건…… 누드모델이 되겠다는 건……
보여 주고 싶었어.」

그녀는 부엌 식탁 의자에 앉았다. 햇빛 때문에 그녀의 몸은
유난히 검게 보였다.

「춥지 않니? 옷 입고 나와. 근데 뭘 보여 주고 싶다는 거야?」

찻잔에 인스턴트 커피를 덜며 나리가 물었다.

「너한테…… 내 몸을…… 보여 주고 싶다는 생각이 들었어.
어젯밤에 오고 싶었는데…… 네 애들이랑 남편 때문에 참았
어.」

추워서인지 그녀는 부르르 입술을 떨었다.

「…….」

「나도 내 감정을 잘 이해 못하겠지만…… 나는 남편하고 잠
자리할 때도 아래만 벗지 윗옷은 안 벗거든. 그냥 남편이 내
벗은 몸을 보는 게 싫어. 깜깜한 밤에도 말이야.」

찻잔에 뜨거운 물을 붓던 나리가 갑자기 비명을 질렀다.

「괜찮아?」

그녀가 일어나 다가가자 나리는 재빨리 수돗물을 틀고 손을
씻었다.

「아무래도 오늘은 그림을 그리기 어렵겠다. 손도 데고 해서.
미안해.」

욕실로 들어가 변기 위에 앉아 오랫동안 오줌을 누고 밖으로
나왔다. 나리는 그녀가 벗어 놓은 옷가지를 챙겨 들고 욕실 앞

에 서 있었다.

「잘 가.」

「그림 그리는 여자와 중고 자동차 매매상인 남자는 어쩐지 어울리지 않는다. 정치부 기자와 나 같은 여자가 어울리지 않는 것처럼 말이야.」

그녀는 나리의 아파트에서 나와 30분 남짓 현관 밖에 서 있었다. 아침에 눈을 떠 샤워부터 하고 서둘러 나리의 아파트로 자동차를 몰고 온 것도, 나리의 작업실에서 옷을 벗은 것도, 나리의 욕실에서 오랫동안 오줌을 눈 것도 모두 거짓말처럼 느껴졌다. 얼굴과 목과 팔다리도 없는, 탄력이 느껴지지 않는 빈약한 젖가슴 한쪽만이 그려진 화폭마저 보지 못했다면 지금 나리의 집 현관 밖에 서 있는 것조차 꿈이라고 생각할 것 같았다.

「지금 뭐 하고 있니?」

「애들은 자고 남편은 아직 안 들어왔고…… 인터넷 하고 있었어.」

그녀는 이른 아침이나 늦은 밤에도 나리에게 전화를 걸어 물었다.

「보고 싶다. 가도 되니?」

「그냥 쉬고 싶다. 나중에 모임 때 보자.」

전화를 끊고 곧장 자동차를 몰고 나리의 집으로 갔다. 나리가 살고 있는 아파트 단지에 차를 세우고 한 시간이나 두 시간 차 안에 앉아서 불 켜진 베란다를 올려다보다가 돌아가곤 했다. 서울에 올라온 뒤 딱 한 번 동호를 업고 어머니가 살고 있는 집에 갔었다. 어두컴컴한 마당에 들어서자 캄캄한 마루 옆에 붙은 어머니의 방에서 희미한 불빛이 새어 나왔다. 드륵드륵, 드르르륵…… 분명 재봉틀 소리였다. 늦은 밤 어머니는 침침한 눈을 홉뜨고 재봉틀을 밟고 있었다. 발소리를 내지 않으려고, 행여 등에 업힌 동호가 깨지 않을까 마음 졸이며 한참을 마당에 서 있다가 밖으로 나왔다. 남자를 따라 서울로 도망치지 않았다면 그 시간 그곳에서 재봉틀을 탈 사람은 바로 자신이라는 걸 그녀는 알고 있었다. 그녀는 그 뒤로 두 번 다시 어머니 집에 가지 않았다. 오래전부터 그녀는 재봉틀을 타지 않게 되었지만 꿈속에서 재봉틀을 보면 어김없이 놀라 깨곤 했다. 꿈속에서 벌거벗은 채 재봉틀을 타고 있었다. 어머니가 신주 단지처럼 애지중지하며 끼고 살았던 재봉틀이 싫어 도망쳤던 서울에서 그녀는 아이를 업고 다시 재봉틀에 발이 묶여 살았다. 드르르륵, 드르르륵…… 머릿속에서는 끊임없이 재봉틀 돌아가는 소리가 들렸다. 20년이 지났다. 그녀가 재봉틀과 어머니를 벗어나려고 남자를 따라 도망쳤던 그날로부터.

그녀는 나리의 아파트에 불이 꺼질 때까지 꼼짝하지 않고 차 안에 앉아 있었다.

사랑하는 사람이 생겼다. 사실, 지금까지 살아오면서 나는 사랑이라는 감정이 어떤 건지 잘 몰랐다. 20년 넘게 같이 살고 있는 남편은 그저 가족일 뿐 사랑을 주고받는 존재는 아니다. 때때로 나는 남편과 살을 섞을 때면 마치 근친상간하는 것 같은 불길한 죄의식에 사로잡히곤 했다. 내 나이 마흔다섯에 사랑이라니……. 그 사람을 생각하고 있으면 가슴이 뛴다. 그 사람을 생각하지 않으려고 애쓰면 가슴이 저리고 괴롭다.

딱딱한 식빵을 토스터에 넣다 말고 그녀는 자동차 키를 챙겨 들고 밖으로 나갔다. 나리의 아파트에 도착해 전화를 걸었다. 지난번에 그리다 만 누드, 다시 그려 줘. 잠깐 말이 없던 나리가 잠긴 목소리로 대답했다. 나, 지금 약속 있어서 나가 봐야 해. 그녀는 자동차 안에 앉아 현관에서 눈을 떼지 않았다. 챙이 있는 모자를 쓰고 굽이 높은 구두를 신은 나리의 모습이 현관에 나타났다. 나리의 자동차에 시동이 걸렸다. 그녀는 시동을 걸고 나리의 자동차를 뒤쫓아 갔다. 대형 쇼핑센터 앞에 내린 나리가 커다란 비닐봉지 가득 물건을 싣고 나오자 그녀는 다시 시동을 걸었다. 나리는 은행 앞에 차를 세웠다. 은행에서 나온 나리는 차를 놓고 근처 빵집에 들어가 바게트 빵을 사 들고 자동차에 올라탔다. 그녀는 집으로 돌아가는 나리를 뒤따라갔다. 주차장에 차를 세우고 트렁크를 열어 쇼핑한 물건이 담긴 무거운 비닐봉지와 빵이 담긴 봉지를 들고 현관으로 들어가는 나리보다 한 발 앞서 엘리베이터 앞에 서 있었다. 이제 내 몸을 다시 그려 줘. 엘리베이터 앞에 서 있는 그녀를 보자 나리는 양손에 나눠 들고 있던 무거운 비닐봉지를 떨어뜨렸다. 애들 돌아올 시간이야. 그리고…… 나, 이제 그림 안 그릴 거야. 그녀는 바닥에 떨어진 컵라면이며 비스킷, 인스턴트 커피 따위를 차곡차곡 비닐봉지 속에 담았다. 누드를 그려 주지 않아도 좋아. 잠깐 들어가서 차 한잔 마실게. 도무지 아무것도 손에 잡히지 않아. 잠깐이라도 너와 함께 있다 돌아가면 그래도 좀 나을 것 같아. 제발…… 돌아가 줘. 난 지금 쓰러질 것만 같아. 나리가 벽에 등을 기대고 손으로 이마를 짚었다. 나는 너를 사랑하는데…… 너는 나를 하찮게 생각하는구나. 너를 하찮게 생각하는 게 아니고 사실 나는 네가 두려워. 우리는 친구로 만났고 그 이상은 상상조차 안 되는 거잖아? 마흔다섯 내 삶 전체가 고스란히 상상하지 못했던 것들투성이야. 이야기방 친구들이 네가 이상하다는 걸 눈치 채고 있어. 저희들끼리 모이면 너와 내 이야기를 수군거려. 나, 아지트에서 탈퇴할 거야. 아니, 그러지 마. 차라리 내가 나갈게. 그냥 들어가서 네 글만 읽고 다시는 글 안 올릴게. 가끔 네 집에서 커피를 마시게 해준다면, 새벽에 내 전화를 받아 준다면…… 더 이상 욕심내지 않을게.

캄캄한 거실에 불이 켜진다. 깨지고 금이 간 안경을 콧등 위로 밀어 올리며 나리의 집을 바라보는 그녀의 눈빛이 불안정하게 흔들린다. 분명 밝았던 거실은 어느새 까맣다. 자정 무렵부터 내리기 시작한 눈은 잎 떨군 나뭇가지 위에 꽃으로 피어난

다. 몇 층인지 짐작할 수 없는 베란다 창이 열리고 누군가 불이
붙은 담배꽁초 하나를 창밖으로 휙 집어 던진다. 그녀의 머리
와 어깨와 깨진 검은 뿔테 안경 위에 소리 없이 흰 눈이 내려
쌓인다. 4층에 불이 켜진다. 누군가 창가에 꼼꼼하게 블라인드
를 치자 화려한 장식을 매단 크리스마스트리도 사라진다.

　그녀는 자신이 언제부터 이곳에 서 있었는지조차 알지 못한
다. 손에 쥐고 있는 휴대 전화기가 몇 차례 울린 것도 듣지 못
한 것 같다. 눈 때문에 늦은 시간에 집에 돌아온 사람들 몇이
30동 현관으로 들어가다가 흘긋 그녀를 돌아볼 뿐 사방은 고요
하고 평화롭다.

　이른 아침부터 경비원들은 싸리비를 들고 눈을 치우고 있다.
눈은 그쳤지만 길은 꽁꽁 얼어 있다. 커다란 눈사람을 발견한
경비원이 어디인가로 급히 전화를 건다. 멀리 사이렌이 울리고
30동 베란다 창 몇 개가 열렸다 닫힌다.

　털점퍼를 입고 모자와 목도리, 장갑을 낀 아이들 몇이 눈을
뭉쳐 눈싸움을 한다. 그녀가 눈사람으로 서 있던 그곳에 아이
들은 작은 눈사람 하나를 만들어 놓고 젖은 옷을 갈아입으러
집으로 들어간다. 아이들이 만들어 놓은 눈사람은 한쪽 알이
깨지고 한쪽은 금이 간 검은 뿔테 안경을 쓰고 서 있다.

당신의 몸

물고기

그의 몸은 싱싱하고 날쌘 물고기처럼 물속을 헤엄쳐 다니고 있다. 길고 곧게 뻗은 두 다리는 쉬지 않고 푸드덕거려 물보라를 만들고 두 팔은 단단한 노가 되어 물길을 헤쳐 나간다. 그는 멈추지 않고 풀을 세 바퀴 돌고 물 밖으로 나간다. 조각상처럼 군더더기 하나 없는 젖은 몸에서 물방울이 땀처럼 뚝뚝 떨어져 내린다.

실내 수영장 안에는 아무도 없다. 풀 밖 높은 의자에 앉아 자유 수영을 하는 회원들을 지켜보던 코치도 언제 사무실로 갔는지 보이지 않는다. 그는 수영 팬티와 모자를 벗는다. 실내 수영장 어딘가에 감시 카메라가 숨어 있을지도 모른다. 천천히 샤워실로 들어가 샤워기의 물을 튼다. 거침없이 쏟아지는 물줄기가 짜릿하다. 그는 운동을 끝낸 뒤에 반드시 차가운 물로 오랫동안 몸을 씻는다. 회원들이 모두 빠져나간 샤워실에는 청소하는 사내 혼자 바닥을 닦고 있다. 청소하는 사내가 그의 몸을 본다. 샤워할 때마다 그는 자신의 몸을 노골적으로 혹은 슬쩍슬쩍 훔쳐보는 눈길을 느낀다. 수영장 샤워실이나 헬스클럽 샤워실, 공중 목욕탕에는 언제나 그의 벗은 몸을 주시하는 눈들이 있다.

그는 훌륭한 몸을 가지고 있다. 그의 몸에선 불필요한 살점이라곤 찾아볼 수 없다. 매끈하게 빠진 몸에 붙은 단단한 근육이 그의 몸을 나이보다 훨씬 젊고 강하게 보이게 한다. 올해 그는 마흔 살이 되었다. 몸을 보고는 그의 나이를 짐작할 수 없다. 단단한 가슴팍 밑에서 배꼽 아래까지 몸은 거치적거리는 것 하나 없이 매끈하게 뻗어 있고 탱탱한 복부 아래 엉덩이는 마치 여자의 몸처럼 골반뼈가 도드라져 있다. 차가운 물에 오랫동안 노출돼 탱탱해진 고환 주머니와 길고 매끈한 페니스는 몸의 중심이고 완성이다.

그는 자신의 몸이 자랑스럽다. 술을 제외한 먹을거리에 누구보다 관심이 많고 먹는 양도 많지만 완벽에 가까운 몸을 유지할 수 있는 건 지나치리만큼 심하게 하는 운동 때문이다. 운동은 절대 빼놓을 수 없는 자신과의 비즈니스였다.

샤워를 끝낸 그는 트레이닝복으로 갈아입고 자동차를 주차해 둔 지하 3층으로 내려가려고 엘리베이터를 탄다. 주차장 입구에서 손에 들고 있던 자동차 리모컨의 단추를 가볍게 누른다. 2, 3초 뒤 그의 감청색 무쏘에 시동이 걸린다. 운전석 문을 열고 의자 위로 튀어 오르는 그의 몸이 날렵하다.

그는 스물네 시간 영업하는 쇼핑센터로 가고 있다. 밤 열 시가 지난 시각이지만 쇼핑센터 주차장에는 장을 보러 온 사람들로 북적거린다. 그는 커다란 쇼핑 카트를 끌고 안으로 들어간다. 맨 처음 산 것은 한우 양념갈비와 버섯과 마늘이다. 그가 먹는 고기는 반드시 한우여야만 한다. 그가 매니저로 일하는 호텔 뷔페 식당에서는 한우 고기를 쓰지 않는다. 대부분의 손님들은 뷔페 식당 주방장이 갖은 양념을 넣고 자신만의 독특한 방법으로 재운 갈비나 불고기를 한우로 착각하고 먹는다. 뷔페 식당뿐 아니라 그가 일하는 호텔 한식당이나 중식당 모두 소고기는 미국이나 필리핀, 칠레에서 수입해 온 것을 쓴다. 그는 수입 고기와 한우를 구별해 내는 예민한 혀를 가지고 있다. 자신이 먹을 질 좋은 한우 고기를 사기 위해서 여러 쇼핑센터를 돌아다녔고, 결국 자신의 입맛에 맞는 고기를 파는 곳을 찾아냈다. 양념한 고기를 먹을 때는 팽이버섯을 곁들이고 생고기는 양송이버섯의 기둥을 떼고 고기와 함께 굽는다. 청경채와 치커리, 케일, 민들레 이파리, 깻잎과 상추를 조금씩 봉지에 담고 요구르트 한 줄을 쇼핑 카트에 담고 나서 계산대로 간다. 야채는 단지 시각 효과를 위한 장식에 지나지 않는다. 오늘 저녁 메뉴는 한우 양념갈비다.

갈비

그녀는 아이에게 동화책 세 권을 읽어 주고 불을 끈 뒤 자장
가를 불러 주다가 깜빡 잠이 들었다. 그녀를 깨운 건 그의 전화
였다. 그는 오늘 저녁 식사로 양념갈비를 먹겠다고 했다. 갈비
는 물론 그가 사올 것이다. 그녀는 갈비와 함께 먹을 반찬을 준
비해야 한다.

예민하고 잠투정이 심한 아이라 언제 또 깨어나 그녀를 찾을
지 알 수 없다. 아이가 자고 있는 방문을 닫고 부엌으로 나온
다. 저녁 열 시가 지난 시간이지만 지금부터 저녁 식사 준비를
해야 한다. 퇴근 후 집에 와서 그녀가 만든 햄치즈샌드위치와
우유를 먹고 스포츠 센터로 간 그는 열 시 반경에야 집으로 돌
아와 본격적인 저녁 식사를 한다. 그녀는 매일 두 번 저녁 식사
를 차리고 설거지를 한다. 아이와 자신이 먹을 간단한 상을 보
고 그가 먹을 저녁 식탁에는 고기와 생선, 볶음이나 찌개 따위
를 준비한다.

그녀는 아이와 함께 호박과 두부를 넣고 끓인 된장찌개 하나
만으로 저녁을 먹었다. 저녁 식사 후에는 아이에게 포도 한 송
이를 주고 자신은 푸른색 사과 한 알을 먹었다. 설거지는 간단
했다. 두 사람이 먹은 밥그릇과 숟가락, 젓가락. 남은 찌개는
가스불에 한 번 끓였다가 냉장고에 넣어 두었다. 내일 아침 식
사로 아이에게 한 번 더 줄 수 있다. 그녀는 흠집이 생겨서 싸

게 파는 사과나 토마토, 복숭아를 믹서에 넣고 갈아서 주스를 만들어 아침 식사로 먹는다. 아이가 늦잠 자고 일어나 아침밥 먹을 시간이 없거나 밥맛이 없다고 할 때는 아이에게도 과일 주스를 만들어 먹이고 유치원에 보낸다. 그녀는 아침 식사를 준비하기 위해 그보다 한 시간 먼저 일어난다.

냉장고를 열고 양상추와 오이, 양파를 꺼낸다. 양상추는 손으로 찢고 오이는 반으로 잘라 어슷썰기를 하고 양파는 얇게 채 썬 뒤 접시에 담아 소스를 끼얹는다. 배추김치와 열무김치를 접시에 담고 풋고추와 마늘도 준비한다. 그가 양념갈비나 등심을 먹는 날은 저녁 준비가 한결 수월하다.

그녀는 벨 소리가 나기도 전에 먼저 현관문을 연다. 그가 현관문 앞에 도착할 시간을 그녀는 정확하게 알아맞힐 수 있다. 그녀는 아파트 주차장 쪽으로 난 부엌 창을 통해 그의 감청색 무쏘가 눈부신 조명을 내쏘며 단지 안으로 들어오는 걸 볼 수 있다. 부엌 창으로 고개를 내빼지 않고도 공중에 쏘아 올리는 조명탄 터지는 듯한 소리만으로 그의 귀가를 알아챌 수 있다. 그는 한겨울에 아파트 안에서 미리 자동차에 시동을 걸기 위해 자동 시동 장치를 달았지만, 이제 한여름에도 자동차에 올라타기 전이나 내릴 때면 키와 함께 열쇠고리에 매달린 자주색 시동 장치의 단추를 눌러 댄다.

그는 수영복과 세면도구가 담긴 가방과 갈비와 야채가 든 비닐봉지를 양손에 나눠 들고 들어온다. 그녀는 세면도구가 든 가방을 받아 욕실에 두고 비닐봉지를 들고 부엌으로 간다. 속이 깊은 도자기 냄비에 갈비와 국물을 넉넉히 붓고 가스불을 켠다. 팽이버섯은 밑동을 잘라 낸다. 버섯은 물기가 닿지 않아야 맛이 좋다. 고기가 익기 시작할 때쯤 냄비 뚜껑을 열고 갈비 위에 팽이버섯을 얹는다. 상추와 깻잎, 치커리, 청경채를 씻어 물기를 털고 접시에 담는다. 그녀가 음식을 준비하는 동안 그는 식탁 의자에 앉아 있다. 그는 식탁 의자에 앉아 신문 따위를 읽지 않는다. 식탁은 그에게 음식을 먹는 장소 이외의 다른 용도로 사용되지 않는다. 반찬을 나르고 마지막으로 갈비가 든 냄비를 식탁 위에 올려놓자 그는 오른손으로 쥐고 있던 젓가락을 번쩍 치켜들고 양념이 된 짐승의 살을 거침없이 입에 집어 넣는다.

그는 아주 맛있게, 열심히 갈비를 먹고 있다. 그녀는 채식주의자는 아니지만 고기를 먹지 않는다. 그녀가 우연히 책을 통해 알게 된 한 채식주의자는 아침 식사로는 자신이 직접 재배한 과일이나 과일 주스를, 점심 식사는 수프와 곡류를, 저녁 식사는 과일과 야채로 만든 샐러드만을 먹고 백 살까지 건강하게 살다가 스스로 곡기를 끊고 죽었다. 그 사람은 자신이 먹을 과일과 야채를 직접 농사지었다. 고기와 알과 젖을 얻기 위해 가축을 기르지 않았고 죽은 짐승의 고기와 가축에게서 나온 알과 젖을 먹지 않았다. 그가 먹은 채소와 과일, 곡류와 딱딱한 열매, 땅콩과 올리브, 여러 씨앗 속에는 단백질과 지방 등 인간이 섭

취해야 할 영양소가 풍부하게 들어 있었다. 그 사람은 담배와 알코올, 커피와 빵조차 입에 대지 않고 일주일에 하루는 금식을 해 위장을 쉬게 했다고 한다. 의사라는 사람은 병에 대해서는 엄청나게 많은 것을 알지만 건강에 대해서는 자신을 찾아온 환자만큼도 아는 게 없다고 말할 정도로 그는 건강하게 살다가 죽었다. 그 사람은 가축의 살을 먹지 않았을 뿐 아니라 가축을 기르지도 않았고 착취하지도 않았다. 날마다 죽은 짐승의 살을 요리하는 그녀는 항상 이 부분이 풀지 못하는 수수께끼처럼 명치에 걸린다.

그가 먹을 저녁 메뉴에는 고기와 생선이 절대 빠질 수 없다. 그녀는 매일 저녁 갈비나 등심을 굽고 삼겹살로 제육볶음을 만들고 매운탕을 끓이고 장어를 굽는다. 그녀가 저녁 식사 준비에서 자유로운 날은 그가 혼자서 외식을 하러 가는 일요일 저녁 식사뿐이다.

오래전 그녀는 그를 따라 갈빗집에 간 적이 있다. 탁자와 바닥은 불에 지글지글 익으면서 함부로 튄 갈비 기름으로 반들거리고, 실내에 가득 찬 뿌연 연기와 냄새 때문에 그녀는 눈조차 뜰 수 없었다. 강당처럼 넓은 갈빗집 안은 손님들로 꽉 차고, 사람들은 고기와 술을 주문할 때마다 악을 쓰듯 큰 소리로 종업원을 불렀다. 소음과 냄새 때문에 그녀는 마주 앉은 그가 무슨 말을 하는지 제대로 알아들을 수 없었다. 그녀는 자신의 옷과 얼굴과 팔에 튄 기름을 물수건으로 닦으면서 빨리 그곳을 벗어나고 싶었다. 그가 갈비를 모두 먹어 치울 때까지, 그녀는 인내심을 가지고 불에서 익어 가는 짐승의 살 냄새를 참고 견뎌야만 했다.

그는 먼저 갈비의 살을 야무지게 발라 먹고 국물까지 깨끗이 먹어 치운다. 샐러드와 야채는 풍경처럼 고스란히 남아 있다. 그녀는 서둘러 갈비 그릇을 치우고 뼈들을 쓰레기통에 던져 넣는다. 젖은 행주로 식탁을 닦고 2인용 돌솥 뚜껑을 연다. 밥공기에 뜸이 잘 든 쌀밥을 가득 담아 식탁 위에 가져다 놓는다. 그는 한여름에도 김이 펄펄 나는 뜨거운 밥을 먹어야 한다. 밥을 먹은 뒤에는 누룽지도 그의 몫이다. 갈비와 밥과 누룽지까지 먹고 난 뒤 그는 비로소 만족한 얼굴이 되어 의자에서 일어난다. 그녀는 김치와 야채를 냉장고에 넣고 설거지를 시작한다. 그녀는 날마다 그가 먹은 식기와 조리기구들을 커다란 들통에 넣고 오랫동안 삶는다. 칼과 도마와 행주를 끓는 물에서 건져 놓고 개수대를 꼼꼼히 소독한다.

욕실에서 양치질을 하고 나온 그는 방으로 들어가 잠옷으로 갈아입고 곧장 침대 위로 올라가 길게 다리를 뻗고 눕는다.

「고단한 하루였어.」

그녀가 설거지를 끝냈을 때 그는 이미 잠들어 있다. 그녀는 식탁과 침실 등을 끄고 아이가 자고 있는 방으로 건너간다.

돼지고기와 토마토

탁상시계가 울자 그녀는 꼼지락거리지 않고 곧장 몸을 일으켜 부엌으로 나가 2인분의 쌀을 꺼내 물에 담가 놓는다. 쌀이 불려지는 동안 얼굴을 씻고 양치질을 한 뒤 잠옷을 벗고 헐렁한 고무줄 치마와 셔츠로 갈아입는다. 냉장고 야채 칸에서 콩나물이 든 비닐봉지를 꺼내 채반 위에 쏟아 놓는다. 껍질을 골라내고 물에 헹군 콩나물을 냄비에 담고 물을 부어 가스레인지 위에 올린 다음 재빨리 물에 불린 쌀을 씻어 돌솥에 안치고 가스불을 켠다. 얼굴을 씻고 양치질하고 옷을 갈아입고 콩나물을 다듬어 냄비에 담는 데 걸린 시간은 정확히 10분이다. 쌀은 반드시 10분만 담가야 한다. 불린 쌀이 가장 맛 좋은 밥이 되려면 정확히 시간을 지켜야 한다. 부엌에 있는 전기밥솥은 그를 위해 밥을 짓지 않는다. 그가 먹을 아침과 저녁밥은 언제나 정확히 10분 동안 물에 불린 쌀로 돌솥에 지어야 한다.

밥과 국이 끓는 동안 손질해 둔 더덕을 얇게 저며 여러 군데 칼집을 내고 고추장과 설탕, 참기름, 깨, 물엿, 다진 마늘을 넣고 양념장을 만들어 놓는다. 달궈진 프라이팬에 쿠킹 호일을 깔고 칼집을 낸 더덕을 얹어 양념장을 바른다. 더덕이 눋거나 타지 않게 뒤집으면서 양념장을 골고루 바른다. 콩나물이 한소끔 끓기 시작하자 냄비 뚜껑을 열어 다진 마늘과 파를 넣고 소금으로 간을 한다. 콩나물은 설익으면 비린내가 나고 너무 오래 끓으면 물러져서 아삭아삭한 맛이 없어진다. 콩나물국을 끓일 때 그녀는 항상 긴장한다. 콩나물이 덜 익거나 너무 푹 삶아지는 것 사이의 경계는 지나치게 짧다. 더덕구이를 접시에 담고 쿠킹 호일을 벗겨 낸 프라이팬에 기름을 칠해 놓는다. 밥이 뜸 드는 동안 달걀 두 개를 반숙하고 식탁 위로 반찬을 나른다.

그가 먹을 밥과 콩나물국, 더덕구이와 달걀 프라이, 김치와 젓갈과 장조림을 식탁 위에 차려 놓고 그녀는 자신이 먹을 주스를 만든다. 토마토는 잘 익어서 푸른 빛깔이 보이지 않는다. 믹서에 생수를 조금 붓고 네 등분 낸 토마토를 집어넣는다. 그녀가 유리컵에 토마토 주스를 따라 마실 때 그는 세수를 하고 욕실에서 나온다. 잠에서 깬 지 10분도 지나지 않았는데 그는 왕성한 식욕으로 음식들을 집어삼킨다. 그가 남긴 누룽지는 그녀의 점심 식사가 될 것이다. 식사 후 그는 천천히 와이셔츠를 입고 넥타이를 매고 양복을 입는다. 밥 두 그릇, 국 한 그릇, 더덕구이 한 접시, 장조림, 달걀 프라이 두 개를 먹어 치우고 집을 나서는 그의 얼굴은 마치 빈속에 우유나 주스 한 잔만 마신 듯 허전하고 아쉬운 표정이다. 그가 밖으로 나가 엘리베이터 버튼을 누르는 것을 본 그녀는 아이가 자고 있는 방으로 들어간다. 아이는 아직 자고 있다. 아이를 깨우지 않고 부엌으로 돌아와 설거지를 한다. 아이가 일어나면 먹을 수 있게 토마토 한 개를 냉장고에서 꺼내 씻어 놓는다.

그녀는 유치원 버스가 아파트의 경비실 앞에 도착할 시간이

10분쯤 남았을 때에야 아이를 깨워 옷을 입히고 얼굴을 씻긴다. 아이는 현관에 선 채 주스를 마신다. 그녀는 아이가 엘리베이터를 타고 내려가자 천천히 베란다로 간다. 유치원 버스가 오는 길목에는 노란 옷에 노란 모자를 쓰고 노란 가방을 멘 아이들과 엄마로 보이는 여자들이 서 있다. 그녀는 아침마다 베란다에 서서 아이가 유치원 버스를 타는 모습만 확인할 뿐 유치원 버스를 타는 곳까지 나가지는 않는다.

그와 아이가 집에 없는 오전 아홉 시부터 오후 두 시까지 그녀는 자유다. 집을 떠나 있을 수 있는 시간은 하루 중 오직 다섯 시간뿐이다. 아이가 유치원에 입학한 지 여덟 달이 지났지만 그녀는 하루의 다섯 시간을 예전과 똑같이 집에서 보낸다. 그녀는 아이가 유치원에 가기 때문에 자유롭고, 자유로운 시간 동안 무슨 일이든 해야 한다는 강박 관념 때문에 자유롭지 못하다. 아이가 유치원에 입학한 후에는 무슨 일이든 할 수 있을 거라 생각했다.

그녀는 아이를 출산하기 전까지 초등학교 교사였다. 임신과 출산으로 비교적 불이익을 덜 받는 직업 중 하나가 교직이다. 그녀는 운이 나쁜 경우였다. 임신 말기에 임신중독증으로 더 이상 학교일을 할 수 없게 되었다. 휴직 신청서를 내고 아이를 낳았지만, 다시 학교로 갈 수 없었다. 몸의 회복이 느렸고, 엄청나게 늘어난 몸무게 때문에 출산 후에 치료를 받아야 할 지경이었다. 갑자기 찾아온 거식증 때문에 음식을 만들 때마다 구토를 했고 아이는 아침부터 오후까지 동네 놀이방에 맡겨졌다.

관절들은 서서 오랫동안 아이들을 가르치는 일을 감당하기에는 무리였다. 복직을 포기하고 물리 치료와 정신과 치료를 함께 받았다.

이젠 치료를 받지 않지만 학교에서 받아 주지 않았다. 아이가 유치원에 입학한 뒤에 무슨 일이든 다시 시작하겠다고 생각했다. 정성 들여 이력서를 썼지만, 그녀는 여러 개의 이력서를 작성하면서 차츰 깨닫기 시작했다. 자신이 할 수 있는 일이 없다는 사실을. 그녀는 어떤 일이든 하기 위해 자신의 전공과는 상관없는 곳에도 이력서를 냈다. 연락은 단 한 곳에서도 오지 않았다.

그녀는 비디오 덱에 테이프를 넣고 재생 버튼을 누른다. 거실 바닥에 요를 깔고 길게 눕는다. 텔레비전 화면 속에는 잿빛 승복을 입은 승려가 매트리스 위에 누워 있다. 승려의 움직임에 따라 천천히 다리와 팔을 움직여 본다. 다리를 조금 벌리고 길게 뻗는다. 두 손은 깍지를 껴 머리 밑에 넣는다. 발가락을 붙이고 발등을 곧게 뻗는다. 하나와 둘 동작은 발가락을 펴 위로 올리고 셋과 넷 동작은 아래로 뻗는다. 승려가 이르는 대로 호흡을 따라 한다. 누워서 자전거 타기를 한다. 승려의 동작은 단순히 자전거 타기가 아니다. 발가락과 발등을 곧게 펴고 호흡을 맞춰야 한다. 그녀는 다리를 벌리고 엎드린 자세로 두 팔을 90도 각도로 벌린다. 왼쪽 팔다리와 가슴을 오른쪽으로 젖히면서 숨을 내쉬고 제자리로 돌아오면서 숨을 들이마신다. 항상 이 동작에서 호흡이 막혀 애를 먹는다.

비디오 속의 승려를 따라 몇 가지 선(禪) 체조를 하다 말고 그녀는 요 위에 누워 움직이지 않는다. 간단한 동작 몇 가지를 따라 했을 뿐인데도 장거리를 뛰고 결승점에 도달한 마라톤 선수처럼 숨이 가쁘고 관절들은 삐걱거린다.

그녀는 천천히 몸을 일으켜 방으로 간다. 오늘 외출을 해야 한다. 아래층에 살고 있는 501호 여자를 따라가 교육을 받기로 약속했다. 501호 여자는 아이들 책과 학습지를 만드는 출판사 영업 사원이다. 여자는 사흘 동안 하루에 세 시간씩 시간을 내 강의를 들어 달라고 부탁했다. 강의 내용은 자사에서 출간되는 전집과 학습지 소개라고 들었다. 사흘 동안 빠지지 않고 강의를 듣는 사람에게는 몇 가지 기념품과 그 출판사에서 발간되는 동화책을 할인해서 살 수 있는 혜택을 준다고 했다.

장롱을 열고서 그녀는 한동안 움직이지 않는다. 몸을 끼워 넣을 만한 옷이 눈에 띄지 않는다. 장롱 서랍 속에 차곡차곡 개켜져 있는 바지들은 입어 볼 엄두도 내지 못한다. 아이를 낳고 그녀의 몸은 20킬로그램이나 불어났다. 남편의 와이셔츠와 함께 걸어 놓은 블라우스로 손을 뻗는다. 입고 있던 고무줄 치마와 셔츠를 벗고 심호흡을 한 번 한 뒤 블라우스를 입는다. 예상했던 것처럼 블라우스는 어깨에서 걸려 입을 수가 없다. 장롱

문을 닫아 버리고 브래지어와 팬티만 걸친 채 침대에 걸터앉는
다. 트고 갈라진 뱃살 아래로 뻗어 있는 두 개의 다리는 거대한
공룡의 다리통을 연상시킨다. 젖가슴을 제외하고 발가락과 손
가락까지 그녀의 몸은 이스트를 넣고 구워 낸 빵처럼 부풀어
있다. 아이를 낳은 뒤 탱탱하던 가슴은 탄력을 잃고 늘어져 버
렸고 체격에 비해 빈약한 편이던 가슴은 이제 몸과는 전혀 어
울리지 않는다.

어깨, 팔, 배, 엉덩이, 허벅지, 종아리, 발목, 손가락, 발가락에
붙어 덜렁거리는 살덩어리는 임신 중에 먹은 돼지고기가 몸 밖
으로 빠져나가지 못한 채 남아 있는 흔적이었다. 고기를 입에
대지 못하던 그녀는 어느 날 미친 듯이 돼지의 살을 먹어 댔다.
일주일 만에 체중이 5킬로그램이나 늘어났다. 몸속에 아이가
자라고 있다는 사실을 알았을 때 그녀는 이미 임신 중반으로
보일 만큼 배가 부르고 얼굴과 가슴은 동글동글해져 있었다.
그녀는 아침에 출근할 때 가방 안에 햄과 치즈가 들어간 샌드
위치를 서너 개씩 담아 갔다. 1교시 수업이 끝나면 아이들이
화장실에 가거나 복도에서 놀고 있는 사이에 샌드위치를 꺼내
먹었다. 점심시간에 학교 교직원 식당에서 밥을 먹지 않고 교
문 밖에 있는 고깃집으로 갔다. 혼자서 3인분의 삼겹살을 먹고
다시 학교로 들어가 화장실에서 오랫동안 양치질을 했다.

그녀는 반 아이들이 숙제를 해오지 않아도 야단치지 않았고,
수시로 자율 학습을 시키고 수업 중에도 자주 시계를 들여다보

았다. 방학이 되자 집 안에서 꼼짝하지 않고 그가 밤늦게 사 들고 오는 돼지고기를 기다렸다. 그와 달리 그녀는 여러 종류의 고기를 먹지 않았다. 불에 구운 돼지 삼겹살과 통마늘 하나만으로 충분했다. 늦은 저녁을 먹고 잠든 뒤에도 종종 새벽에 깨어 창문을 열고 환풍기를 돌려 가면서 돼지고기를 구웠다. 걸레질을 할 때 몸을 굽힐 수 없게 되었고 발톱도 혼자 깎을 수 없었지만 그는 불평 한마디 하지 않고 날마다 돼지고기를 사다 주었다.

그녀는 몸을 뒤척일 때마다 침대 매트리스가 삐걱거리는 게 불편해 바닥에 요를 깔고 따로 잤다. 뱃속에 있는 아이는 태동조차 느끼지 못할 정도로 얌전히 자라고 있었고 학교는 개학을 했지만 더 이상 일을 할 수는 없었다.

그녀는 외출복으로 고무줄 넣은 헐렁한 치마와 엉덩이 밑으로 내려오는 남방을 입고 느릿느릿 머리를 빗는다.

광어

그는 중식당에서 점심을 먹었다. 뷔페 식당 직원들은 특별한 날이 아니면 자신들이 일하는 곳에서 식사를 한다. 사실 뷔페 식당에선 수십 가지 음식을 만들지만 언제나 똑같은 메뉴라 그처럼 매일 식사를 하는 사람들은 진력이 날 수밖에 없다. 점심 식사로 먹은 탕수육은 뷔페 식당에도 있는 음식이다. 뷔페 식당 주방장은 솜씨 있는 사람이지만 중식부에서 먹는 탕수육과는 맛에서 확실한 차이가 난다.

그가 처음 뷔페 식당 지배인으로 왔을 때, 주방장과 직원들이 모두 혀를 내두를 정도로 한 끼 식사로 많은 양의 음식을 먹었다. 먼저 죽으로 식사를 시작하는데 전복죽이나 잣죽을 죽 그릇에 가득 퍼서 세 번을 먹는다. 그다음 생선회와 갈비, 잡채, 탕수육을 먹고 난 뒤 김치와 밑반찬과 함께 쌀밥을 먹는다. 손님들은 평균 세 번 접시를 들고 음식을 담아 간다. 사람에 따라 그 양이 다르지만 뷔페 식당으로 식사를 하러 오는 사람들은 대부분 음식을 많이 먹지 않고 반드시 일정량을 남기는 습관이 있다. 그가 한 끼로 먹는 음식은 성인 남자 세 사람이 먹을 수 있는 양이다.

그는 이제 뷔페 식당 음식을 많이, 즐겨 먹지 않는다. 직원들은 손님이 가장 많이 몰리는 시간을 피해 주방에서 식사한다. 그날의 기분에 따라 한식부나 중식부, 일식부로 옮겨 다니면서 식사를 한다.

퇴근 시간은 일정하다. 호텔 객실부는 3교대로 근무하지만 전산부, 홍보부, 총무부 직원 들은 일반 직장처럼 정해진 시간에 출퇴근을 한다. 식음료부 직원은 호텔 손님들의 식사와 서비스 때문에 2교대로 근무하지만, 호텔 총지배인과 매니저들의 출퇴근 시간은 항상 같다.

그는 음식을 만드는 주방으로 들어가 음식 재료를 체크한다. 주방은 늘 분주하다. 이른 아침에 배달된 재료들을 다듬고 손질해서 수십 가지의 음식을 만들어 내야 한다. 늘 비슷한 메뉴이지만 주방장의 그날 컨디션이나 재료의 상태에 따라 음식의 맛은 큰 차이가 난다. 주방장은 생선을 손질하고 있다. 주방장의 손에서 종잇장처럼 얇게 저며지고 있는 놈은 언뜻 보기에 광어처럼 생겼지만 도다리라는 것을 알 수 있다. 도다리는 죽은 지 벌써 몇 시간이 지났는지 알 수 없다. 그는 커다란 나무도마 위에서 펄쩍펄쩍 살아 움직이는 광어를 즉석에서 회 떠 먹고 싶다.

그는 매주 회 센터에 간다. 그가 수족관 안의 물고기를 손가락으로 가리키면 가슴에서부터 발목까지 내려오는 두꺼운 고무 앞치마를 두른 주인 남자는 수족관 안에 있는 광어나 민어, 도다리, 놀래미, 우럭 따위를 커다란 뜰채로 건져서 곧바로 회를 뜬다. 그것들은, 마른행주로 물기를 닦고 회칼로 살점을 저며 내고 있는데도 나무도마 위에서 마지막 신경줄이 끊어질 때까지 꿈틀거린다.

그는 오늘 저녁 식사로 광어회를 먹을 생각이다. 퇴근 후 집으로 돌아가 옷을 갈아입은 뒤 체육관에서 러닝 머신을 30분쯤 타다가 사이클을 20분 타고 10분 동안은 역기나 몇 가지 기구를 이용해 몸을 풀 생각이다. 회 센터가 문을 닫기 전에 도착하려면 서둘러야 한다.

잡채

　그녀는 501호를 따라 강의를 들으러 갔다가 돌아오는 길에 슈퍼마켓에 들렀다. 동네 슈퍼마켓이라 규모는 작지만 야채와 과일, 생선, 고기 등 식료품을 빠짐없이 갖추고 있어 그녀가 단골로 드나드는 곳이다.

　아이가 집에 오는 시간에 맞추려면 서둘러야 한다. 당면과 시금치, 당근, 양파, 부추, 느타리버섯을 조금씩 산다. 오늘 아이와 먹을 저녁 메뉴는 잡채다. 그녀는 종종 잡채를 만들어 아이와 나누어 먹고 남은 것은 냉동실에 얼려 놓았다가 2, 3일 뒤에 한 번 더 먹는다. 그녀와 아이가 먹는 것 중에서 만드는 데 시간이 가장 오래 걸리고 여러 가지 재료가 들어가는 음식은 잡채다. 최소한의 기름으로 볶고 무친 야채는 고기를 먹지 않는 아이를 위해 만드는 특별 음식이다. 젖병을 떼고 아이가 밥을 먹기 시작했을 때 그녀는 아이와 먹을 음식 목록에서 육식을 제외시켰다. 아이가 사용하는 식기들은 날마다 소독하고, 집 안에 밴 고기 냄새를 없애기 위해 그녀는 늘 창을 열어 놓고 환풍기를 돌렸다. 그가 식사를 할 때 아이는 아직 잠에서 깨어나지 않았거나 먼저 잠이 든 뒤였다. 아이가 육식의 맛을 알기 전에 그녀는 아이와 함께 뉴잉글랜드의 버몬트 숲으로 떠나고 싶었다. 그녀가 알고 있는 채식주의자는 이미 죽었고 채식주의자의 동반자 역시 세상을 떠났지만, 그곳에 가면 그들처럼 살고 있는 사람들을 만날 수 있을지 모른다.

두 손에 야채가 담긴 비닐봉지를 들고 서둘러 아파트 현관 앞에 도착했을 때 그녀는 노란색 유치원 가방을 메고 엘리베이터 안으로 들어가는 아이를 발견했다. 아이는 그녀를 보지 못한 듯했다. 미처 소리쳐 부를 틈도 없이 엘리베이터 문이 닫혀버렸다. 아이가 탄 엘리베이터가 다시 1층으로 내려올 때까지 불이 들어온 숫자판을 올려다보며 천천히 심호흡을 한다.

아이는 잔뜩 화가 나 있다. 현관문 밖에서 벨을 누르고 그녀가 나오기를 기다리던 아이는 발로 현관문을 차며 엄마를 부른다. 아이는 제 엄마가 집 안에서 나오지 않고 자신이 타고 올라온 엘리베이터에서 나오는 걸 보고 놀라 어리둥절해하다가 화를 낸다. 아이에게 엄마는 늘 현관문 안에 있는 존재였다. 엄마가 밖으로 나가는 일은 음식물 쓰레기나 재활용 쓰레기를 버리러 갈 때뿐이다. 그때 역시 아이는 엄마와 함께 있었다. 엄마가 혼자, 자기가 없는 사이에 어디론가 나갔었다는 사실이 아이를 당혹스럽게 만든다. 언젠가 아이를 데리고 공중 목욕탕에 간 적이 있었다. 일요일이면 그가 아이를 데리고 목욕탕에 다녔다. 그녀는 오래전부터 공중 목욕탕에 가지 않았다. 아이가 아빠와 함께 목욕탕에 가면 그녀는 현관에서 그들을 배웅했고 돌아올 때도 현관에서 맞았다. 처음으로 그녀를 따라 공중 목욕탕에 간 아이는 표를 사가지고 들어가 탈의실에서 옷을 벗을 때까지도 어리둥절한 표정을 짓고 있었다. 어, 여기는 아빠 목

욕탕인데. 엄마, 목욕탕은 아빠만 가는 곳이야. 아빠 목욕탕이
라고. 주위에 있는 사람들이 들릴 만큼 커다란 목소리로 말하
는 아이에게 그녀는 아무런 대꾸도 하지 못하고 서둘러 탕 안
으로 들어가 버렸다.

그녀는 아이가 비디오를 보는 동안 음식을 만든다. 당면은
두 시간 동안 물에 불려 놓았다. 당근과 양파는 채를 썰고 올리
브 기름을 두른 프라이팬에 볶는다. 시금치와 느타리버섯은 끓
는 물에 살짝 데쳐 찬물에 헹구고 물기를 꼭 짠 뒤 파, 마늘, 깨,
참기름, 소금으로 양념한다. 물에 불린 당면은 끓는 물에 3분
동안 삶고 물기를 뺀 뒤 프라이팬에 올리브 기름을 두르고 충
분히 볶는다. 커다란 프라이팬에 당근, 양파, 당면을 넣고 조리
용 긴 젓가락으로 섞으면서 간장을 넣는다. 당면이 갈색으로
변하면 참기름과 설탕을 넣고 골고루 섞는다. 시금치와 버섯은
간을 맞춘 뒤에 넣고 마지막에 아이의 새끼손가락 길이만큼 자
른 부추를 얹고 살짝 볶는다. 볶아 둔 깨는 먹기 직전에 뿌리면
된다.

아이와 식탁에 마주 앉았을 때 양복을 벗고 운동복을 입은
그가 저녁 식사로 광어회와 매운탕을 먹겠다고 말했다. 그는
식탁에 놓인 잡채를 외면하고 샌드위치를 만들어 달라고 했다.
그녀는 서둘러 식빵을 토스터에 넣고 햄과 치즈, 달걀을 요리
한다. 그는 샌드위치 두 개와 우유 한 컵을 마시고 체육관으로

갔다.

그녀와 아이는 느릿느릿 식사를 한다. 아이는 접시에 담긴 잡채를 반도 못 먹고 의자에 앉은 채 끄덕끄덕 졸고 있다. 졸고 있는 아이를 일으켜 양치질을 시키고 방으로 데려다 준다. 아이는 동화책을 읽어 달라는 말도 하지 않고 그대로 잠이 든다. 그녀는 다시 식탁으로 돌아와 잡채 한 접시와 밥 반 공기를 오랫동안 천천히 씹어 먹는다. 입으로 잡채를 삼키면서 눈은 자신의 동그랗게 부푼 배와 살점이 덜렁거리는 허벅지와 뭉툭한 종아리를 보고 있다. 잡채를 씹어 삼키는 것은 입이 아니라 그녀의 허벅지와 종아리와 배다.

매운탕

단골인 그에게 회 센터 사내는 붕장어와 멍게를 덤으로 준다. 그는 오늘 쇼핑센터에 가지 않는다. 어제 산 야채만으로 회는 충분히 먹을 수 있다. 집으로 돌아가 그녀가 매운탕을 끓이는 동안 그는 광어회를 먹으면 된다. 그녀는 회를 먹지 않는다. 회뿐 아니라 육식은 일절 먹지 않는다. 채식만을 고집하는 그녀가 미친 듯이 돼지고기를 먹어 댄 것은 임신 10개월 동안이었다. 그녀가 얼마나 몰입해서 돼지고기를 먹었던지 아이가 태어났을 때 그는 침대에 누워 있는 그녀에게 미역국 대신 고깃집에서 포장해 온 제육볶음을 가져다주었다. 제육볶음을 본 그녀는 퉁퉁 부은 얼굴을 심하게 일그러뜨리며 화장실로 가버렸다. 퇴원해 집으로 돌아온 그녀는 고기는커녕 미역국조차 입에 대지 않았다.

어떤 재료든 그녀의 손만 닿으면 맛 좋고 보기 좋은 요리로 완성된다. 그녀는 뷔페 식당 주방장이 흉내 낼 수 없는 독특한 손맛을 가지고 있다. 그는 그녀가 만들어 주는 추어탕과 장어구이, 아귀탕과 아귀찜, 제육볶음, 돈가스를 좋아한다. 어떤 음식이든 재료만 있으면 척척 만들어 내는 그녀이지만, 그가 좋아하는 보신탕만은 질색을 한다. 어쩌면 그녀는 개고기 알레르기가 있는지도 모른다.

아파트 주차장에 도착했을 때 갑자기 소나기가 쏟아진다. 그는 광어회와 매운탕거리가 든 비닐봉지를 들고 주차장에서 아파트 입구까지 뛰어간다.

식탁 위에는 된장, 초고추장, 간장과 겨자를 담은 종지들, 상추와 깻잎을 담은 접시, 풋고추와 마늘을 담은 접시가 가지런히 놓여 있다. 그가 마른 수건으로 젖은 머리칼을 닦고 식탁 의자에 앉자 그녀는 회가 담긴 접시를 식탁 중앙에 놓는다. 그는 젓가락을 들어 얇게 저며진 광어회를 집어 겨자를 푼 간장에 살짝 찍어 입에 넣는다. 그는 회나 고기를 먹을 때 술을 곁들이는 치들을 이해하지 못한다. 흔히 사람들은 술이 회나 고기의 맛을 돋워 준다고 말하지만, 그가 보기에 그들은 회나 고기의 맛을 위해 술을 마시는 것이 아니라 술을 먹기 위해 안줏거리로 회와 고기를 먹는 것처럼 보였다. 그는 철저한 미식가다. 고기와 생선의 참맛을 알려면 알코올 따위는 입에 대지 말아야 한다.

그가 광어회와 붕장어, 멍게까지 먹고 나자 그녀는 채 썰어놓은 무만 남은 회 접시를 치우고 그 자리에 매운탕 냄비를 올려놓는다. 매운탕 냄비는 식탁 위에서도 금방 식지 않는다. 그는 먼저 쑥갓과 미나리를 접시에 덜어 겨자가 섞인 간장에 찍어 먹고 나서 마늘과 고춧가루가 듬뿍 들어간 국물은 밥과 함께 먹는다.

그가 식사를 하는 동안 그녀는 어질러진 조리대를 치운다. 그와 그녀가 마주 앉아 식사하는 날은 일요일 점심이 고작이다. 일요일 점심 식사 때도 서로 다른 메뉴를 놓고 밥을 먹는다. 대개 그녀는 여러 가지 야채를 넣고 끓인 된장찌개나 김치찌개, 간단한 국으로 식사를 한다. 이제 그는 그녀의 식사 습관에 대해 간섭하거나 충고를 늘어놓지 않는다. 그는 일요일 저녁이면 새로운 음식을 먹기 위해 자신의 차를 몰고 꽤 먼 곳까지 나간다.

그는 그녀와 함께 외식을 하지 않는다. 언젠가 그녀와 갈비를 먹으러 간 적이 있다. 갈빗집은 주말은 물론 평일 오후에도 손님들로 발 디딜 틈 없을 정도로 고기맛이 좋기로 소문난 집이었다. 그 갈빗집을 찾아내기 위해 얼마나 많은 갈빗집을 돌아다녔는지 그녀는 알지 못했다. 갈비의 양념맛이 독특했고 고기는 부드럽고 싱싱했다. 그가 양념갈비 4인분을 주문해서 다 먹어 치울 때까지 그녀는 샐러드와 김치를 조금 먹었을 뿐이었다. 그는 최고의 양념갈비를 앞에 두고 김치 따위만 먹고 있는 그녀에게 참을 수 없는 분노와 미움을 느꼈다.

그가 차를 몰고 밖으로 나가서 먹는 음식은 대개 개고기나 오리고기, 붕어 같은 민물고기 종류다. 개고기는 탕이나 전골 또는 수육으로, 오리는 로스구이와 진흙구이로, 민물고기는 찜과 매운탕으로 다양하게 먹는다. 그는 어느 곳에 가면 양념맛이 독특한 장어구이와 추어탕을 먹을 수 있는지 꼼꼼하게 메모해 두었다.

그는 매운탕 냄비 속에서 광어 몸통을 꺼내 접시에 놓고 뼈에 붙은 살점을 발라 먹는다. 광어회와 붕장어와 멍게가 담긴 접시에는 한 점의 살도 남아 있지 않다. 그녀는 2인용 돌솥 뚜껑을 열고 김이 나는 쌀밥을 밥공기 가득 퍼 담고 있다. 밥이 적당히 눌은 솥 안에 생수를 붓고 가스불을 켠 뒤 식탁 위로 밥을 가져다 놓는다. 그는 기름지고 뜨거운 쌀밥을 숟가락으로 퍼서 입에 넣다가 문득 앞에 서 있는 그녀를 본다. 그녀를 안았던 날이 언제였는지 까마득해 기억조차 나지 않는다. 그녀의 벗은 몸은 좀처럼 볼 기회가 없다. 그가 일요일 오후에 만나 함께 외식을 하고 모텔에 가는 여자의 몸은 그녀의 절반도 되지 않는다. 그녀와 자주 섹스를 하지 않는 까닭은 냉소적인 몸 때문이다. 그는 오랜 시간 다양한 체위로 섹스하는 스타일이지만 그녀는 단순하고 짧은 섹스를 원한다. 식사를 끝내고 그는 칼로리가 많이 소모되는 섹스를 할 생각이다. 오늘 평소보다 좀 지나치게 많은 양을 먹었다. 위장을 편안하게 해주려면 디저트가 필요하다.

그는 평소처럼 식사를 끝내고 양치질을 한 뒤 곧장 방으로 들어가지 않고 그녀의 주위를 서성인다. 그녀는 설거지를 한 뒤 그릇과 행주와 도마를 소독하고 식탁 등을 끈다. 그녀는 요리는 잘하지만 지나치게 동작이 굼뜨다. 욕실에 들어간 그녀가 나오자 그는 소파에서 벌떡 일어나 거실 등을 끄고 침실의 붉은 등을 켰다.

디저트

욕실에서 나왔을 때 그녀는 자신의 벗은 몸보다 거실 등을 끄는 그를 보고 더 놀랐다. 그가 불을 끄는 일은 좀처럼 없었다. 그가 침실의 붉은 등을 켜자 그녀는 속으로 낮게 숨을 내쉬었다. 그와의 섹스는 그녀를 불편하고 피곤하게 한다.

그는 옷을 벗고 침대 끝에 앉는다. 그녀는 벗은 몸을 감추기 위해 헐렁한 박스 티셔츠를 입고 침실 전등을 끈다. 섹스할 때 그는 환하게 불을 켜놓고 싶어한다. 그녀는 붉은 등조차 한사코 끄길 바란다. 그녀는 침대 위에 얌전히 눕는다. 그의 몸은 기계 체조 선수처럼 날렵하게 움직인다. 그녀는 그가 요구하는 대로 몸을 움직일 수 없다. 그가 동작을 바꿀 때마다 그녀는 출렁거리는 자신의 뱃살 때문에 멀미가 날 지경이다. 다행히 방 안이 어두워서 그녀의 얼굴은 보이지 않는다.

그는 좀처럼 끝낼 것 같지 않다. 온몸이 땀으로 흠뻑 젖을 때까지 그는 동작을 멈추지 않을 것이다. 침대에 가랑이를 벌리고 누운 그녀는 그가 헤엄치는 실내 수영장 풀이거나 러닝 머신이거나 사이클이거나 역기나 배구공일 뿐이다. 그가 멈출 때까지 그녀는 묵묵히 무겁게 실린 몸을 버티고 있어야 한다.

땀으로 뒤범벅이 된 그가 그녀의 몸에서 떨어져 나간다. 그녀는 천천히 일어나 욕실로 가서 오래 샤워를 한다. 그녀가 마른 수건으로 물기를 닦고 밖으로 나왔을 때 그는 만족스러운 얼굴로 낮게 코까지 골며 잠들어 있다.

미꾸라지

그녀는 가부좌를 틀고 앉아 두 손을 깍지 껴 머리에 대고 어깨를 편다. 숨을 들이마시면서 오른쪽으로 깍지 낀 팔을 최대한 당기면서 고개는 반대쪽으로 튼다. 숨을 천천히 들이마시면서 고개를 정면으로 되돌린다. 이번에는 반대 방향으로 고개를 틀고 숨을 내쉰다.

그녀는 녹화 테이프를 끄고 부엌으로 간다. 개수대 안에는 설거지할 그릇들이 쌓여 있다. 아침 식사로 그녀는 포도 한 송이를, 아이는 요구르트를 넣어 만든 사과 주스를, 그는 쇠고기 무국과 장조림, 갈치조림을 먹었다. 기름기가 남아 있는 접시들을 종이타월로 닦고 수세미에 세제를 묻혀서 꼼꼼히 설거지한다.

설거지를 끝내고 501호를 따라 동화책과 학습지를 만드는 출판사에 강의를 들으러 가야 한다. 오늘이 사흘째 되는 날이다. 그녀는 강의를 들으러 가는 일이 즐겁다. 강의 자체는 새롭거나 재미있지 않다. 그저 하루 중 다섯 시간을 밖에서 보낼 수 있다는 게 그녀를 들뜨게 한다. 내일부터 외출할 일이 없다는 사실 때문에 벌써부터 마음이 답답해진다. 501호는 집에만 박혀 있는 그녀에게 백화점 문화 센터에라도 나가 보라고 했다. 오늘 강의가 끝나면 집에서 가까운 백화점에 갈 생각이다.

그녀는 501호가 다니는 출판사에서 기념품으로 준 동화책 두 권과 코팅 처리가 된 세계 지도를 옆구리에 끼고 백화점 쇼윈도 앞에 서 있다. '대 바겐세일'이라고 적힌 커다란 현수막이 나붙은 백화점 건물 앞에는 수영복, 민소매 티셔츠와 반바지, 모시 이불, 물놀이 기구 따위를 쌓아 놓고 파는 좌판이 펼쳐져 있다. 좌판 앞에는 백화점 직원으로 보이는 남자가 핸드마이크를 입에 대고 손님들을 불러 모으고 있다. 그녀는 북적대는 인파를 뚫고 백화점 정문으로 들어간다. 고무줄 넣은 긴 치마와 반팔 셔츠를 입은 그녀는 어깨에 핸드백을 메고 동화책과 세계 지도를 옆구리에 끼고 이마에 흘러내리는 땀을 연방 손수건으로 닦는다. 백화점 1층 역시 걸을 때마다 쇼핑하는 사람들의 어깨가 서로 닿을 정도로 혼잡하다. 사람들의 숲을 지나 엘리베이터 앞에 선 그녀는 벽에 붙은 광고 포스터에 시선이 붙들렸다. '조화로운 몸을 찾아 떠나는 여행.' 엘리베이터 문이 열리자 안에 있던 사람들이 누군가에게 떠밀리듯 밖으로 나오고 그녀는 자동 인형처럼 사람들 속에 섞여 엘리베이터 속으로 밀려 들어간다. 뾰족한 하이힐 굽이 그녀의 뭉툭한 운동화를 밟았고 누군가 어깨를 치는 바람에 동화책 한 권이 바닥에 떨어진다. 엘리베이터 구석으로 몰린 그녀의 몸은 숨을 쉴 수 없을 만큼 납작하게 눌리고 옆구리에 끼고 있던 세계 지도는 볼품없이 찌그러지고 만다. 그녀는 '조화로운 몸을 찾아 떠나는 여행'을 찾기 위해 8층에서 내린다. 문화 센터와 식당이 있는 그곳은 비교적 한산하다. 중식, 일식, 한식과 이태리 음식까지 골고루 갖춘 식당가를 기웃거리고 문화 센터 안으로 들어가지만 '조화로운 몸을 찾아 떠나는 여행'은 없다. 그녀는 문화 센터의 강의가 아니면 여행사에서 내건 패키지 여행 상품일지도 모른다고 생각한다. 여행사를 찾기 위해 에스컬레이터를 타고 7층으로 내려간다. 7층은 가구와 가전제품이, 6층은 그릇과 침구가, 5층은 어린이 의류와 장난감이 가득 차 있을 뿐 여행사는 보이지 않는다. 4층과 3층과 2층까지 인내심을 갖고 숨은그림찾기를 하듯 '조화로운 몸을 찾아 떠나는 여행'을 찾아다닌다. 운동화를 신은 두 다리는 후들거리고 이마와 목덜미와 등은 땀으로 흠뻑 젖는다. 언제 떨어뜨렸는지 옆구리에 끼고 있던 세계 지도는 보이지 않는다.

이제 그녀는 한 걸음도 움직일 수 없을 것 같다. 팔다리의 관절들은 어디든 앉아서 쉴 것을 요구한다. 마땅히 앉을 만한 장소를 찾지 못한 그녀는 백화점 비상 계단이 있는 곳을 두리번거린다. '조화로운 몸을 찾아 떠나는 여행'을 찾는 걸 단념했을 때 비로소 그녀의 눈앞에 '조화로운 몸을 찾아 떠나는 여행'이 보였다. 그건 백화점 문화 센터의 교양 강좌도 아니고 여행사에서 내건 패키지 여행도 아니었다. 매장 2층 구석진 자리 한쪽에 서 있던 유니폼을 입은 직원이 비틀거리는 그녀에게 다가왔다. 부작용이 전혀 없고 단기간에 몸무게를 감량시킬 수 있는 한방 다이어트 식품인데요, 고객님한테 꼭 필요할 것 같네요. 일주일 동안만 저희 백화점에서 특별 세일가로 판매하니까 이번 기회에 이용하시고 효과 보세요. 절대 후회 안 하실 거예요. 그녀는 얼결에 백화점 직원의 손을 붙잡으면서 바닥에 주저앉고 말았다. 그때 귓가에 낯익은 소리가 들려온다. 그녀는 바닥에 주저앉은 채 고개를 돌리고 두리번거린다. 여성복을 파는 2층 매장 바닥에 맥없이 주저앉아 정체를 알지 못하는 소리를 찾아 귀를 연다. 쇼핑을 하던 여자들이 그녀를 힐끔거린다. 한낮 백화점 여성복 매장에서 들리는 소리는 그녀가 날마다 질리도록 들어야 하는 소리와 다르지 않다. 그것은 그가 공중에 쏘아 올린 자동차 무선 시동 장치의 소리이거나, 그녀가 매일 아침 과일을 갈아 먹는 믹서의 소음이거나, 가스불 위에서 쇠고기나 돼지고기가 익을 때 나는 소리이거나 생선 매운탕 끓는 소리이기도 했다.

그녀는 몸을 추스르고 일어나 지하 식품 매장으로 내려간다. 손님들로 빽빽한 과일 코너와 정육 코너 앞을 뚫고 수산물이 있는 곳을 향해 미끄러지듯 걸어가는 그녀의 몸은 한 마리 날쌘 미꾸라지처럼 보인다. 그녀는 백화점 식품 매장에서 구할 수 없으면 수산 시장에라도 나가 싱싱한 미꾸라지를 살 생각이다. 냉장고에는 산초 가루와 삶아 놓은 우거지가 남아 있다. 추어탕은 된장을 풀고 삶은 우거지를 넣고 끓이다가 믹서에 간 미꾸라지를 넣고 다시 끓인 뒤 다진 마늘과 생강을 듬뿍 넣어야 비린내가 나지 않는다. 그가 이미 오늘 저녁 메뉴를 정했다면 오늘 저녁은 특별한 만찬이 될 것이다.

존재의 결핍과 시대적 풍조에 대한 성찰

황광수(문학평론가)

생태계의 파탄이 인류의 비극적 종말을 예고하고 있는 현 시점에서 '문명'과 함께 떠오르는 것은 불길한 이미지들뿐이다. 개인적 차원에서 문명의 조건에 극단적으로 저항했던 '유나바머'의 비극 역시 이러한 시대적 징후를 어둡게 채색했을 뿐이다. 그러니, 자본주의적 삶의 방식을 내면화한 개별적 인간들이 자본의 효율성을 극대화하도록 짜여 있는 사회 조직 속에 자신의 자리를 마련하려고 치열하게 경쟁하는 것은 어쩌면 자연스러운 일이다. 우리 사회가 정보화 단계로 접어든 이후 우리 문학에서 '단자'라는 낱말로 상징된 바 있는 존재들도 이러한 메커니즘의 연장선 위에 있다. 고립 속에서 자족할 수밖에 없는 이 허깨비들! 이들은 근대 자본주의의 전복을 꿈꾸던 혁명적 열정이 썰물처럼 빠져나간 자리에 들어선 사이버 스페이스의 주민들이다.

　우리 소설은 이러한 무리들을 공론의 장으로 끌어내는 데에
는 성공했지만, 탈근대적 징후에만 관심을 기울인 나머지 그들
의 존재 방식에 대한 비판적 성찰을 이끌어 내는 데에는 실패
했다. 그 결과, 젊은 작가들은 '근대 극복'과 같은 큰 문제들은
불투명한 전망 속에 내던져 두고 개인의 내면을 파고들거나 비
근한 생활 현실을 천착하면서 그들 나름의 다양한 길들을 개척
해 가고 있다.

　서성란 역시 이러한 흐름에서 크게 벗어나 있지 않다. 그러
나 그는 일상이 되기에는 너무도 무겁고 어두운 주제들과 힘겨
운 싸움을 벌이고 있다. 이 소설집에 실린 작품들만 보더라도,
그는 고립 속에서의 자족조차 불가능할 만큼 훼손된 몸과 마음
을 가진 채 비인간적으로 일그러진 삶의 조건 속에 내던져진
사람들의 일상, 그 삭막한 땅에 보습을 들이대고 자신의 영토
를 개척해 가고 있다. 그런데도 그의 소설들에는 심리적 굴절
이나 종교적 초월은 보이지 않는다. 여성 작가들의 소설들에
흔히 나타나는 페미니즘적 저항의 기미조차 보이지 않는다. 말
하자면 그의 소설들에 등장하는 인물들은 아무런 이념적 매개
없이 극복하기 어려운 물질적 조건에 맞닿아 있다. 그리고 이
러한 상황의 엄숙성에 조응하고 있는 그의 문장들은 정확하고
간결하다. 이런 점은 〈모델 하우스〉의 첫 문단만 살펴보아도
뚜렷이 확인된다.

아이는 아라비아 숫자가 적힌 종이 카드를 손에 쥐고 잠이 들었다. 여간해서는 낮잠을 자지 않는 아이다. 방 안 여기저기에는 아이가 가지고 놀던 숫자 카드가 어지럽게 널려 있다. 잠든 아이를 안아 요 위에 눕히고 손에 쥐어져 있는 카드를 빼내려 하자 잠결에도 아이는 손을 꼭 쥔 채 모로 돌아누워 버린다. 잠든 아이의 얼굴에는 상처가 깊이 패어 있다. 관자놀이와 양 볼은 찢어져 아물지 않은 상처와 보랏빛 멍자국들로 어지럽다.(233쪽)

이 문단은 군더더기 없는 짧은 문장들로 이루어져 있다. 비유나 상징을 배제한, 과장 없는 그의 문장들은 펜화의 선들처럼 짧고 간결하지만 어느덧 먹물을 풀어놓은 듯한 어두운 분위기를 자아낸다. 이것이 사물이나 인간의 행동 자체가 말하게 하고, 의미를 품게 하고, 분위기를 만들어 가게 하는 서성란의 문체적 특성이다.

그러나 이 소설의 형식은 단순하지 않다. 작가는 현재와 과거를 혼융하면서 삶의 중층성과 인물들의 실존성을 빚어내고 있다. 현재의 시점은 숫자에 집착하며 어머니가 보이지 않으면 자기의 뺨을 때리거나 벽이나 방바닥에 머리를 짓찧으며 울부짖는 아이와, 쓸고 닦는 일에 몰두하며 자신이 살고 있는 곳을 모델 하우스처럼 정결하게 해놓아야 직성이 풀리는 자폐적인 어머니의 모습을 그려 가고 있고, 과거의 시점은 자동적으로 재생되는 기억을 통해 이러한 현재의 원인이 된 과거의 경험을 떠올려 준다. 가출을 한 아내(들) 때문에 깊은 상처를 안고 살아가는 '여자'의 아버지는 딸들에게 순결을 강요했다. 아버지의 학대로 인해 불구가 된 동생 정희 — 어머니와 다른 남자 사이에서 잉태된 것으로 암시된다 — 와는 달리, '여자'는 아버지의 순결 이데올로기를 철저하게 내면화했고, 여고 시절 부기 선생의 성추행 이후 그것은 여자의 본능처럼 되어 버렸다. '여자'가 서른다섯 살에 만난 남자와 결혼을 하게 된 것도 남자와는 처음으로 차를 마시고 밥을 먹었다는 단 한 가지 이유 때문이었다. 남편은 아이가 태어난 이후 체중 조절에 실패한 '여자'를 떠나 버렸다. 그러나 정희는 아버지의 뜻을 거스르고 인문계 고등학교와 전문대를 나온 후 스스로의 삶을 개척해 가며, 아버지가 죽은 후 '여자'의 집에 와서 아이와 '여자'를 병원에 데려가기도 하면서 가족 사이의 소통과 치유의 가능성을 만들어 간다.

정희는 이 소설의 전반부에서 소외된 아이로서 이따금 그 존재만 확인되고, 중반부에서는 개성 있는 여성으로 성장하고 있는 모습으로 간간이 묘사되다가 '여자'와 함께 살게 되는 마지막 부분에 이르러서야 그 존재의 의미를 확연히 드러낸다. 아버지에게 받은 학대와 상처 때문에 오히려 아버지의 영향을 거부할 수 있었던 정희로부터 자폐의 울타리를 벗어날 수 있는 가능성을 발견하고 있다는 사실은, 구원의 빛은 다른 씨 즉 이질성을 지닌 외부의 존재에서 잉태될 수 있음을 은연중에 내비치고 있다.

이 작품과 같은 계열에 놓일 수 있는 〈산초〉의 '그녀'는 발달 장애아의 어머니로서, 그리고 갑상선기능항진증으로 인한 몸의 변화 때문에 남편에게 버림받는 여성으로서 이중의 고통을 안게 된다. 게다가 시어머니에게 보낸 아이가 어머니를 기피하게 되어 '그녀'는 완전한 고립 속에 빠져든다. 그런 만큼, 아이의 증세나 남편의 심리보다는 '그녀'의 모습과 행위에 묘사의 무게가 실려 있다.

베란다 창을 두드리는 빗소리가 아니라면 방 안은 완벽하게 고요했다. 그녀는 눈을 뜨지 못하고 침대에 누운 채로 한 손을 뻗어 침대 옆 사이드 테이블 위에 올려놓은 안약을 집었다. 눈두덩 위에서부터 아래로 길게 붙여 둔 반창고를 조심스럽게 떼어 내고 부어오른 눈꺼풀을 손가락으로 밀어 올렸다. 눈꺼풀은 오랫동안 방치해 둔 쇠붙이처럼 뻑뻑하고 벌레에 물린 듯 벌겋게 부어올라 있었다. 안약을 한두 방울 떨어뜨리고 눈을 깜빡거려 보지만 앞쪽으로 돌출된 눈동자는 꿈쩍도 하지 않았다. (40쪽)

병 때문에 감을 수조차 없을 만큼 눈이 부어올라 눈꺼풀에 반창고를 붙여야만 잠을 잘 수 있는 '그녀'가 잠에서 깨어난 직후의 장면을 보여 주는 이 인용문에서도 작가는 담담하게 묘사만 할 뿐 '그녀'가 느끼고 있을 법한 절망적인 심리 상태에 대해서는 별다른 언급이 없다. 이 소설에서 '그녀'의 심리에 대한 직접적인 묘사는, 집에서는 들어 본 적이 없는 아이의 웃음소리를 시어머니댁에서 듣게 되었을 때의 낯선 느낌을 드러내는 대목뿐이다. "욕실에서 아이의 웃음소리가 들려왔다. 명주는 아이의 웃음소리가 생소하고 비현실적으로 느껴졌다." 그런데도 '그녀'를 감싸고 있는 어둡고 칙칙한 분위기는 심리 묘사에 치중한 여느 소설들보다 '그녀'의 마음 상태를 여실히 드러내고 있다. 이러한 분위기는 그녀와 마찬가지로 비 오는 날에만 외출하는, "비정상적으로 작은 키와 통통한 몸, 비틀거리듯 걷는 걸음걸이" 때문에 사람 대접도 제대로 받지 못하는 한 여성에 대한 묘사를 통해 더욱 고조되고 있다. 타인의 마음속을 제 마음대로 드나들 수 있는 것처럼 묘사하는 방법에 대해 거의 본능적인 거부감을 지니고 있는 듯한 이 작가는 작중 인물들에 대한 객관적인 묘사만으로도 암담한 심리적 분위기를 너끈히 그려 낼 수 있다고 확신하는 듯하다. 그러나 작가가 이러한 서술 기법을 체질화하게 된 데에는 절망적인 상황을 빚어낸 객관적 조건을 한 개인의 심리 현상으로 환원하거나 사태의 심각성은 제쳐 두고 심리적 추이에만 관심을 기울이는 경향들에 대한 깊은 불신이 자리 잡고 있는 듯이 보인다.

〈당신의 몸〉은 임신 중에 불어난 몸 때문에 사회와 남편에게 버림받는 여성의 눈으로 외모를 중시하는 시대적 풍조에 메스를 가하고 있다. 이 작품은 미식과 몸매 관리에만 관심이 쏠려 있는 남편을 통해 '몸매 가꾸기'와 관련된 이즈음의 사회 병리적 현상을 해체-재구성의 방법으로 날카롭게 파헤치고 있다.
이 소설은 여덟 개의 소제목으로 나뉘어 있고, '물고기'라는 첫
번째 소제목을 빼면 나머지는 음식이나 그 재료와 관련되어 있
다. "그의 몸은 싱싱하고 날쌘 물고기처럼 물속을 헤엄쳐 다니
고 있다."(물고기) "그는 수영복과 세면도구가 담긴 가방과 갈
비와 야채가 든 비닐봉지를 양손에 나눠 들고 들어온다."(갈
비) "어깨, 팔, 배, 엉덩이, 허벅지, 종아리, 발목, 손가락, 발가락
에 붙어 덜렁거리는 살덩어리는 임신 중에 먹은 돼지고기가 몸
밖으로 빠져나가지 못한 채 남아 있는 흔적이었다."(돼지고기
와 토마토) "그가 수족관 안의 물고기를 손가락으로 가리키면
가슴에서부터 발목까지 내려오는 두꺼운 고무 앞치마를 두른
주인 남자는 수족관 안에 있는 광어나 민어, 도다리, 놀래미, 우
럭 따위를 커다란 뜰채로 건져서 곧바로 회를 뜬다."(광어) "그
녀와 아이가 먹는 것 중에서 만드는 데 시간이 가장 오래 걸리
고 여러 가지 재료가 들어가는 음식은 잡채다."(잡채) "그는 젓
가락을 들어 얇게 저며진 광어회를 집어 겨자를 푼 간장에 살
짝 찍어 입에 넣는다. 그는 회나 고기를 먹을 때 술을 곁들이는
치들을 이해하지 못한다. 흔히 사람들은 술이 회나 고기의 맛
을 돋워 준다고 말하지만, 그가 보기에 그들은 회나 고기의 맛
을 위해 술을 마시는 것이 아니라 술을 먹기 위해 안줏거리로
회와 고기를 먹는 것처럼 보였다. 그는 철저한 미식가다. 고기
와 생선의 참맛을 알려면 알코올 따위는 입에 대지 말아야 한

다.”(매운탕) “침대에 가랑이를 벌리고 누운 그녀는 그가 헤엄치는 실내 수영장 풀이거나 러닝 머신이거나 사이클이거나 역기나 배구공일 뿐이다.”(디저트) “그녀는 백화점 식품 매장에서 구할 수 없으면 수산 시장에라도 나가 싱싱한 미꾸라지를 살 생각이다.”(미꾸라지)

　이상의 인용문들과 소제목들의 짝을 맞추어 본 것은, 소제목들로 해체된 몸의 구성 요소들을 통해 우리 시대 대중들의 삶이 거의 정확하게 몸 가꾸기나 먹는 일로 환원될 수 있을 만큼 단순화되고 있음을 강조하기 위해 이 작가가 고안해 낸 특이한 형식을 약간이나마 음미해 보기 위한 것이다. 인간의 몸이 먹는 일을 통해 외부의 사물(음식)을 동화시킨 결과로서 이루어지는 것이라면, 이러한 해체적 형식은 독자들의 의식 속에서 이루어지게 될 재구성까지 염두에 둔 결과로서 이루어진 것일 터이다. 다시 말해 작가와 독자 사이에서 이루어지는 해체−재구성의 변증법적 사유 과정을 통해 우리 시대의 대중들이 얼마나 몸 만들기에 열중하고 있는지를 보여 주려는 것이다. 그리고 ‘그녀’의 몸의 절반밖에 안 되는 몸을 가진 여자와 외도를 즐기는 ‘그녀’의 남편에 대한 서술은 몸 가꾸기의 목적이 무엇인지를 보여 주는 하나의 사례가 될 것이다.

　일상을 다룬 대부분의 소설들이 단조로운 생활에 균열이 가고, 일상의 각질 속에 숨죽이고 있던 불확실성(인간들 자신이 일상에서 몰아냈던 비문명성 또는 욕망)이 현실 속으로 분출하는 것을 보여 줌으로써 안전해 보이는 일상의 허술함이나 무의미성을 드러낸다. 그러나 서성란의 소설들은 추방할 수 없는 불운―있어서는 안 될 것이 버젓이 일상에 둥지를 틀고 있는―에서 시작하여 급격하지 않은, 그래서 결코 '사건'으로 불릴 수조차 없는 저속도의 이행을 보여 준다. 말하자면, 서성란의 소설들에는 삶의 기본적 조건이 박탈되어 있거나 심하게 훼손되어 있는 현재 상태에서 시작하여 그것을 자기 몫의 삶으로 수용하거나 주어진 삶의 조건을 조금씩 탈피해 갈 수 있는 가능성이 어렴풋이 엿보이는 지점에서 마무리된다. 그러나 작가는 이처럼 특별해 보이는 소설적 상황에 보편적 의미를 투사하기 위해 세심한 배려를 하고 있다. 주인공인 여성들을 한결같이 '그녀'로만 부름으로써 무개성적 익명성을 통해 '그녀'들이 겪고 있는 고통이 특정한 개인의 것이 아니라 이 시대 여성들이 보편적으로 겪고 있는 것임을 암시하고 있는 것이다.

앞에서 본 작품들에서 '그녀'들이 겪고 있는 고통은 '몸의 변화'와 같이 단순한 동기에서 비롯되고 있는 것처럼 보이지만, 문명의 현 단계에서 보편적으로 나타나는 생활 방식과 관련되어 있다. 그런 만큼 '그녀'들에게 주어진 선택의 폭은 매우 제한적이고, 따라서 '그녀'들의 절망감은 그만큼 깊어질 수밖에 없다. 이러한 절망감이 광기에 가까운 사랑의 집착으로 표출되고 있는 작품이 〈검은 물체 뿔테 안경〉이다. 그런데 이 소설은 앞의 작품들과는 달리 이미 일어나 버린 '사건'이 남긴 흔적을 주

인공이 그 자신의 시선으로 확인하게 함으로써 비극적 정서를
증폭시키고 있다.

　넓은 어깨와 편편한 등 아래로 살집이 잡힐 것 같은 굵은 허리
와 흘러내릴 듯 처진 엉덩이와 고르지 못한 두 개의 다리가 방금
물속에서 나온 듯 바들바들 떨고 있다. 방 안은 도둑이 쓸고 간
것처럼 뒤죽박죽 어질러져 있다. (……) 거실 탁자 아래에 뒹굴
고 있는 검은 물체는 뿔테 안경이다. (……) 웬일인지 안경은 한
쪽 알이 비어 있다. 나머지 한쪽도 금이 가 있다.(261~262쪽)

깨지고 금이 간 안경은 '키위'라는 아이디로 불리는 40대 중
반 여성의 처지와 심리적 파탄을 적나라하게 보여 준다. 이 여
성은 인터넷 대화방에서 알게 된 '나리'라는 여성을 사랑하게
되지만, 동성간의 사랑을 타락으로 여기는 나리는 통화조차 거
부한다. 절망한 키위는 회원들이 모인 자리에서 만취해 난동을
부리게 되고, 망가진 안경을 끼고 자동차에서 내리는 그녀를
본 남편에게 뺨을 맞고 이혼 선언까지 듣게 된다. 이혼 선언을
'고맙다'는 말로 받아들이는 그녀의 말에 남편은 악담을 퍼붓던
입을 다물어 버린다. 남편에 대한 열등감 때문에 늘 수동적이
었던 그녀가 최초로 남편에게 맞선 행위가 이혼 수락이다. 그
렇지만 이러한 능동성은 물론 극단적 절망감에서 빚어진 것이
다. 그동안 그녀가 신문사의 정치부 기자인 남편에게 무시당해

온 까닭은 학력 차이 때문이었다. 그녀는 미싱을 돌리며 운동권 학생이었던 남편을 뒷바라지했었다.

위에서 살펴본 작품들이 하나의 뚜렷한 주제에 대한 탐색으로 이루어진 것과는 달리, 작가 자신의 개인적 체험이나 가족사를 담고 있는 것으로 보이는 세 편의 소설들(〈겨울 손〉, 〈방에 관한 기억〉, 〈할머니의 평화〉)은 우리네 삶이 그렇듯이 하나의 주제로 환원되기 어려운 다양한 문제들을 포괄하고 있다. 그렇지만 〈겨울 손〉은 단편인 만큼 이러한 다양성이 하나의 주제로 응축될 수 있는 의미 연관 속에서 펼쳐지고 있다. 이 소설은 출산을 앞둔 손아랫동서를 거들어 주기 위해 지방 도시의 시가에 내려간 정하라는 여성을 통해 전통적 가치관이 엄존하는 우리 사회에서 한 여성이 결혼을 하고 아이를 낳고 기르며 살아가는 일의 신산함을 일깨워 준다. 이처럼 평범한 이야기가 우리의 마음을 파고들 수 있는 까닭은, 20대를 산부인과의 신생아실에서 보낸 까닭에 밝은 빛과 아이들의 울음소리에 생리적 거부 반응을 보이는 정하의 고통스러운 회상과 20개월 된 딸을 둔 터에 다시 딸을 낳음으로써 시어머니에게 구박덩어리가 될 수밖에 없는 동서의 처지, 그리고 환영받지 못한 채 세상에 태어나는 여자 아이의 운명까지 겹쳐지면서 이 소설의 주제에 밀도가 실리고 있기 때문이다.

〈할머니의 평화〉(중편)는 주인공인 인주가 아흔둘에 세상을 뜬 할머니의 빈소에서 기행에 가까울 만큼 이기적이었던 할머니의 행적을 회고하는 작품이다. 자신의 먹고 입는 일에만 관심을 기울였던 할머니는 어느 날 들어 주는 사람도 없는데 지나간 시절에 대한 푸념을 늘어놓는다. "내가 열세 살 꽃다운 나이에 시집을 와서 그런 고생이 없었다. 시엄씨는 끼니때마다 밥그릇도 아닌 바가지에 찬밥 한 숟그락 달랑 덜어 주고, 나는 식구들 밥 먹는 동안 부뚜막에서 김치 쪼가리 하나로 허기진 뱃속을 채웠느니라. 징글징글한 시집살이였지." 그러고 보면, 할머니의 지독한 이기주의적 행위에는 그 옛날 뱃속 깊이 사무쳤던 박탈감에 대한 보상 심리가 깔려 있는 것으로 보인다.

이 소설의 화자인 인주가 다시 등장하고 있는 〈방에 관한 기억〉(중편)은 그녀의 가족이 7년 동안 살던 집을 팔고 뿔뿔이 흩어졌다가 다시 모여들게 되는 과정을 담고 있다. 한마디로 가난 때문에 겪게 되는 고난의 가족사라고 할 수 있다. 그러나 이 모든 고통은 사업에 실패하거나 사기를 당하고 채권자들에게 쫓기는 아버지에게서 비롯되고 있다. 게다가 극심한 종교적 편견과 순결 이데올로기에 사로잡혀 있는 그의 행위는 대단히 위선적인 모습을 드러내고 있다. '여호와의 증인'을 제외한 모든 종교를 거짓 종교라고 말하는 아버지는 '왕국회관'에 가지 않겠다는 인주의 작은언니에게 "사탄 마귀가 내 집에서 살고 있었다니. 오늘부터 나는 네 아버지가 아니다"라고 할 만큼 광신적이다. 그런가 하면, 아버지는 어려울 때마다 돈을 부쳐 달라는 요청을 한 번도 거절한 적이 없는 미국의 여동생을 살갑게 대한 적이 없다. 그는 또 자기 집에 세 들어 있는 노라가 흑인 아이를 낳게 되자 빚을 내다가 보증금을 내주고 산후 조리도 못한 그녀를 내쫓아 버린다. 주인공인 인주가 보기에 그녀의 아버지는 노라와 고모를 동류로 취급한다. 할머니는 이러한 자기 아들을 "동생이 어렵게 긁어모은 돈, 앉아서 야금야금 갉아먹는 천하에 쓸개 빠진 놈" 또는 "비싼 이잣돈까지 얻어서 오갈 데 없는 년을 내쫓아야 (……) 인정머리 없는 놈"으로 여긴다. 그리고 미국에 있는 딸이 "낯선 땅에 가서 고생을 하는" 것도 이 아들 때문이라고 말한다.

이 소설은 '가난'과의 줄기찬 투쟁 과정을 줄거리로 삼고 있다. 가난은 자본주의 사회뿐만 아니라 사회주의 사회에서도 극복의 대상이었다. 그러나 자연 착취의 사슬을 끊을 유일한 방법으로 제시되고 있는 '소비의 최소화'를 체질화할 가능성이 내포되었다는 점에서 가난의 체험은 그 자체로서 소설적 의미를 지닐 수도 있다. 그러나 이 소설에서는 〈모델 하우스〉에 나오는 아버지와 마찬가지로 순결을 여성의 기본적인 미덕으로 여기는 아버지의 부정적 이미지에 많은 중력이 실려 있기 때문에 가난의 체험에서 소설적 의미를 찾아보기는 어렵다. 가족들이 겪고 있는 가난의 원인 제공자이자 사회적 패배자이기도 한 이 '아버지'들이 그래도 가족들 위에 군림할 수 있게 해주는 권위 의식은 다름 아닌 순결 이데올로기에서 자신들의 도덕적 우월

성을 이끌어 내고 있기 때문이다. 이런 점에서 이 아버지들이 전가(傳家)의 보도(寶刀)처럼 휘두르는 순결 이데올로기는 이중적인 의미를 띤다. 이들은 자본주의 사회에서 지혜롭게 살아갈 수 있는 능력을 지니지 못한 채 자신들이 책임져야 할 가족들을 참혹한 고통 속에 빠뜨리면서도 그것에 기대어 자신들의 초라함을 외면할 수 있는 것이다. 이처럼 서성란 소설의 '아버지'들은 딸들에게 이중의 고통을 안겨 주는 존재들이다.

서성란은 〈소설가의 아내〉에서 창작과 삶의 관계를 집중적으로 탐색하고 있다. 미월이라는 젊은 여성 작가는 등단하자마자 유명한 소설가의 남편이 되고 싶어하는 한 사내에게서 창작에 전념할 수 있는 물질적 조건을 부여받는다. 그는 미월에게 아무 일도 못하게 하면서 글만 쓰게 한다. 그러나 그녀는 5년이라는 계약 기간이 끝날 때까지 한 편의 소설도 쓰지 못한다. 계약 기간이 끝나고 그가 사라져 버리자, 그제야 미월은 그의 이야기를 장편 소설로 완성하게 된다. 5년 동안에 그녀가 경험한 것은 민장우라는 그 사람뿐이었기 때문이다. 서성란은 이 작품에서 작가의 창작적 모티프는 삶의 경험과 떼려야 뗄 수 없는 순환 관계에 있다는 것을 명징하게 보여 준다. 그러나 이러한 소설관이 개인적 체험을 넘어서는 치열한 문제의식과 결합되지 못할 때에는 소설적 의미가 축소되거나 구성을 느슨하게 할 가능성이 커질 수도 있다.

어쨌든 서성란에게 체험의 박탈은 곧 창작의 박탈을 의미한
다. 이러한 작가 의식 때문에 그의 소설들은 삶의 물질적 조건
에 밀착되어 있다. 그는 이 소설집에서 훼손과 박탈의 조건 속
에 놓여 있는 사람들의 고통을 끈질기게 탐색하면서 우리의 삶
을 근원에서부터 성찰해 보게 한다. 그의 인물들은 사회적 기
능은커녕 기본적인 인간관계조차 영위하기 어려울 만큼 훼손
된 몸과 마음을 지니고 있거나, 감내하기 어려울 만큼 왜곡된
인간관계 또는 물질적 궁핍 속에 던져져 있다. 그런가 하면, 몸
의 변화 때문에 있어야 할 자리에서 밀려나 본래의 위치로 되
돌아갈 수 없는 사람들의 절망감을 담담하게 그려 간다. 그러
나 이 숨막힐 듯한 공간에는 이념적 지양이나 종교적 초월이
비집고 들어설 자리가 없다. 그런데도 '시시포스의 신화'를 떠
올리게 하는 고통을 자신의 삶 속에 용해시켜 가는 모습들에서
'능동적 수동성'이라 부를 만한 삶의 태도를 발견하게 된다. 그
래서 우리는 존재론적으로 결핍되어 있는 이 극한 상황에서 오
히려 온전한 인간의 상(像)과 진정한 삶의 의미가 무엇인지 돌
이켜 보고 싶은 심정을 지니게 된다.

어떠한 존재의 결핍이나 문명적 조건도 살아 내면서 극복할
것! 이것이 심리적 굴절이나 종교적 초월을 허용하지 않는 서
성란의 소설 윤리학이 아닐까?

방에 관한 기억

초판 1쇄 인쇄일 · 2004년 4월 26일
초판 1쇄 발행일 · 2004년 4월 30일
지은이 · 서성란
펴낸이 · 임성규
펴낸곳 · 문이당

등록 · 1988. 11. 5. 제 1-832호
주소 · 서울시 성북구 동소문동 4가 111번지
전화 · 928-8741~3(영) 927-4990~2(편)
팩스 · 925-5406
ⓒ 서성란, 2004

홈페이지 http://www.munidang.com
전자우편 webmaster@munidang.com

ISBN 89-7456-247-2 03810

값은 뒤 표지에 표시되어 있습니다.

잘못된 책은 바꾸어 드립니다.
저자와의 협의로 인지는 생략합니다.
이 책의 판권은 지은이와 문이당에 있습니다.
양측의 서면 동의 없는 무단 전재 및 복제를 금합니다.

이 소설집은 한국문화예술진흥원에서 문예창작지원금을 받아 출간되었습니다.